“在场丛书” | 中国当代中青年作家作品巡展 01

荒山菊

章泥 著

北京时代华文书局

图书在版编目（CIP）数据

荒山菊 / 章泥著. -- 北京 : 北京时代华文书局，
2017.10（2019.5重印）
ISBN 978-7-5699-1862-5

Ⅰ. ①荒… Ⅱ. ①章… Ⅲ. ①中篇小说—小说集—中
国—当代②短篇小说—小说集—中国—当代 Ⅳ.
① I247.7

中国版本图书馆 CIP 数据核字（2017）第 246628 号

荒山菊

HUANG SHAN JU

著　　者 | 章　泥

出 版 人 | 王训海
选题策划 | 梁明德　邵鹏军
责任编辑 | 周连杰
装帧设计 | 格林文化
责任印制 | 刘　银　訾　敬

出版发行 | 北京时代华文书局　http://www.bjsdsj.com.cn
北京市东城区安定门外大街 136 号皇城国际大厦 A 座 8 楼
邮编：100011　电话：010-64267955　64267677
印　　刷 | 三河市三佳印刷装订有限公司　0316-3650105
（如发现印装质量问题，请与印刷厂联系调换）
开　　本 | 155mm×220mm　1/16　印　　张 | 20　字　　数 | 192 千字
版　　次 | 2018 年 1 月第 1 版　印　　次 | 2019 年 5 月第 2 次印刷
书　　号 | ISBN 978-7-5699-1862-5
定　　价 | 46.00 元

目录

荒山菊

我没有出过远门。打生下来，就待在科根。三十年了，我熟悉这座城市的每一阵呼吸，每一抹眼神。我知道他什么时候冷、什么时候热、什么时候哭、什么时候笑。通常，不冷不热的科根不哭也不笑，这样的科根稳健硬朗、英俊绝伦。无论晨昏，那些离别科根的人总免不了会对他徐徐回望。

百年前，科根有一片浩大的坟场。四面八方的二十二道栅门可以进入这个宁静的世界。传说有一个返老还童的人把这二十二道门都进出过，他留给后人的结论是：这里的每一道门，都爬满了野蔷薇。

我的祖爷爷进去过一次，他说这里有大街小巷，也会上坡下坎，最要紧的还有门牌。你要找谁，只要拿准了地址，就可以找到要找的人。祖爷爷要找的人是他的曾祖，他是按这个地址去找的：贯一五年十一月二十五日零时三分四十一秒。结果，他在一个门户里找到了八个人。他分不出哪个是他的曾祖，就壮着胆子喊了曾祖的姓名：隶云山。

那八个人相互看过，仍旧一脸茫然，不知道隶云山是谁。祖爷爷不甘心这样离去，就站在门户外有头无脑地念叨着：

我是隶守詹

我的父亲是隶远安

我的母亲是卫齐仙

我的爷爷是隶谨关

我的奶奶是岳巧芊

我的祖爷爷是隶寻般

我的祖奶奶是杜勤萱

我的曾祖爷爷是隶云山

我的曾祖奶奶是邱佰娟

……

他念不下去了，再往上溯，他什么也不知了。就在这时，他发现那八个人中的一个人渐渐有了颜色，他身上的黑、白、灰正对照着相应的色彩在变换，好像一套着色程序正在对他单独进行全身处理。祖爷爷看到了这个人的衣裤是藏青色的，他工整的外套里呈现着葱白的衬衣领，一张俊朗的脸异常细腻，不见一粒胡楂儿……就在这个着了色的人一下从面前那张木桌后的半旧藤椅里站起身向门口走来的那一刻，我的祖爷爷突然绝望了，他的胸膛“当”的一声闷响，似乎什么暗器精准地刺中了他的心脏。

百年前，科根人有一个让今天的我们难以理喻的嗜好——打赌，他们任何人都可以和任何人就任何事情打起赌来。那会儿，科根人管打赌不叫打赌，叫“署”。他们署一秒钟的重量，署一场梦的厚薄，署精子的速度，署美妇媚笑时露出的牙齿颗数是六又几分之几，署骡子的舅公是谁，署上帝是不是秃头，署蔷薇门里有没有音乐广播……

那时的科根人从小也进学堂，院校毕业后也找工作，但是他们获得的所有学识和涵养无一不是为日后参署奠基的。那时，哪个孩子哪天突然明白“署”是他一生中最为重要的事，哪个孩子就是真正的科根人了。

因为署，科根人对成败穷奢习以为常。据当年科根史志记述：科根的富豪一般是两周的富豪，科根的乞丐顶多是三天的乞丐。科根人几乎都有过这样的经历：今天还端着嵌了宝石的金杯银盏，明天却折树枝当筷子了。科根人都亲历过物质世界的两极，他们不存在“见识浅”或“少磨难”的问题。他们只需要信心，百折不挠的信心；他们只需要耐力，山重水复的耐力。在很长的时间里，科根人的情绪中没有嫉妒、嘲讽、怨恨，他们的面容都很俊美。

如果接着翻科根当年的史志，你会在“署中风云”这一页发现有关我祖爷爷的文字。多少年过去了，我还是说不清这短短的段落带给自己的长长感受。

蚩三八年春，隶守詹与陆天乐署万米跑，胜者迎绚鲜为妻。隶守詹拒跑失约，此乃科根首例毁署案。

“首例”、“毁署案”，隶守詹是因为这五个字留名史册？这是隶家后来的子孙个个都狐疑的问题。

嗜署的科根人今天早不复存在了，曾经风靡一时的署事都如烟花陨落，在一些有着怀旧格调的场所和人群中，海市蜃楼般依稀可见当年科根城因署漾起的泪光和笑靥。

相比镌刻在合金板上的科根法律，有关署的不成文甚至不成形的规则更容易流淌、贯通而浸透到科根人的内心深处。科根人在童年就能视“信守承诺，愿署服输”为崇高的道德准则了。在小科根人尚分不清 1 ＋ 1 是等于 2 还是等于 11、0 ＋ 0 是等于 0 还是等于 8 的时候，他们就能够意识到毁署的可怕性：一个毁署的人将永远失去参署的资格，一个不能参署的科根人，在科根城是连飞禽走兽都不及的，飞禽走兽也在不舍昼夜地署呢。他们年纪稍长的哥哥姐姐更能清楚这些事理：一个不能参署的科根人，准确地说便等同于商场玻橱里的塑脂模特了，是不可能再有交际的，他的生活从此被蜡封，他的命运再不会有任何变数，他不属于时鲜的科根了。

遗憾的是，毁署这道先河真的很不幸地被我的祖爷爷开了。

蚩三八年春，我的祖爷爷隶守詹正值风华，体格强健的他最擅奔跑。他跑起来的时候，向后飘扯的长发简直就是一面猎猎招展的大旗，他跑得过 H 极风。与实力相当的陆天乐署万米跑，结局的最大可能是双方并列第一。如果这样，这场署可以说毫无意义，谁愿意观望一出没有悲欢的戏，谁甘心目击一场没有胜负的战争，绚鲜肯定会第一个离开赛场的。我的祖爷爷和他的对手陆乐天都预料到了这些，他们之所以还坚持署，实在因为奔跑是他们唯一能够在大庭广众下展示的技能。尽管这种展示，极像两个耀眼的女明星在盛大的场合，同时穿了式样、质地都完全相同的礼服，外表精美华丽，内心却无不寒碜。

最为这场署焦灼的是绚鲜。但是现在也没有什么再值得她忐忑不安，她已经为署后的所有可能都做好了打算。隶胜署，那是最好的，她和隶真的能有情人终成眷属了；陆胜署，她也得嫁给陆，这是署意，署意就是天意，尽管她一定会为隶怀着无尽的牵挂；隶、陆若真的并列第一，她就同时嫁给他们二人好了，这也是署意，署意就是天意，尽管那样的生活还不知会是怎样。她把这个打算宣布给二人时，他们没有什么反响。他们都留着情面呢，似乎往后真的会同在一个屋檐下，低头不见抬头见的。

我的祖爷爷在点头同意与陆乐天署跑的那一刻想到了他的曾祖——他的曾祖隶云山是《水浒》中“神行太保”式的人物，想到这一点，我的祖爷爷点头那个动作就做得非常稳沉。谁都不难看出，他的稳沉中包含着胜者的谦逊和王者的豁达。

就在这天下午，我的祖爷爷去了蔷薇门。他没有什么明确的目的，或许就只是为了让“隶云山”这个远古的人物长长自己的威风灭灭他人的士气。大家知道我的祖爷爷去蔷薇门拜望他的“神行太保”曾祖后，一下子更崇敬我祖爷爷参署处事的风格了——十拿九稳的事，他是不会做的，他只做十拿十稳的事。人们立刻对这场署充满了兴致，他们突然奋力为两军呐喊起来，好像隶、陆的旗鼓相当真的更能显示这场署的高品位。他们都参与了旁署，他们无一例外买的都是我祖爷爷的胜筹。

就在那个着了色的人一下从面前那张木桌后的半旧藤椅里站起身向门口走来的那一刻，我的祖爷爷突然绝望了。他的胸膛“当”的一声闷响，似乎什么暗器精准地刺中了他的心脏——

他没有想到这个侏儒就是他的曾祖。

天啦，他的腿，这难道是他的腿吗！我的祖爷爷盯着他曾祖那双不及胳膊长的腿目瞪口呆时，那只暗器还在他胸膛里穿梭。

你说的是“邱佰娟”吗?

你说的是“邱佰娟”吗?

我的祖爷爷的曾祖可没注意到这个来访者前后情绪的骤变，这会儿他只顾得问他自己的话。在曾祖迫切地追问中，我的祖爷爷落荒而逃。就在这时，坟场下起了稠密的细雨，我的祖爷爷在慌乱中滑倒在了石板铺成的窄巷里。他爬起来刚迈开腿又摔下去了，爬起来又摔下去，这样重复了无数次后，他终于再也站不起来了，他是爬着出的蔷薇门。

因为这场离奇，关于我祖爷爷的毁署民间后来就有了两种说法。一说他毁署是迫不得已，他事先已经丧失了奔跑的能力；一说他丧失了奔跑的能力是由于毁署而遭到的报应。无论怎么说，祖爷爷的毁署都是铁板钉钉的事实。一夜之间，科根人的情绪里出现了鄙夷这种新的成分，它结合每个人的性格很快有了名目繁多的变异。科根人的情绪因为这场毁署事件得以极速派生，时至第二天清晨，科根人的性情和非科根人的性情已经别无二样了。

我的祖爷爷成了科根最抬不起头的人。

突然有了愤恨、憎恶情绪的科根人开始指骂他、奚落他、责难他。这些指骂、奚落、责难疯狂撕咬着我的祖爷爷，祖爷爷和所有科根人一样，还不具备对斥责讥讽的免疫能力。他很快就病倒了，面颊潮红、口吐白沫。所有人都看出他活不长了。人们更惊喜地发现，他只有二十三岁。至少要五十岁去世的人才能入住蔷薇门的，人们心里庆幸着——让他死在喧哗的街头吧，他这种连署的基本规范都敢践踏的人，还有什么惩罚对不住他呢！

大丫就在这时关闭了家里所有的门窗。外面跳着脚，指骂我祖爷爷的人把声音放得更大了，他们的声音像可以穿透墙壁的小刀，一把一把全扎在了祖爷爷的身上。祖爷爷看着自己身上的刀柄，凄凄惶惶地数起数来。

数到 60000 我就会死去的，全科根就 60000 人。祖爷爷惨淡的话音刚落，大丫猛地推门而出，几分钟后拎着一包东西奔了回来。她迅速把包里的粉末倒进一个搪瓷碗，加水调成了半碗酽黑的汤。她把汤端到祖爷爷跟前时，祖爷爷已经数到 59999 了。大丫不由分说地把汤灌进了祖爷爷嘴里。嘴角还掉着一柱黑水的祖爷爷一下子什么也听不清、什么也看不明了。他的世界从此变得模糊、混沌起来。

好了。大丫说，可以把门窗大打开了。

我的祖爷爷一直以为 60000 科根人中唯一一个没有朝他投来尖刀

利刃的人是绚鲜。在他模糊、混沌的世界里，这个思路异常清晰。他想只有她知道他为什么毁署的，只有她知道他为什么甘心做科根最屈辱的人的。我的祖爷爷痛苦地想象着：懂他的绚鲜含着泪与他悄然告别，她离开了到处充斥着署的科根，她一步三回头，她漂泊在异乡，她终身未嫁……

事实上，绚鲜这个温情的姑娘是第一个对他破口大骂的人，骂开后的她甚至很是感念我祖爷爷的毁署，若不是这样，她怕自己一辈子也不能看透这个表面英武实则没有骨质的男人。绚鲜也没有离开科根，她更加热爱这个到处是署的城市了。她了无顾虑地做了陆天乐的妻子，她的情感再没有受到任何纷扰。她为他生了十二个孩子，她以这种方式报效陆天乐。当她生下第十二个孩子时，她死在了产床上。她是在甜美的笑容中离去的，她没有一丝一毫的遗憾。

因为祖爷爷的毁署，科根人都不愿意和隶家的人打交道了。他们似乎看透了这门人的骨骼和血液。祖爷爷的亲兄弟隶守宣就在这时动了弑兄的念头。他揣着一颗小型地雷走进祖爷爷的房间时，大丫正在给祖爷爷喂饭。雷都不打吃饭人呢！大丫说，你走吧，守詹还没有吃完一生的饭呢。

从此再没有离开过祖爷爷的大丫后来成了我的祖奶奶。祖奶奶只给祖爷爷生过一个儿子。她把毕生的精力都用于对祖爷爷的照料。她简直把他当成了自己真正的婴儿。她为他吹茶，她为他剔鱼刺，她为他扇蚊虫，他听不清她的歌谣，她就用手轻轻地拍打他。当我的祖爷爷在大白天也安然地进入梦乡时，我的祖奶奶就会伏在他的胸膛上，闭目养一会儿神。她抚摸着他钢铁一样坚硬的肩胛、岩石一样突兀的喉结，忧忧戚戚地说：绚鲜有什么好的，身板、模样、心性儿，哪一样就比过了我？我这一生最大的错就是离你太近，要是我换作了她也在城的最边缘，你难道不会天远地远地寻我么？那时，你就会我署跑了，为了我，你是不会毁署的，我知道的，你一定会胜署的……

祖奶奶后来对隶家的女人提过这么一个问题：女人最难从男人那儿得到的是什么？

功名、钱财、情义、心血、肉体、性命……祖奶奶对这些回答都摇头。

女人从男人那儿最难得到的，是时间。

祖奶奶给出这个答案时神情非常骄傲自若，俨然一名功勋卓越的将军在回首自己的戎马生涯。可惜我的生命线比他的生命线短了一截……祖奶奶摊开自己的右手掌，又掰开祖爷爷的左手掌，她老是琢磨这两张手掌，这两张手掌是她随身携带的行军地图。

祖奶奶要过世的时候，偎在祖爷爷怀里，慵懒得像个小媳妇。她喃喃地说，詹啊，你要久久地活下去，再过30年，活过100岁，成为最最长寿的，在敬畏时间远远胜过敬畏署的科根，你就是最最荣耀的人啦。祖奶奶一边轻拍着祖爷爷，一边在他手心里写画着。当她确定他听清楚了她说的每一个字后，才把身子平躺下，闭上眼轻盈地走了。

此后的祖爷爷下肢全瘫了，牙也掉光了。坐在轮椅里的他，几乎整天不说一句话。家里的人总爱把一盘软柿子摆在他面前，下面三个，上面叠一个。像庙里敬奉在菩萨面前的供果一样。

那时候，我总盘算着如何在他眼皮底下偷走盘里的柿子。起初还小心翼翼地，怕他微弱的视力能察觉到。我先用手朝盘子里空抓一下，什么也不拿，再看他的表情。如果他发现我的企图了，也没法说什么，盘子是满的，我的手是空的，我什么也没拿。祖爷爷没有任何反应，我便在一张报纸的遮掩下，偷取了第一个柿子。握着柿子，我没有急于逃离。我坐在原位上，一边端详柿子，一边留意他的动静。倘若他开口了，即便是看破一切地说：拿去吃吧，孩子。我也有脸面这样说：我只是想看看，看看它究竟是橙色还是红色呢。然后，很有规矩地把它放回去。

祖爷爷仍然没有任何动静，他真的是一尊泥塑的菩萨了，他的眼耳鼻口也是泥做的，他的心被泥填满了。我就在他身边静静地剥柿子。柿子皮薄极了，剥它不会弄出一点儿声音。但我还是不停地看祖爷爷，如果他在这个时候开口了，我手中的柿子也许会一下子惊落在地，但我马上想到我其实大可不必那样慌张，我完全可以看也不看他一眼地说：我这是给你剥的呢。

我和祖爷爷共同面对一盘软柿子的时候，家里这个昏暗的厅堂通常没有第三个人。唯一盯着我、祖爷爷和这盘软柿子的是一只伏在地上的猫。它那双深不见底的眼睛也让我怯懦过——小易曾对我说起猫是鬼变的。我对着猫的眼睛看过，猫的眼睛与牛、羊、马……这些动物的眼睛真的不一样，那里面凄厉而诡异。与它对视，我只有一种晕眩感，像是跌进了无底无边的深渊。从那之后我只敢看猫的大概：它的毛色、姿势、步态。所以，当我确定不远处的这只猫正盯着一切的时候，也不是从它的眼睛得知的。我隐隐感到，它总对这里的什么行使着森严的监护权。

我把自己对这只猫的怪念头一五一十告诉了小易，顺便给了他一个柿子。小易接过柿子抛起来又稳稳当当接在手里后，果断地说：那只猫是你祖奶奶变的。

这个结论让我大吃一惊。当着小易，我的面色一阵阵发青。为了证实这个断言，小易更有板有眼地说：大拇指长的人就会遇鬼的。我惶惶竖起自己的大拇指，小易把他的大拇指伸过来和我的并在一起，我的心顷刻凉透了，我的大拇指比他的整整高出一厘米！

自从小易为我揭示了这份“玄机”之后，很长的一段时间我都不能确定我身边的任何一个人任何一件物是否就是人就是物。有时一只飞蛾也会让我惶恐，它也有可能是什么精魂呢；有时一截竹枝也会让我突然警醒，那骨节上的两个小点儿可能就是它的两只眼睛。那段时间，我相信自己周围布满了鬼。唯有和小易在一起，我悬浮的心才装在了一个安稳的盒子里，我相信他是看得清鬼和人的。我便时时想听到小易的声音，处处想看到小易的身影。但是小易总是不屑于和女孩子玩，他酣畅地做着男孩子的事：打架斗殴抽烟喝酒说脏话竖中指……我还是千方百计要和小易在一起，他那种狠狠的眼神狠狠的声音狠狠的动作，莫名其妙地让我感到一种安慰。和他在一起的时候，我发现自己也能笑得很放肆的。

我的父亲就在这时开始教化我。一天下午，他把正笑得前扑后仰的我一把拽回了家，砰地摔上门，把声音压得极低极重地说，给老子夹着尾巴做人！父亲似乎抑制了很多愤怒，以至说完这么一句话时，嘴唇还在不停地抖动。

我又没尾巴，夹什么呀！我的嘴唇也开始抖动了。父亲一巴掌朝我的脸扇来，再没有话。挨了这一巴掌，我冰凉的脸火烧火燎的，我的脸从那一刻开始有了血色。可是到了晚上，在昏黄的绸罩灯下，父亲完全失去了白天的威仪，他怜惜地把我拉在跟前，抚摸窗纱纸似的抚摸着我的脸。还疼吗？以后大人跟小孩子说话，不能犟嘴，其实打你比打我自己还疼呢。

父亲说这话时，眼里闪烁着波光滟影，我却在这时感到了极度的恐惧，我想挣脱他的怀抱，他的哪一面是人，哪一面是鬼呢？

秋天到的时候，101 岁的祖爷爷寿终正寝了。接下来的半个月时间，进行的是我迄今为止参加过的最欢乐的丧事。我现在还记得，祖爷爷的灵堂设在我们院子的娱乐室。他的棺材放置在房屋中央，这里原本是一张乒乓球桌。家里请了一群高高矮矮的法师来诵经，他们敲打的钵、鼓、锣……都很小巧，发出的声音有一种浑然天成的和谐，即便是我胡乱碰响了其中的任何一件器物，那声音也不会出格到哪儿去。

整个活动，没有一个人哭丧着脸，忙碌的场面显得其乐融融。祖爷爷的挽联是爷爷奶奶那个姓乔的仇家写的。姓乔的那些天总是一大早就坐在那张裂了缝的红漆桌前开始履行他这份无人可替的职责。我对书法的认识也就是在这个时候得以启蒙的，我觉得他写的“千古”两个字特别受看，似乎这两个字真的“千古”。可是我的奶奶一直不准我吃这位乔大伯给的东西。奶奶万万没有想到我们家最管不住自己嘴巴的人是爷爷，爷爷有一天扛回了乔大伯送的一大捆甘蔗，自顾自地吃了一长根。

奶奶当着儿孙的面骂爷爷：难道你忘了你那次正要参加一场最大的署事时，他是怎么说你的？他说你是毁署者的产儿，他说你的血液是致聋致瞎的黑药水……奶奶说得面额的青筋毕露，爷爷依然充耳不闻视而不见，取了第二根接着又吃，吃得满口是血还在吃，吐出的甘蔗渣都跟红墨水染过一样。站在一旁的我被他这种忘我的状态奇怪地感动了。我拉着奶奶的衣角，示意她不要再说了。

这半个月来，我和小易还有一大帮孩子第一次有了极度的自由。我们有吃不完的米果、炸糕，有玩不尽的游戏花样。我们趋之若骛的是绕棺。最权威的法师在前面领头，大家一个个接在后面围着棺材转圈圈。伴着叮铃铛啷的锣哼鼓啼钵唤和随风飘来晃去的灯光，我们的心境出奇的惬意。我们围着转圈的哪里是一具正在腐化的尸体啊，分明是一盒巨大的生日蛋糕、一棵七色斑斓的圣诞树！

就在这个夜晚，孩子们自我展示的意愿油然而生。大家相继换了最漂亮的衣服，小仨还挥着她新有的泡沫文具盒，枣娃把他的泥捏坦克抱在怀里，咕咕呢牵着她的黑虎儿狗，举着奖状的罗锯像举着一面小国旗……我那时展示的是自己的一顶新绒帽。这个季节本来不适宜戴帽，但是这么夜深了，我以怕着凉为由把它堂而皇之地戴在了头上。就在我容光焕发地走在队列中时，我看见了正在男人群中喝酒的父亲。看到他，我一下想起了“尾巴”这个词，想起“尾巴”的我再走在队列中就有些灰头土脸了。我的母亲最先发现了我的不对劲儿，她指着我的头对旁边的人说，看那个泥炭儿，那帽子还有好几圈没织完呢！

大人、甚至老人也参加到了我们的队伍中来。大人的脸是幸福祥和的，老人的脸要庄严肃穆些。人越围越多，里里外外围了好几圈。锣依然哼着，鼓依然啼着，钵依然唤着……

临到葬礼那天，科根的首席行政长官也来了。他捧着一份金红色的夹本声情并茂地念道：您是科根有史以来最伟大的人，无论屈辱还是疾病，没有妨碍您与时间的对抗，您最坚决最持久地迎战了强大的时间，您是最值得全科根人敬慕的勇士，您将永远是一面激励我们征战岁月的旗帜……

长官因为激昂而全身颤抖，在场的人无不情之瑟瑟。接下来他率领着众人向我祖爷爷的灵柩重重地磕响头、深深地鞠大躬，又和隶氏家族的人一一握手。走到我这里，他抱起了我。我那时已经十二岁了，可是我只有六岁的孩子高。真是一个漂亮的小姑娘！他说着就亲了我。

在我的印象中，这是第一个男人夸赞我，更是第一个男人亲我。我害臊得不知该说什么。他抱着我久久没有放下，直到有人对着我们照了相，他才把我放在了地上。我的脚着了地，我的心却在这时狂乱扑腾起来——我感到自己被鬼亲了。我四下找小易，小易已随着送葬的队伍到蔷薇门去了。

小易后来告诉我，他远远地看到我的祖爷爷在蔷薇门里住了最阔大的房舍，他有很多使者，他的女人叫绚鲜。绚鲜？我念着这个拗口的名字忍不住问，我的祖奶奶呢？

大丫啊，她云游四方。

祖爷爷永远离开了我们的家。他的死一扫他生前的所有阴霾，他曾经长期待过的昏暗的厅堂变得豁然开朗了。隶家的人先后都不同程度感受了我活到一百零一岁的祖爷爷带给的荣耀。我们后来的入学、竞争、就业、婚姻都比别人来得顺当些。

我和小易结成了夫妻。我的父亲一直反感小易。那愣棒子有什么能耐，除了会跑！我的母亲捂住父亲的嘴说，就依了泥炭儿吧，你看她那小小的身子骨儿，哪里像个女人，她简直就是颗永远撑不开的青疙瘩儿！父亲长长地叹了口气，哎！这隶家的，咋个个儿都是情种呢！

除了跑之外，小易确实没有其他过人的才能。但是有人说，他奔跑的能力早已经超越了我的祖爷爷。就在我和小易度蜜月的一个夜晚，他神秘地把我拉出房门。在一个空旷的地方，他贴着我的耳朵说：相信吗？当我跑到一定速度时，我就会飞起来的。我将信将疑地看着他，他把手伸出来，鼓励地对我说，来，跟我跑一程。

事实上，我刚跑几步就已经被他的速度带得脚尖离了地，我不知道这是不是就叫飞。但是他停止了加速，当我们站定下来的时候，他颇有远见地说前面的建筑物会成为我们跑飞的障碍。我眺望着远方，他说的建筑物模糊如一片云雾。

蜜月后的第三天，小易参加了全国长跑锦标赛。在裁判不公、选手要尽花招……众多不利的情况下，小易最终稳稳当当地获得了金牌。我到机场迎接凯旋的他，意想不到的是他的笑容一层层掉在了地上，又一片片飞溅了去。

我再也不会跑了。他说，在我跑的时候，我不怕陷阱，我不怕阴谋，我不怕服了兴奋剂的对手，我不怕受了贿赂的裁判……你从电视上看到的，我得了第一。

说到这里，狠狠的小易突然哭了。就在我穿过人海走上领奖台的那一刻，我的腿彻底软了，我再也没有骨力了。你不知道，那高高的领奖台，我梦中最神圣、最辉煌、最荣耀的地方，那是一张木桌子，上面铺着的是一张花布床单！一张花布床单啊！奖杯是放在床单上的……哈哈哈哈，奖杯是放在床单上的！

小易接下来的话都语无伦次了。他没有喝一滴酒，他的话却比任何一个酒醉之人说的话都含混不清。走！他说，我现在只能说走了。走，我们去走走！我还是能走的。

我扶着失魂落魄的小易在科根城走了整整一天，最后我们来到一个小山坡。在科根呆了三十年，我第一次发现这座城市还有山，山上还有花。就是这些花！就是这些花！小易突然嚷了起来，印在那床单上的就是这些花！他狠狠地振着我的手臂，唯恐我没有发现眼前这片万头攒动的菊野。

对了，以前这里是片浩大的坟场。习习夜风中，小易又给我说了句没头没脑的话。

失眠者

1

云盘城谁不认识肖霏呢？

这位双瞳剪水、姿妍质艳的标致人物是电视台文艺频道的当家花旦。她主持的栏目“人间有味是清欢”别有一番娴雅、清旷的意趣，开播以来连续推出了一百多期。最近，也不知从哪儿吹来一阵风，带累得周围人口口相传：肖霏得了抑郁症，失眠症，暴食症……一些观众不由得格外注意起这个只在电视上才有微笑的女人，一则想看看得了这么多病的她会变成什么样子；二则或是想不期撞上主持某些现场节目的她，突然因这些病症出现什么乱子，目睹那一刻，好比收藏了错版的邮票或钱币，自然又可叨咕好一阵。

手握话筒的肖霏依旧光彩照人，口舌生花。飞短流长的日子里，她整个人和她主持的节目在众目睽睽中更见风华了，这不免令盯着她看的观众有些失望。电视机前一天天泛起很多争论，有人说她接受了心理疗愈，有人说她与某某些的关系更密了，有人说她遭情敌泼污，有人说她长袖善舞，还有人说她就要辞职了，就要结婚了，就要出国了，就要皈依佛门了，也有人说她信的是基督，念的是《圣经》。

无论见到屏幕上还是屏幕下的她，人们眼里都掩饰不住一丝疑问：肖霏究竟有没有病？去年春节，肖霏父母从秀都回到云盘，有人索性直接问向二老：听说肖霏也抑郁了？

不晓得。

母亲向来对关于肖霏的问题不发表任何意见。

晓得她一天在搞些什么名堂！

父亲只喜欢皆大欢喜，但凡有点负面的消息都令他的神色讪讪地。

肖霏在云盘工作时，二老都在秀都帮衬着她弟弟带小孩。其实，别说在外人眼里，在父母眼里，她早显得不正常。结婚半年不到就离了，没有孩子，没有再婚，而今也没有一个三十多岁女人应该有的周到、热络、烟火气……因为这些东西的缺失，他们之间似乎总少了一根韧带，没有这种坚韧、棉柔、有弹性、能把彼此有机连接在一起的“结缔组织”，无论明里暗里，他们都是对方心眼里一块硬邦邦的木头。

早在幼年，或许更早之前，肖霏就体察到她和父母不可能其乐融融的共处。这与父母同弟弟全家的关系不一样，虽然他们也是梆硬的木头，但他们之间有韧带，韧带把他们巧妙而结实地连在一起，连在一起的他们由木头变成了骨头，他们组成了一个能动的完整的肌体。这些年，井水不犯河水，肖霏也学会了怎样和这具能动的完整的肌体保持相安无事的距离。

肖霏和弟弟是龙凤胎。降生时，她先出来。助产士说是个千金，母亲闭着的眼皮抬都没有抬一下。接着，弟弟出来了。助产士说是个小屁娃，母亲的眼睛一下贝壳似地张开。她的耳朵似乎也张开了，她的嘴巴、鼻孔都张开了，她的气息流转起来，一个新新鲜鲜的生命从此来到母亲的世界。在这个世界，母亲的目光几乎全落在了弟弟身上。即使有余光，也落在了弟弟换下的衣服、裤子、鞋子、袜子上。如果一个人的目光是一片一片、可以积攒的，母亲的目光足以埋葬弟弟。

都奔四的人了，还把自己端得个公主一样。

这是弟弟说肖霏的话。这似乎是句公道话，人前人后，弟弟都这样说。他知道肖霏从小就没人端，她一直就是自己把自己端着。他最搞不明白的是肖霏的离异，人家哪点配不上她呢，人家老爸还是副厅级干部。倒是肖霏，直到失眠前都没有半点悔意。离婚，她甚至觉得这是她独立决断的最正确的一件事。只因她和前夫孔赟都对其中的缘由保持缄默，外人也不知孰是孰非。没有钉钉儿，挂不起瓶瓶儿，肯定他们哪个是有问题的。从那时起，人们看肖霏的眼神就带着几分打量。

一年后，孔赟与云盘大学一个年轻的副教授重建家庭，而今他们的孩子已上幼儿园。肖霏呢，虽然每天仍把自己收拾得桃羞杏让，但她眸子里藏在睫毛丛林下的冷清确是一天比一天重了。

2

肖霏的睡眠，如一群候鸟在她离异后的某个夜晚，突然从她身体里呼啦啦地迁走了，一只也不剩。她不知道它们迁徙到了哪里，她一闭上眼，就在找它们。那一阵，走着路，开着车，上下电梯，进出办公室……肖霏都是一个丢了东西的人。当夜色又恩宠大地的时候，她常常站在电视台这座全城最高的建筑内，透过落地的玻璃幕墙眺望那些跳跃着、扑棱着的万家灯火。这些灯火终将因一桩桩睡眠而变弱、变暗直至熄灭。一扇扇窗户里的光亮都沉没在小城变得均匀的呼吸中时，她也把房间里的灯摁灭。然而玻璃幕墙上的另外两盏灯随即亮起来，那是她的双瞳，盈盈的，宛如深海中美艳绝伦的水母。肖霏闭上眼，两盏灯熄了，整个世界又明晰起来。

肖霏的失眠，也许源于她忽明忽暗的境况。适才如一朵端淑而精巧的郁金香在演播厅内把开与合拿捏得恰到好处，转眼又似一只鼹鼠藏匿于土般蜷缩在寓所。要么浮于寻常的生活之上，要么坠于寻常的生活之下，她与寻常始终不能平行。在她冷清的家里，她常常处于一种混沌的状态。很多时候，她甚至连自己最基本的日常生活都不能料理好。她总是把房间搞得乱七八糟，换下的衣服堆积成山，用过的器物尸横遍野……她好像生活在月球，远远看去清灵皎洁，实地满目疮痍。

她总是疲惫，做什么都劳力又劳心。她只想睡去，沉沉地睡去，让睡眠像黄沙、黑土一像覆盖全身，每晚她都渴望像死去一样睡去。

失眠一年多来，肖霏尝试过各种各样的治疗办法，温泉疗法，音乐疗法，香氛疗法，食物疗法，心理疗法，物理疗法，数字疗法，药物疗法……没哪样管用，吃三倍的安眠药也跟什么没吃一个样。一天深夜，她居然向网上的一个陌生人坦言：很久没有睡着过了，我八成得了某种精神上的疾病。

这是她第一次在她的网络空间说起自己的失眠，反正在网络上，谁也不知道虚拟为“黑夜的爱女”的她是谁。奇怪的是，鼓起勇气说出这骇人的话来，心里反倒获得了一份难得的平和，她似乎清醒了，她哪儿有什么病，她不过是一天太多思多虑了些而已，一旦忙起事来，她还是像上了发条的玩偶，骨碌碌地转个不停。别人嘴再碎，到头来又能说她个什么，她只要愿意，照样可以冲着他们每个人微微一笑。

就在那天晚上，肖霏和老林子有一场疯狂的欢爱。他们站在床上，老林子双手抬着她的腿把她抱在腰间，她一时分不清自己的头向着什么地方。她感到了一种随时将至的危险。老林子要是站立不稳，他们会一起摔倒在床下，她的后脑勺一定最先着地，她会脑浆崩裂，扑在她的身上，老林子只会被吓个半死，而那时，他那个器官还在她的身体里欢吟……

后来老林子把她放下来，她才发现自己的头原来朝着床尾，即使摔倒，他们还是在床上。

夜，又归于平静。她的眼泪却像血浸出伤口一样浸出了眼角。

3

和老林子好上，当真“就在一瞬间”。

两年前一次偶然相识，老林子直言不讳说起肖霏主持的栏目，人间有味怎么会是清欢？应该狂欢才对啊。狂欢？肖霏哼了哼，心想又碰上了一个敢于胡说八道的主。看他身量并不高大，声音倒还敞亮得很。这个自称“鹅卵石王老五”的老林子也单身多年了，肖霏知道能上能下的他在云盘颇有能耐，周围不乏嗡嗡嗡的蜂蝶蝇蚊。要是早些年，肖霏一定会对这样的男人敬而远之，现在却发现她就像需要一针疫苗似的，需要一定剂量的俗与邪甚至恶与毒浸入自身。

对于老林子后来请吃个饭、喝杯咖啡的邀约，肖霏会相机而择。那时的她正处于水深火热的失眠之中，老林子恰好与她共掷光阴。

肖霏一般只与老林子喝咖啡。说是喝咖啡，不过是借一个比较雅致的地儿喝瓶矿泉水。她本来就睡不着，哪里还敢碰那些提神醒脑的东西。就这样，他们很长一段时间都保持着一张桌子的距离。离婚后，肖霏最能接受的就是与男人保持着一张桌子的距离，隔桌相望，最能产生旖旎、暧昧和幻想。两者既迫在眉睫，又隔着天堑。一张桌子是她与男性世界最远又最近、最危险亦最安全的距离。

2013 年的圣诞夜，肖霏和老林子就这样面面相顾，说些上不挨天下不着地的话，桌子上空的琉璃灯盏绮丽了他们的来眉去眼，时光在垒红叠翠的圣诞装饰中仓皇逃窜。

肖霏那天喝的一杯热牛奶，老林子依旧是带着不深不浅的醉意而来。不远处伴奏的钢琴声刚停，琴师正准备换曲，老林子突然从他座位上站起来，隔着小方桌躬起拉长了的上身，伸出双手捧起肖霏的脸，似乎要细细端详却忽地啄了一下，又把他整个人弹簧似的缩回餐桌对面。

肖霏被这个没有半点征兆的隔桌之啄惊了一跳。奇怪的是，连自己都觉得自己在老林子面前“端”得十足的她，那一刻不但没有丝毫被侵袭的懊恼，反倒觉得潮暗的心底被一道闪电似的亮痕划过。一切又恢复原状。空调热风烘着，肖霏的脸颊更艳了，有点像老林子儿时过生吃的涂了红的喜蛋。老林子看着她，笑得有点天真和得意。明明是他带着酒气，怎么会自己在犯晕，肖霏莫名感到这个“啄”摁开了一扇门的按钮，门徐徐打开，她不置可否地想看看门里的布局和陈设。

那一夜，又失眠了。像往常一样，随着夜色越来越深沉，她的脑子越来越海阔天空。她一会儿在演讲，身姿俊逸，神采丰耀，旁征博引，顿挫抑扬。对于任何一个问题都可以发表见解，大到善恶、美丑、公平、正义，小到高跟鞋、口红、布衣、素食、一沙一木，以至向来不沾染的赌博、毒品、同性恋……她都可以慷慨陈词。一会儿，她又轻巧灵便地在穿街绕巷，飞檐走壁，攀岩蹦极，翱翔海里。

4

一刻刻夜不能寐，一宿宿夜不能寐，一月月夜不能寐，一季季夜不能寐。

肖霏的失眠博客终于蘸着夜的浓汁，零零碎碎敲打进她的另一个脑子。

不知从什么时候起，我就与失眠这个魔鬼纠缠在了一起。

黑暗中它对我无比迷恋，它似乎看出我对它也不能相舍，它的殷勤更加长驱直入了。它的舌尖舔着我的每一根神经，一更复一更。在所有夜深人静的时候，它用它的赖皮告诉我，只有它在陪伴我，只有它能抚慰我。

我的睡眠是干涸的河床上流失了的水资源。令人痛心的是，它得不到任何补给。它带走了我甜蜜的笑容，平和的态度甚至善良的心意，我不能再真正活泼地度日。没有人相信我有多么疲惫、多么虚脱，多么不堪一击。

可我还在征战。

当我的心灵披上戎装的时候，我并不知道我要夺取的是什么。旌旗已破如发丝，我的目光还在夕阳中矍铄，直到黄沙圆润了地平线，大漠中只剩得风在迂回，卸下铠甲的心才喃喃自语：我真的无意获取什么，别说与人抗争，就是上天赐予我的一切，我也会如数奉还呀。

我总是在全身痛楚的那一刻才能放开眼界，放眼我已经和未来的日日夜夜，每一幅影像无不泛出旧照片的昏黄。昏黄，这是生命中多么缱绻的色彩，我所迷恋的向来不是光鲜和明艳。

失却睡眠，再不能进入梦的境界。那片柔软的土地，对我插起了“游人止步”的示牌。我的每一天只能真实得不能再真实，坚硬得不能再坚硬，它们像雪地里的阳光白森森刺着我的双目，我想合上它们，可合上跟不合上又有什么两样？眼球里、脑子里仍然是这无比真实而坚硬的明与亮。

有些夜晚，我逃入他的怀抱，甚至想在性的岩洞深居简出，不辨晨昏，无论魏晋。以这样的病残之躯待他，我不知带给他的究竟是火焰还是灰烬。如此，我又求他什么？

我的心不是说过吗——

就是上天赐我的一切，我也会如数奉还。

5

老林子很早以前在城南买有一套小房子，多年来一直租给别人住。这年端午刚过，小房子恰好空出来，他和肖霏简单收拾一下，这历经沧桑的处所就成了他们在这座城市的一个鄙陋的巢穴。

一到无所事事的夜晚，肖霏又不由自主地想和老林子在一起。这其实是个并不强烈的念头，只要有略略的一点意志力，就可以打消。但形影相吊的她，待在她自己的寓所，似乎也漂泊在外乡。

老林子还在外面吃饭，叫她先到小房子等他。九点过，肖霏刚到小房子，老林子也到了。他买了一柄拖帕，一进屋就把拖帕伸到木床底，不由分说地做起清洁来。

这么晚了，拖什么，把灰尘全部飞机坦克一样搅醒，还睡什么觉。

你别管嘛！

老林子又喝了酒，力气比平常蛮起来。肖霏劝不住，任他拿着一柄拖帕在房间里挥舞，如同拿了巨椽在地上奋笔疾书。

要是我常住这儿，最多一个星期就把这儿弄干净了。我今天擦洗门窗，明天整理阳台，后天打扫厨房……老林子边做边喋喋不休，肖霏抄着手靠在窗台，看着他夸张的每个动作。

你别笑嘛。

老林子把卧室地板拖了三遍，又把卫生间刷了一遍，才开始打扫他自己。肖霏是洗了澡过来的，换了睡裙就躺上床。她现在越来越不能一个人睡觉了，只有和这个总是热乎乎、神叨叨的老林子挨在一起，她的漫漫长夜似乎才安置在这个声色流转的尘世。

老林子没有男人惯有的体味，他的骨骼、肌肤、手脚甚至于眼神都比较中性，当他们碰触在一起时，肖霏似乎在和自己相逢。几番相逢后，他们又平静地躺在透进屋子的月色里。

这时候，老林子又给肖霏讲他的家里事。他总是喜欢在夜深人静的时候，说起他的父母、兄弟姊妹、侄儿侄女、七大姑八大姨。

他说他姐姐的自尊心最强、面子观念最重、心理承受能力最差，但是又最顾家了，叫肖霏今后不要招惹她；又说他大哥最记情，别人对他的一点好，他都念念不忘……而他的三姨婆，一生下来就非常漂亮，她把她所有的钱财都捐给了云盘山上的寺庙，她的照片一直在云盘山寺庙的观音阁里供着，哪天他要是带肖霏进去，在那儿吃豆花饭都不需要付钱。他又说他三姨公讨了小……

老林子一一说着这些肖霏一个都不认识的人，肖霏隐隐感觉到一股大家庭的氤氲。其实每次他说起这些，她都没有刻意听，她最希望能在他的讲述中悄然睡去。他的声音是一条平缓的河，她是河面上的一叶舟，就那么静静地顺流而下。

说说你和你家吧，怎么都是我一个人在说。

我只想听。你说吧，你说着，我好像能睡着一点。

如果睡眠有十个层级，肖霏觉得她和老林子躺在一起的时候，大致可以睡到零点五层。这已比完全醒着好多了。

说吧，你继续说。

老林子又开始讲他的幺爷爷。这个时候，闭着双目的肖霏在想她自己和她的家真没有什么好说的。她这一家人，真要说起来，她还不知该用什么样的腔调来开口。说她父亲喜欢上了当年寄养在他家里的一个乡下表妹？说她母亲把弟弟当作了她前辈子的情人？说她弟弟又做了他自己孩子的奴仆？好在老林子对什么都不会穷追不舍，曾经他想听听她为什么和前夫离婚，她装睡着了，老林子也不再问。闭着眼的肖霏便在他已轻起的呼噜中，又一次回到了三年前。

6

孔赟一表人才，家境优渥，他们应该是美美满满的一对儿。但依肖霏现在的眼界来审度，生活中其实美美就已经是相当的造化了，再满满则会溢出。

婚后三个月，肖霏有了身孕，两人自是欢喜。肖霏辞了一些急、难、重的活儿，安心孕育他们爱情的结晶。一天，她无意间在孔赟的衣柜里发现几张收藏版的港台女星全裸写真碟，光看那些封面，她整个人就僵住了。

这不是砸她的脸吗？好像她还不够娇俏、狐媚似的。想当初，孔赟最喜欢的不就是她的柳腰莲面、靡颜腻理吗？因为她，孔赟把父亲的老上级给他介绍的对象都拒绝了，他还怪肖霏尤物移入[11]。结果，他倒在背后玩味起别的女人来。肖霏一时不知该把这些碟片如何处置，继续藏在那儿，让他偷偷摸摸的激赏？心心念念地收藏？还是狠狠砸在他面前?

孔赟后来申辩道，他只是看看，又没有做什么。他那一脸的无辜，就像是小孩子多看了一眼奥特曼，中年大妈多看了一集碟战片。他还说哪个男人没看过这些，肖霏却总觉得有一种被背叛的耻辱、被污染的痛楚。她想自己爱他爱得多么干净而不易，从有了一颗少女心，便开始自己对自己的精打细磨，习书画，论诗词，抚琴瑟，赏经典，练形体，健筋骨，护肌肤，除疤痕，脱腋毛，减肥，箍牙，去痣，美发，美了手指甲，美脚趾甲……她的所有内外兼修无不为了让自己能配得上今生的一段美好爱情，而他，这美好爱情中的另一半，却从背后长出一双眼睛来偷窥别处的花枝。

“情何以堪”，这是肖霏顶不喜欢的一个词，这个词在近些日子被周围人开口闭口地用滥了。那一刻她却悲哀地发现，“情何以堪”这个被人用滥了的词放在自己身上，竟再合适不过。

肖霏垂下头，想起当年她考入秀都广播影视学院，也是千人里挑万人里选出来的，模样、身段儿、气韵概不说，眉眼、肢体的比例都测定为最适合出镜。前不久拍泳装照，摄影师还在感叹拍几年都拍不到她这样的一副好形体。和那些全裸写真的女星相比，她不过是还没有彻底放胆、开化到不顾羞涩。如果这样，一个人与一只动物又有什么区别。但她又不能斥责那些全裸写真的女星，这是她们的自由，或者说是她们的营生。照此说来，她也不能斥责孔赟，这不过是他的一点私密趣味，他并没有妨碍什么，也没有造成什么不良后果。她倒是想在宽慰自己的同时饶恕孔赟，但她总觉得这里面有龌龊、猥琐，不然，他怎么会偷偷摸摸。“龌龊”、“猥琐”这两个词一经跳出她的脑海，就再也找不到一块慷慨的地方可藏可避可遮可掩，这绝对不是他的第一次，也绝对不可能是他的最后一次，他的电脑、网络空间还可以收藏更多。肖霏只觉得她和这个嗜好裸女写真的男人再也不可能待在一起了。

那些收藏版的光碟，最后被肖霏胡乱塞进一个文件袋，她直冲冲出门，下楼，径直走向大门口的垃圾房，哗啦一声把它们扔了进去。她片刻也不能让其他赤身裸体的女人再待在她的家里，即使待在她家的垃圾桶也不行，她必须直接哗啦一声把它们全部扔出门。扔了光碟，再上楼，站到家门口，肖霏才发现自己出门时竟忘了带钥匙，她把自己也关在了家门外。

孔赟没有料到的是，肖霏后来居然去做了人流。这个做事决绝、不留半点退路的女人让他感到心悸。

多大个事？姓肖的，不是我咒你，你这样下去，永远也别想再嫁出去！

在离婚协议上一挥大名后，孔赟给肖霏甩下这么一句话。泪珠子在肖霏眼里打了好几圈转，最终没有滚下来。

7

这个周末的晚上，老林子又喝麻了。

九点过，他打电话问肖霏在哪儿时，肖霏还在台里准备一个访谈节目的提纲。听到他的问话，答非所问地说，我还没吃饭。

傻的，怎么还没吃？我都吃了两台了！快出来，我陪你去填肚子。

肖霏赶到城门洞的煲仔店时，老林子正捧着一罐鸡杂汤，笑吟吟地，一看就是酒精麻醉了各路神经。他给肖霏点了一个绿豆煲仔饭，一罐鸽肉汤，催她赶快吃。

这煲仔饭店，倘若肖霏独自一人是绝不会来光顾的。很多时候，她宁肯饥肠辘辘地饿着，也不会下这些各色人等在里面七吆八喝的小馆子。好在这么晚了，煲仔店此刻只有寥寥无几的客人在座。

快吃啊。老林子催着她。

肖霏看了看摆在面前的那煲饭，热气袅袅，当是刚从蒸锅里端出，鸽肉汤还烫得不能挨手，也该才从大锅里舀上。只是那筷子，肖霏蹙了蹙眉，拿起筷子到厨房里找到开水灶，烫了筷子尖。

坐在椅子上的老林子看着肖霏这副小德行，又拿出一副有呵斥之势却无呵斥之威的口吻对她说，你知道你这个人最大的毛病是什么吗？

肖霏并不理会，埋头吃她的。吃了几口才说，这煲仔饭，唯一值得称道的就是米还不错。

你这个人最大的毛病就是，臭假。人家哪儿不干净了？你一个人生活在月球上去算了。到时候，我们都脏死了，留你一个人活着，活着做什么，天天来背尸，看你还有什么好玩的。

呸，我要来给你们背尸！肖霏对他翻了个白眼，端起不再滚烫的鸽肉汤。刚端起，又放下。

我记起，以前教我们礼仪的一个女神级的老师说过，把汤钵端着喝汤的是下劳力的人，有身份的人喝汤都是用小勺子舀着喝。

肖霏说罢，故意讨嫌似的翘着指尖拿起汤罐里的小勺子，舀了浅浅的一层汤喂到自己嘴里。

什么狗屁礼仪！看我们这些下等人是怎么喝汤的。

老林子一手抓起他的鸡杂汤，仰脖一倾，呼啦就喝个精光，完了，还伸出舌头在罐沿边舔了一圈，逗得肖霏扑哧地笑了。老林子见自己的即兴发挥有了立竿见影的成效，带着欣慰的神色又说起来。说他那两台饭都是非吃不可的，说他那些酒也是非喝不行的。

十点整的时候，肖霏的饭煲已见底，老林子这时正饶有兴致说着的是他的父母。他说他爸是个老顽童，他妈最持家。说着，突然伸了身子过来检查肖霏的饭吃干净没有。边看边说，他母亲最反对剩饭和倒饭了，如果家里有谁剩饭，她就会说不要倒，她把它吃了。

晚上十点过，对于他们两个光棍汉恍如上午十点过，离这一天的收尾还有大段大段的空白。后来，他们又去"时光之旅"喝咖啡。再后来，又去到小房子。

那段日子，他们都这样在夜色里相遇。

8

我们越走越近，目光、呼吸、肌肤、习惯……渐日贴在了一起。原本两个世界的人，凭着独寞、迷乱、卑俗或许还有更为不堪的缘由，生生要在这个时节拉扯出一段故事。

这个时节，正正经经的世界也许是一片了无生趣的墓地，我们就是悄然出游的两个魂灵。很多个夜晚，我们都在更为僻静的角落久久相视。面前的酒水也顾不得吸饮，只把对方静静地凝望，似乎要苦苦地辨认，你是不是我的前世，我是不是你的今生。

我们蜗居的这个隐秘而简陋的小屋，莫名比许多一应俱全的住所多出一种气息。每当倦鸟归林的时候，就把两个魂灵如两粒尘埃从这个城市的皱褶里吸引出来，聚一起，任他们在此过上一段升腾起人间烟火的时光。

在这里，我没有任何作为，除了吃，便游荡在睡眠的边沿。

时间从房顶流过、从窗前流过、从枕边流过，我都听到了那年华消逝的声音。他的起身每次都意味着从一个世界切换到另一个世界。我的回眸依然是沉坠，我不知道该怎么振作。我仍在侧耳倾听。

夜渐深时，我还是一个完整的人。有头脑、躯干、四肢、毛发、指甲，有女性的器官，有力量，有喘息，有泪腺。

在夜色更加凝重的时间之旅，我的身体悄然丢失着。夜行经到最深处，我的身体只剩下一双耳朵。我听见一切都在消逝。光在消逝，影在消逝，爱在消逝，怨在消逝，星在消逝，心在消逝，消逝在消逝……

夜，从漆黑到微明，从微明到渐白，我在屏息凝神的倾听中，又悄然变成一个完整的人，有泪腺，喘息，力量，有女性的器官，有指甲，毛发，四肢，躯干，头脑。

9

中秋这天晚上，老林子兴许喝得更麻。待在寓所的肖霏给他打了好几个电话都没接，再打已关机。每次遇到这种情况，肖霏的第一反应就是他又和他的老相好在一起。该怎么办？肖霏最不能应对诸如此般的难堪。离婚一事也许暗授她对于某些情形，最好的处理就是：看破，不说破。憋吧，把能憋的都憋在肚子里。加盐，加酱，加辣椒，做它成一坛老腌菜。肖霏突然想起，曾经读过的一首短诗——

把你的影子加点盐

腌起来

风干

老的时候

下酒

这是多么通明、放达的滋味。肖霏从沙发上翻起，洗漱之后，蜷在自己冷冷的被窝里，打算就这样熬到天明。她的心渐渐静下来，她又听到了窗外落叶扑向地面的声音，听到了花坛里虫蚁的呓语，听到了月亮在云层里穿行。她告诉自己，真好，我的灵魂本就该这样寂若天籁。

肖霏闭着眼，她知道自己又要开始精骛八极，心游万仞了。不同于平常的是，一串冷飕飕的声音如同飞将而至的一个个乒乓球甚至一个个篮球，接二连三地扑向她，叫她躲闪不及。

你，为什么要贪图那么一丝若有若无的温情和他搅和在一起？

你，为什么要把自己有限的精力，投入到无限的泡沫中去？

你，为什么不去寻找自己而要去寻找别人……

这串问题凭空而降，似一场夜雨淋湿了她。肖霏突然有些凄惶，她不明白为什么这段时间以来，自己会在老林子面前表现得那么欢嚣。那些时刻，她不知道愉悦的是他还是她，也不知道抽泣着的究竟是她的身体还是她的内心。

这也许是一片海边的沙地，无论踩着、坐着还是躺着，给人的感觉都是最不坚实。一阵浪打来，就会掏空眼前尚有的一点一粒，瞬间什么都不复存在。她究竟还在迷恋什么？她不得而知。夜又深了，不远处的歌厅和酒吧还有人高声喧哗，一如她的心，纵然衰竭着，仍要呈现出某种强劲的声势。

应该零点了吧，肖霏用被子蒙了头。她只想睡去，哪怕只接近睡眠的零点零零零零一层，但是她的大脑片刻也得不到安宁。她知道，这个老林子于她多么可有可无。就像客厅里沙发前的地毯，它的每一根纤维不知蕴含了几千万只螨虫，铺着仅是一份藏污纳垢的存在，挪开倒是一份硬朗的清爽。可她清楚地记得，还在上小学的时候，她就向同学吹嘘过家里有一方地毯。那时，她的家连客厅、卧室都没能区分。同学们大都是乡下的，对她的话将信将疑，他们约好了要到她家来看地毯。结果那天，她一路踌躇着，普天之下，好像找不到家了。

肖霏的脑海又在这时生出一枝白若须发的芦苇，白芦苇在风中一阵阵拂摇，似乎在用植物的语言对她说，再给他打一个电话吧，再打一个。肖霏睁开眼，一下抓起枕边的手机，没想到这次拨通了。老林子说他才在外面喝完酒回家，手机没电了，刚换好电池。

肖霏问他要去小房子吗？他说，去，马上就去。肖霏忽地从床上坐了起来，刚才所有的胡思乱想一下烟消云散，只对他轻快地说了个，好。

10

他又在小房子等我，我的脚又载着我的身子去了。

一到夜幕将临的时候，我就期待出门，夜色是我的风景，我要去看望的好像是风景中的自己。

到了小房子，他看到了我身上披着的重重夜色，一件一件为我脱掉它们。他知道我总是一呼即来，他知道我只有依偎着他才能求得一份安然，他知道他是我的一片药。

他又开始漫长的讲述，在这声音的河流里，我又开始顺流而下。河水一路流经他舅舅的家门，他四爸的后院……

我不知道他为什么喜欢念叨他那些或远或近，或亡故或安在的亲人，他们也许是他童年的记忆、成长的底色。我不能不说，自己对他这些记忆和底色都怀着幽幽的艳羡。

这些时候，我像一个贫寒得兜里没有一分钱的孩子，羞怯地站在一个做糖画的半艺半商的摊贩面前，看他把小锅里稠似软金的糖稀，自若地舀出半勺，用刮子刮几下勺底，就将这糖稀如连绵的金线牵引在一小块方石板上。金线行云流水，一个个晶亮蜜甜的人儿忽地生就、凝结，再用竹签往上稍加力一按，他就把他们在我面前轻巧地举起来了。

11

老林子的讲述就要把肖霏送到梦的沿岸，突然，他的手机响了。

肖霏睁开眼，见到老林子的神色有些不自然。其实，只消听电话那端轻拖软磨的声音，她就知道是谁打来的。瞿卉，云盘商城的大客户经理，她们也认识，肖霏知道这个人称花儿经理的女人与老林子有过扯不清的关系。以前，老林子就念叨过这个经理攻坚克难特别厉害，缠着他和另外几个大客户在一个乡村小学搞了好些慈善公益活动。

又是那个把别人屁股当自己脸的人？

可能又要搞什么公益活动。

什么公益活动，大半夜来搞？

刚牵着睡眠的衣袂飘至一方朦胧之地，忽又跌回木板床的肖霏瞬间懊恼起来，陡然只想把什么幌子都一竿子戳穿了。她一下把老林子手机的话筒按成免提。不出所料，是瞿卉。

你在哪儿呢？电话里的女人问老林子。

家里。

睡了吗？

嗯。

我还没睡呢。

好嘛。

老林子往下再不敢多说什么，唯怕引得对方与他缠缠绵绵调起情似的，很快就把电话摁了。

什么呢吗呢嘛的，你们现在到底是什么状态？

肖霏腾地坐了起来。

她问我在哪儿，我只好这样说。

不行，我要让她知道你又在撒谎。把手机给我。

肖霏说着，抓了老林子的手机就要拨过去，她一直克制着自己的情绪，但是她的手已经不由自主地抖起来，以至回拨电话都拨了好几次。

从老林子的手机里听到一个女人更轻拖软磨的声音，肖霏想那瞿卉肯定会挨上当头一棒。肖霏仍把手机话筒按成免提，她要让老林子也听着她们的对话。

是瞿卉吗？我和老林子在一起，你不想过来玩玩？

你们在哪儿？电话那端的声音一下变得老辣而严厉，瞿卉一定听出了是谁。

你想过来？

我不来，你把电话给老林。

老林子硬着头皮接过电话。

你们两个是在羞辱我啊？

没有羞辱你啊。我们在外面喝咖啡，她说你如果想来也可以过来坐坐。

老林子还在继续他的谎言，肖霏一把又抓过手机，提大嗓门转而用嬉皮的语气说，我们没有在外面喝咖啡，我们在他的一套小房子里，你很多次打电话来，我们都在一起，圣诞节，元旦节，情人节，端午，七夕，我们都在一起……

她不知道为什么要对瞿卉说这些，一股脑儿倒出所有，是要让那女人明白事实的真相，给她一连串炮轰？还是又要让自己处于一场争斗的上风？无论怎样，肖霏知道这是一件恶俗的事，可她却一下做得这么利落。

你们该干什么就干什么吧。

啪地电话断了。

老林子起身喝水，肖霏仰躺在床上，只感到明里暗里，其实都是自己受了他们俩的羞辱。她全身不由自主地抖瑟着。她的牙齿上上下下碰得格格格的，像运输途中颠簸不停、晃荡不止的两排玻璃瓶，她的嘴唇也颤抖着。幸亏人都不能直接看到自身，否则，她一定会相信这一刻的自己中了什么魔咒。

肖霏的眼泪顺着眼角汩汩流淌，老林子抽着面巾纸不停地给她擦拭，肖霏还是像丢了一颗糖的婴孩，失去了这颗糖，就好像失去了一切。

她又是一个征战者了，对一个于自身毫无用处的高地劳心费神。肖霏的眼泪边流边问自己：你拿这个老林子来做什么，他对你有什么意义？你真的需要他吗？

夜像退潮的海水，又归于静寂。肖霏的嘴唇和牙齿终于渐渐宁息，心也不再瞎扑乱撞了。

好了，好了。你这不是自己找气受吗？我看你怎么得了，罪孽这么深重。

老林子拥着她，倒像一位看客似的劝慰她，他平稳的气息在肖霏的耳际和发丝间暖暖拂过。老林子睡得很沉了，他为什么可以睡得这么安心，就像这件事从头至尾都与他毫不相干。肖霏对老林子睡眠的妒忌在这时候突然被他均匀的呼吸哧啦一声点燃了，她蹬起脚朝他使劲一踹，老林子翻了翻身，好晚啦，快睡吧。他迷糊说着，把肖霏搂得更紧了。

这个暖呼呼的怀抱，肖霏第一次感到它是一个散发着热气的冰窟窿。

12

我看到日渐模糊的我，一步步向我走来。如果不是因为终于走近，我们很难相视一笑。我的轮廓已经不清晰了，总有一天，我会完全忘记我有过的形状。

我只记得，曾经，我那一腔蛮荒劲儿，就像眼前这暴雨来临前的风，卷起的满天星云，诡异而艳迷。

不管我辗转到哪里，不管我经受过这单调的轮回怎样烦冗的教诲，我终归也要腾地而起，又凭空停滞，哪怕短短的一刹。

雨就要来了，我设想我的筋骨还残留着，一轮落日的印痕，如果可能，我还想回望一眼初生的自己大着胆子打量世界的怯怯的眼神。

如此，我就对从天而降的雨与泪，都无所谓了。

我相信所有的扑入与逃离，都正当其时。

来吧，我还会纯净地扬起手臂，把面庞仰得与天空平行，无比安宁地等待着，等待着所有的黑夜，呼啸而来。

13

再到小房子，厨房里多出些新买的电磁炉、电饭煲、电炒锅……看来，老林子是准备在这里开伙了。他打电话说他正在菜市买菜，要肖霏过来时到附近超市买些油盐酱醋。

油盐酱醋？就这样和他拉扯出一串酸甜苦辣的日子？肖霏不得不承认那些家常的滋味在空气中引诱着她，她又怀着那么贴实入微的兴头走进了超市。当她大包小袋买好东西回来时，老林子已围着围裙在厨房里转来转去了。

你真会做？

当然，我才是上得厅堂，下得厨房。不像你，中看不中用。

他们的第一顿晚餐终于摆上桌。一盘嫩姜牛肉丝、一份炒玉米、一碗清水南瓜汤。拿上筷子，肖霏还不知道先夹哪一样。

等等，老林子不知从哪儿拿出一瓶酒两只酒杯来。

这是上好的橄榄酒，尝尝。

肖霏轻轻抿了一小口，只觉得异常苦涩。

怎么像毒药一样？

所有毒药喝过后，喉咙都会泛甜。

肖霏知道老林子嘴里，永远没有一块稳当货。她又试着喝了一口，果真苦尽甘来。在筷子的一伸一缩中，天色又渐渐暗下。老林子挂在窗户上的暗红帘子映衬着他们，他们俩就像浸泡在一种红色药液里的两具安然而恬淡的活体标本。

两人都很久没有这样居家吃家常菜了，这一顿，肖霏添了两碗饭，老林子添了三碗饭。平常来到小房子，很少再出门，这一晚，这简单的晚餐还真的让人酒足饭饱了，他们俩都想出去走走，他们从来没有这么早并肩出行过。老林子说，你先出去，出门朝左往城郊走，我后面来。

城郊的暮晚有些清冷，一个人走在路上，这种感觉更为突兀。黛色远山晕染在水墨的夜幕中，又缥缈又威仪。风，好像刚从水中滤出，不带任何浮躁，只剩下呼呼呼地沁凉。他们终于并肩而行了，他们的手也拉在了一起。这时候，他们多么像一对邻家夫妇，饱足而散闲。

这一夜，老林子讲到的是他的三哥和三嫂。他说他们都是财会人员，做什么事都很严谨，他们总爱吵架。十年前，三嫂查出乳腺癌，拖了四年，2008年去世。他说三哥在三嫂查出病后，再也没有和三嫂吵过架，分居多年的他们又住了一起。三嫂每晚都要牵着三哥的手睡觉，直到有一天，三哥凌晨醒来，发现牵着他的手已经冰凉了，才知三嫂已经平平静静地走了。

这是一个伤怀而恐怖的故事。肖霏一度是惧怕谈生死的，这一夜，兴许老林子的声音依旧不疾不徐，她的内心居然也不惊不诧。“平平静静地走了”，肖霏暗自琢磨着这句话，只觉得“平平静静”这四个字涵着无尽的况味，那是怎样一种抽身？又是怎样一种诀别？她不敢再往深处想。平平静静，她突然恋上了这四个字，这在从前是不可能的。从前的她时时绽着光处处迸着彩，哪里甘心平平静静，谁要祝福她一生平平静静，断乎就是对她的轻视和讥笑。而今，这原本两个字叠成的四个字，似乎在时光的深谷里产生出的回音一般，传递着，回荡着，最终在她心底如落叶要归根。

14

还好，昨晚终于迷糊地睡着了一小会儿。虽然入睡的时间很晚，醒的时间又很早，连一个梦都没镶进去，但是窗外的雨不知是什么时候下起的，我由此推测，下雨那阵很可能正好是我恍惚入睡的时候。

这已经很好了。现在对我而言，睡眠就像盐对菜肴一样，只要真正能够撒入那么一小撮，我的整个世界就有了滋味。

我对一切的真正需求，其实都像盐一样少。我的生活是该由加法变为减法了。我真想把欲望天空中的十个太阳射下九个。如此，我的心田才会长出嫩绿的草尖，风吹云起，月黑天高，草尖上的蚱蜢才会一伏一跃。

15

国庆要现场主持一场典礼——“最美云盘人”。肖霏翻着案头的资料，一个个熟悉这些即将被镜头聚焦的人物。

陈正松，退伍军人，某日正在街边的小餐馆吃面条，忽见一歹徒拿着菜刀挥向路人，他急中生智，端起自己的一钵麻辣面泼向歹徒面部，随后成功将歹徒制伏，惊恐万状的路人幸免于难。

刘垦，公务员，路过玻璃湖时，发现不慎落到湖中的老大爷，果断跳入湖水救起大爷并将其送往医院救治，虽然大爷最终遗憾地离开了人世，但是看着守在自己身边的陌生人，大爷闭上眼前说的最后两个字是，谢谢。

谭丝丝，酒店管理，有一个性别认同障碍的女儿，面对传统价值观引来的非议和女儿因自身的特殊矛盾产生的严重焦虑，没有选择责难和漠然，通过网络连同其他性别认同障碍儿的父母，她牵头成立了“凤凰基金”，专门用于关爱这些上帝造人时，把灵魂放错了身体的孩子。

沈静初，自由撰稿人，用自己的版税和稿酬建立了一个藏书众多、功能齐全的残疾人读书室。

齐琦，小工厂老板，腾出自己的小工棚，安设了二十个床位，每天让无家可归的人夜里投宿。

罗箫笛，律师，专打冤案错案官司；苏娜拉，社区医生，常年坚持义务接诊；谢传伟，农民工，把从脚手架下坠亡的工友的父母接至自己家中照顾……再往下翻，肖霏突然看到了两个刺目的字，瞿卉，看到这两个字，肖霏几乎吓了一跳，怎么会是她？商场经理，真是她，她也算得上最美？肖霏的目光迅速往下扫，原来这个女人帮扶了一所贫困乡村小学的所有失学儿童，孩子们都亲切地叫她花儿阿姨。这个乡村小学，是瞿卉儿时的母校。

肖霏把手中的资料啪地扔在桌子上，对这个现场典礼，先前还感动得心窝子一阵阵发热的她突然想撒手不干了。鲜花、灯光、掌声烘托的舞台上，站在一脸荣耀的瞿卉身边，声情并茂地称颂她是云盘城最美的人？按多年养成的职业素养，肖霏知道这对自己不成问题，但她一向以为，内心虚饰就是对观众最大的背叛。怎么办，她又拿自己问起来。有什么好为难的，她忽而又愤懑起自己的心虚胆怯，这些年，硬着头皮做的事还少吗？也不差这么一出。唱红说绿，那还不是他们这行人嘴皮上的一点儿功夫。

接下来的几周，进行的是“最美云盘人”网络投票，瞿卉一路高歌猛进，截至九月三十日，排名由最初的十八位飙升至第一位。无疑，她将成为本届最美云盘人的魁首。还没有同台站在一起，肖霏已感到瞿卉的灼灼辉芒刺得自己周身生生发痛。老林子说得没错，这是一个攻坚克难特别厉害的女人，能在网络投票中扶摇直上，能耐绝非一般。好多个夜晚，肖霏都在脑子里放映自己如何口是心非又动情动容地赞美这个厉害人物的一组组画面。那些时候，舞台雄踞着她一个又一个夜晚，她对自己一度引以为傲的职业一刻刻萌生出深深的厌恶。

到了白天，肖霏一边无可奈何地做着主持这场盛典的相关准备，一边琢磨着与她的老搭档李加力换工。她知道，李加力最近也摊上一块烫手的山芋——全市中学生诗词大赛决赛现场主持。现在的中学生岂能小觑，初赛复赛阶段他们随口迸出的诗词，什么“荷雨洒衣湿，苹风吹袖清”“多谢月相怜，今宵不忍圆”“唯将终夜长开眼，报答平生不展眉”……好几次都让李加力云来雾去。“最美云盘人”这种典礼类的节目，看似浓墨重彩，实际上万全稳妥，什么都编排设计好了，到时照本宣科，比起那些灵精怪骨的学生好应对得多。

这天一大早，还没待肖霏开口，李加力就找到她左央右求。

仙女姐姐，诗词都是你的菜呀，对愚弟来说那些破玩意儿都是啃不动的硬骨头啊，求你打马过来救我于危难。

看情形，肖霏心里搁着的偌大石头正可乘机挪掉。行呀，肖霏说，不过我手上的活儿怎么办？

这个活儿高大上啊。

换你哈，也只有你的气场够得上。

两厢情愿的二人很快找到台长换了工。走出台长办公室，肖霏莫名觉得人突然间轻便了许多，身上的衣服，脚上的鞋子，甚至脑袋上的头发都变轻了。哎，这么多年，还是没把自己磨成一把老戏骨，不知是幸还是不幸。回到办公室，拉开抽屉，取出一柄小圆镜，她又朝镜里的人看了看。还好吧，这个人还是她自己的样子。她拿起一只口红，在双唇上轻轻抹了抹，这个人似乎又鲜艳了一点。

16

肖霏把旋出的口红旋回，盖好，正要装进化妆包，台长突然推门而入。不行啊，刚才你和加力说的事不成，策划部说方案早就上报了市委，现在宣传单都制好了，你们还是各司其职吧。再说，台长躬了躬身子放低声音，这两场活动孰轻孰重，你知道的呀，关注层面完全不一样啊，加力早就想上，你怎么这样轻而易举就拱手相让。

一切如约而至。

国庆那天，站在云盘市国际会议中心璀璨夺目的大舞台，肖霏身着极简象牙白套裙，一如既往保持着端庄、俊雅的台风，为适配这场盛典，娉婷之间还展露出一份饱满昂扬的气宇。她已相继请出了九位最美云盘人，他们的事迹经她纯正语音诚挚而素朴地讲述，生动感染着在场的每一位。

最后，就要上台的是瞿卉。

在做前期准备时，肖霏一再告诫自己，这是她的演播对象，就把她当作最美之中的最美，用溪水般纯净的目光迎接她，用绿叶对鲜花的拥戴之意面对她，用春风般温暖人心的声情传颂她。肖霏做到了，她不愧身经百战。这个行当，除了葬礼她没有担纲过主持，其他阵势，什么没见识过。今天这种按部就班的程式化的主持，只要够稳够笃定，再投入一些感动自己感动别人的情绪，便可驾驭。

此刻的瞿卉别有一番动人的美艳。头戴光环，脚踏莲花，步步生香，皎若满月的面庞露着现世观音般圣洁的微笑。肖霏也真切地相信，假如自己就是那个贫困乡村小学的一名孩子，她一定无比热爱这个给乡村学校带来希望和福祉的女人，她也会无比亲切和依恋地叫她花儿阿姨。

站在瞿卉旁边，肖霏表现得相当妥帖、自然，她深知自己只是一个手握话筒的人，所有的光芒和风采都属于她身边的最美人物。现在她就要宣布瞿卉在本届最美云盘人网络投票活动中的得票情况——

瞿卉，获得 5680 票。

肖霏携带惊喜的话音刚落，身边的瞿卉突然纠正道，对不起，主持人，我获得是 56800 票。

从最开始到此时此刻，一直把整场盛典台上台下气氛把控、调试得恰如其分、自己也全身心处于佳态的肖霏忽地有了眩晕感，刹那间肖霏感到自己在急速地坠落，她从高空跌来，只要一着地，就会粉身碎骨。报错数字，这可不是一个小错。关键是现场直播，她必须立即巧妙地把泼出去的水点滴不差地收回。就在这一刹那，肖霏的脑子飞快检索着自己的错误，她并没有念错，只是手里拿着的提示卡少打了一个零。长期失眠让原本谨慎细致的她也疏漏丛生，这么重大的失误上台前竟然没发现。她照本宣科宣错了，错已成事实，眼下必须马上应对指正她的瞿卉。

将错就错，这是当年院校老师苦训他们主持之功时给的一包急救药。这时，所有的目光似乎都集中到了肖霏面部，她感到一片灯光照射的灼热。备受历练的主持人恰恰能把所有目光当作打向自己的聚光灯，就在整个时空都注目自己的这一刻，温润之色覆盖了肖霏内心的恐慌，她像老林子给她讲述那些或安在或亡故的亲人一样，不疾不徐，接上了瞿卉的话。

大家知道，您获得的 56800 票一定经历了 5680 票、568 票，十倍、百倍之变幻，这不是一番数字的简单增长。随着您网络得票数的一次次刷新，我们看到的是一种美好精神的传播速度，一股正能量的影响广度。我们期待，最美云盘人所展现的无私奉献、关爱他人、共建和谐社会的精神和力量能感召更多的市民。让我们大力弘扬社会主义核心价值观，在市委市政府的高度重视下，身体力行，积极参与，共同促进“最美云盘人”评选活动在各行各业产生出更具深度和持久度的影响力！

又一次天衣无缝。

又一次完美收官。

这天晚上，走出国际会议中心，肖霏驱车直接回到了寓所，蹬掉高跟鞋，妆也没卸，一头扑进沙发。

这是第几次化险为夷了？

她早已记不清。她脑子里还残留着典礼的掌声，这一夜，她却只想用更猛烈的哭声来驱逐它们。

17

今年的时间比以往的任何一年都过得快。以前，我总害怕黑夜的到来，现在，我害怕黎明的到来。

很长一段时间没写博文了。

我害怕面对那可以翻动的、哗哗作响的镜子。

寒风四起，你是从什么时候开始怕冷的？我的身体。我从来没有如此细致地观察过你，你的唇色不鲜艳，你的白眼仁泛青，你的指甲盖不见月牙儿，我的身体，如今，你失散的睡眠远走到了哪里？

18

立冬这天中午，老林子炖了一只乌骨鸡，说下午就可以吃。在鸡肉飘香的小房子，偎在被窝里昏昏沉沉的肖霏感到一丝甜馨的气息。这个空洞的处所，因为渐渐充满了这种滋味而显出一番绵情柔绪，四壁好像都有了呼吸、体温和慵懒的神态。他们在飘逸的鸡肉香中又睡了一场形式上的午觉。

老林子炖的鸡汤恰合肖霏之意，清淡醇和，没有过多的浮油。他说炖鸡就要用公鸡才好，公鸡肉香又不油腻。他还炒了两盘素菜，青椒茄子、蒜粒冬旱菜，这两样，油也用得恰到好处，咸淡都适宜。他们在一起居家煮饭吃，这才第二回，竟有一份相知多年的默契。坐在他对面，肖霏有些感念地望了他一眼，他正吧嗒吧嗒啃着鸡爪子。

下周我们又吃什么？

你说。

吃鱼吧。

好啊，多简单的事。

正说着，老林子的手机来了短信，肖霏拿过一看，一个没有编入他通讯录的号码发来莫名其妙的一句话——

昨晚睡不着，只好不睡了。

是谁？

肖霏的桃花面一下又布上了飞尘。

“昨晚睡不着，只好不睡了”这几个字再次在肖霏眼前过了一遍，她的脑子立即为她分析出一组信息。“昨晚”说明他们一直有联系；“睡不着”，这么私自的事情也道与他，可以肯定的是发信者为异性，且知两人惯已亲近；“只好不睡了”，表层求安慰，里层含挑逗，足见两人关系非同寻常。

够了。肖霏从来就相信自己的直觉，她断定，又是一个与老林子的不干不净的女人。睡不着？肖霏鄙薄地说道，看来这天底下，睡不着觉的人还真不少。

别管它，骚扰短信。

老林子又是一副事不关己高高挂起的洒脱模样，肖霏知道他在糊弄人，他最大的能耐就是永远对什么都不会说破，整死不认账。肖霏心里一堵，鸡肉鸡汤全无滋味了。

剩下这么多怎么办?

倒了啊，谁还吃你的残汤剩水!

肖霏说罢，把手里的碗筷全部一下抛在桌上，鸡汤晃荡着溅了老林子一身。

又怎么了？哪股筋又犯病了。

犯病，肖霏最痛恨别人说她犯病，好像她此刻当真的又犯病了。

别以为我什么都不知道，她几乎是从座位上弹了起来，只想把这简陋的餐桌一股子掀翻。

肖霏又颤抖着用老林子的手机拨打这个号码，事实证明她的断定完全无误。一个女人在电话那端问老林子在哪儿，她说她想他了。

19

他总是以同样的方式惹恼我，我也总是以同样的方式制造出一派不同凡响的回应。这对几乎没有任何变数的前因和后果，越来越分明地呈现出一种规律，就像化学试验室里，把一种试剂蘸入一种物质，这种物质必然会受到作用而引发一场反应。

不同的是，昨天我的反应似乎由量变引起了质变，一时间，让我想倾力捣毁什么，彻底颠覆什么。我把身边能拿到的所有东西都朝他噼里啪啦地砸了去，包括那只瓷壶。

事过之后，我发现他脸上有三处明显的伤痕，一处就在左眼内眦之下，与他的眼睛仅差两三毫米。是上天在保全这场游戏的最后一丝底线，还是谁在那一刻庇护着两颗卑陋不堪的魂灵？

我总是在看见伤痕时才感觉到恐惧，而在我去抓去撕去撞击去打倒一切时浑然不觉。我为什么要把自己推入险恶的漩涡，我为什么非要迎面那些恶俗的捉弄和挑衅，而把自己武装得更加恶俗？也许当时的我以为这样能给自己穿上一身铠甲，箭不穿，刀不入，事实上我为自己披上的是一件掠心夺肺的魔裳。

我知道，我正日复一日地失去着能让自己走出泥潭、免遭涂炭的一股力气。我终于感到一种从未有过的孤寂，我和我自己几乎也分道扬镳了。我不知道我在做些什么，天地间，我还是那个举目茫然的我。

没有人知道我陷在一块沼泽地里，只有我的身在告诉我的心：我们在沉陷，在沉陷……

为什么要在生命的途中一次次自戕？我不明白，外在的我挑衅内在的我，灵魂和肉体同室操戈时，我是在等待狂欢还是在等待寂灭？

一路走去，此行是不可生还的。这是我唯一深信不疑的真理啊！我为什么还心存侥幸？我放走了多少生命因子，我的黑宝石般的夜晚啊，都成了一阵风，一场雨，它们都被大地收回了吗？空留我在地面上跌跌撞撞。

20

临到年终，台里加推几个节目，这一阵全台各路人马又紧锣密鼓赶着策划、采编、录制。肖霏每天回到寓所都晚上两三点，忙得不知身在何界的她已有大半个月没去小房子了。

回到寓所，刚脱下大衣，近期她正做着访谈的一个青年才俊又接二连三发来短信，睡了吗？在干吗？肖霏知道这个叫许海波的男人对她怀着什么企望，一开始就知道。她一直守在警戒线内，像个贞淑的良人。

很久没有回到这个家了。这个家是她的城堡。虽然这一年无数次离开它，无视它，但它总以静默等待着她。有些时候，她希望它再远离尘嚣些、再洁净些、再华丽或者再纯粹一些，有些时候她又对它相当满足。在这里能立能卧、能醉能醒、能泣能笑，在这里亦能亡能生了。

拧亮孤独的台灯，肖霏想借着这宁静的光辉，沐浴自己扑满尘垢的身心。这是她自己和自己相处的夜晚，没有喜没有忧，她只有一声一声的呼吸。

你是不是太清醒了？

许海波又发来短信。也许吧。肖霏本想就这么给他回了去，结果还是冷心淡肠地关了手机。

第二天，终于可以休息半日。肖霏在一个专治失眠的推拿按摩馆做足疗，不料竟碰到了许海波。

你也失眠啊？

在这儿见到许海波，肖霏突然像是见到了儿时的伙伴。

你也失眠啊？

许海波同样惊喜，好像在他乡遇上了故交。

许海波是创新产业的新军代表，肖霏没想到阳刚硬朗，比自己还年轻的他，也会套上失眠的枷锁。

在推拿按摩馆里，两人咬牙切齿地讨伐起失眠这个可恶的魔鬼，同仇敌忾的他们似乎因此而别样亲近起来。他们互相交换了各自手中已经填好的黑夜宣泄卡，这是店里的助眠师傅让他们填的。

黑夜是我的婚纱，黑夜是我的丧服，黑夜是我的装甲车，黑夜是我的迷你裙，黑夜是我的眼影，黑夜是我的口红，黑夜是我的光脚板，黑夜我飘零在地的黑头发。

黑夜是我的蛋糕，黑夜是我的烈酒，黑夜是我的兄弟，黑夜是我的女郎，黑夜是我的银针，黑夜是我的暗血，黑夜是我的西装、领带、白衬衣，黑夜是我塞在皮鞋里的破了洞的臭袜子。

真是异曲同工啊！

同是天涯沦落人！

哈哈哈哈，同病相怜的他们都爽朗地打趣着。

烧了它们。助眠师傅说，把它们烧成灰，你们脑子里的一些暗意识就扫除了。

肖霏和许海波你看着我，我看着你，乖巧地点燃了他们的宣泄卡。纸片在一阵红跃跃的亮光中萎缩成一撮一掸而去的灰烬。

好了，它们不复存在了。现在，把这份新的意识放在你们最贴身的地方，随时带着它。助眠师傅说罢发给他们每人一张新卡片。

黑夜是我的枕头，黑夜是我的棉被，黑夜是我的床单，黑夜是我睡眠的故乡。

顶什么用？助眠师傅一走，许海波就把这张卡片也点燃了。你信吗？

不信，比这更奇葩的疗法我都试过。

看来，我们只有互帮互助了。

后来一段日子，许海波时常约请肖霏，很多时候肖霏也没有拒绝，带着对老林子的一份报复，她又喜欢像从前一样，和某位男士隔了一张餐桌说些漫无边际的话。

如果都带着轻妄一步步拭探、收缩彼此的距离，她和许海波之间的色彩无疑会焕发出危险与刺激交织出的鲜艳，再袭着这些鲜艳共舞，他们在一起的时刻定会迸射出许多胆战心惊的瑰丽，但这些瑰丽远远不能诱惑她了。肖霏似乎看到当自己素心若雪的时候，她的情欲之门是一道“小叩久不开”的柴扉。她静静端坐在内，不是漠然决绝，而是永恒期待。这么多年过去了，她一如从前那个执拗的自己，除却在这世间越来越单薄羸弱、甚至快要随风消逝的一股力量，什么也不能真正触及她。她已经很清楚，对许海波的淡漠绝不是对老林子的忠贞。对别人的距离独独是对自己的垂怜。

还有几天，一年又要结束了。这一年，做了些什么？肖霏脑子里一片茫然。她不再像从前，细细地迷恋每份获得，痛楚地惋惜每一份失落。她现在就像一座失灵的天平，已计较不出爱与恨、苦与乐了。什么东西，往心头的托盘一搁，也就是一搁，顶多“当”地跌下去，除了一声机械的回响，再也没有什么锥心的痛。这些东西，哪怕积压已久，一旦取出，心灵托盘下的弹簧也只会嘣地弹跳回原位，晃荡两下，就空落得连空落也不见了。

从前的心，哀伤会痛，欢喜也会痛，多么清晰而精密的痛，它能证明她鲜活地活着。这没有“痛”的而今，她不知道，是她生命的必然还是木然？

21

曾经，我在孤独中求得了安宁，那时躯体是一座城池，只为守护一盏烛光。那时，我是无争的，我相信磨难也踌躇在门外。那时，谁也不敲我的门。

为什么幡然醒悟了的我还会重蹈覆辙？夜色裹挟了我，我看不到那是我自己。

我不知道，我对世界最终剩下的情义将是什么。

也许，我对我厌的人的感激甚于我对我怜的人的感激一如我对厌我的人的感激甚于我对怜我的人的感激，我对他对我残忍的感激甚于我对他对我宽宏的感激。

如此，漂泊的心终或可能在夜幕再次盛大开启时，静静凝固成一座孤寂而端庄的城。烛，消融得只剩下短短的一截了，我也没有惶恐。

22

下周一老林子要出差，大概一个月才回来。

星期天夜里，他又来到小房子，冲了澡，光溜溜躺在被窝里打电话给肖霏说是要“犒劳”她。“犒劳”？他总是用词不当。肖霏感到奇怪的是老林子不记仇，他又若无其事地回到了小房子。肖霏想要是她，谁把她的脸砸伤了，别说这辈子，下辈子她都会记恨它。她不仅砸伤了老林子的脸，还摔烂过他的好几个手机，天线、电池都五脏六腑地摔出来，老林子把这些都忘了。

老林子也发现自己的记忆似乎有选择功能，他只记得这个看上去文雅的女人在床上撕咬起他来，真是如小老虎小狮子般奋不顾身。她那份带着一丝病态的忘我，对他具有某种致命的诱惑。她是个有病的人，他还记得，他是她的一片药。

他等她，是药在等候病人。对于药与病人的关系，他以前也和大多数人的理解一样，是病人在寻找药、期待药、感念药，如肖霏需要他，离不开他。而现在，他从一片药的角度思量这个问题，结论又不一样了。

他觉得是药更需要病人，药更离不开病人。药离开了病人在浪迹天涯，药离开了病人就一文不值。作为一片药，只有遇见了需求它的病人，药的一生才能焕发出存在的异彩。

他就是被病人唤醒了的一片药。现在的他，越来越有一种奇妙的使命感，有出征的意识和拼斗的欲望，他渴望主动坠入她的身体，浸入她肌骨，渗入她血液，与那些吞噬了她睡眠的恶魔再搏一场。

肖霏惦记的是老林子眼角下的伤，毕竟那是她一手制造出来的。想起那道伤，她现在都心有余悸。只差那么两三毫米，要是再上去一点，他的眼睛十有八九会瞎。那样的话，他还会不记她的仇吗？她的内心还会逃过一劫吗？

再次来到小房子，肖霏发现老林子脸上的伤痕都已痊愈。他的伤好得真快，就像一池抚平了涟漪的春水。但是，她对老林子的身体竟然彻底失去了依偎的兴致甚至勇气。他的体温、脉搏、气息，这一切都与她毫不相融了。

老林子没有料到这个一度只有投入他怀中，才能牵到睡眠衣角的女人，现在也把他拒在了她的世界之外。

以后那些电话和短信再不会烦人了，我换了新号码。

老林子明摆着在讨好她，她依旧闭着眼，把自己置身在自己的大门内。窗外，小巷里还有醉醺醺的路人扯着沧桑的嗓子在唱“爱恨就在一瞬间”，肖霏闭着的双目不禁又看向这即将过往的一年，一瞬间，一瞬间。一瞬间，他们贴在了一起。一瞬间，他们又隔着千万里之遥。

睡吧，明天一早我还要坐飞机。

老林子搂在她。这个夜晚，没有讲述，没有欢爱，也没有纷扰争闹，这个小房子似乎没有人。

夜又浸润着万物，像上苍充满怜恤的眼神，含凝着她的每一个孩子。睡着的，没睡着的，辗转反侧的，劳顿的，沉醉的，悲恸的，欢歌的，孤零的，激越的，思想的，入梦的……她的孩子没有一个不在她的注目下。她怜恤它们每一个，她给它们哼着摇篮曲，她让大地都在她的低吟中微微轻摇。她不允许白昼来侵袭它们，她为它们抵挡一切刀光剑影般的刺入。她把每一个它们都搂在怀里。

肖霏不知从什么时候起，已经认夜为母了。她不知道别人是否能感受到黑夜的大慈大悯，她是越来越能深入骨髓地体悟。她相信，黑夜曾对她的甩摆、戳弄、煎熬、翻炒、冰冻，无不源于对她深沉的爱，黑夜要让她知道她自己的最弱，并让她从自己的最弱处，起修。

23

老林子出差提前回来了。

这天恰好是肖霏中学时最要好的姐们儿柯晓的生日，当年与她们一起结拜为兄妹的大哥何勐也从秀都赶来，他们这帮毛竿儿朋友好久没有聚在一起。老林子问肖霏要不要他参加聚餐，肖霏说随你的便。老林子说他先要去参加一个公司的周年庆典，到时候再看能否过来。

老林子从庆典那边过来时，这边早已欢欢喜喜开席。何勐是第一次见到他，肖霏让他们挨着坐了，他们都保持着男人的冷淡。老林子一来，这边的气氛就有些不对劲儿，他自觉尴尬，举杯打了一圈，佯装去卫生间，就走人了。

老林子发来短信，要肖霏给大家解释说他已喝醉，众人都没料到他会提前退席。何勐终于掩饰不住对他的鄙夷，直接在桌上对肖霏说道，妹妹，趁着哥哥没有醉，哥哥给你说几句清醒话。你的老公，如果是个军人，就应该是统领千军万马的将帅；如果从政，就应该是运筹帷幄的豪杰；如果经商，就应该有气贯长虹的气度……妹妹啊，你真的是操之过急了……

何勐说着，肖霏喝着，只觉得脸上火辣辣的，看他对自己一副恨铁不成钢的样子，肖霏不禁想起，上一次他们在一起时，也是临近新年，男男女女一大桌，当时他似乎还不明确很多关系，突然举了杯站起来。

妹妹，哥哥敬你，我一杯，你两杯。

肖霏一时愣了，他知道她的工作全靠用嗓，平常都是保护她少喝酒的，怎么会叫她喝起两杯来。

多出的一杯，你找人嘛，你随便找哪个人帮你喝都可以，这一杯我是专门看你找哪个人的。

一个胖男人伸手端过酒，一口饮了。还用说吗，这杯酒我帮她喝。

好！我就是看谁来喝这杯酒。

接下来，他们两个人开始两杯两杯地喝，三杯三杯地喝，四杯四杯地喝……肖霏退出了这个闹哄哄的场面，在洗漱间的大镜子前整理妆容，她的心很平静，那些热闹与她何甚相关。但是当她又回到席间，何勐突然冒出的一句话，却叫她那漠然的心忽地摇曳在了一池温水中。

何勐拉了她面对胖男人，郑重其事甚至有些恶狠狠地对胖男人说：你要给我好好照顾好她！说罢，何勐用力拥着她的肩，声音一下暗涩起来，你知道吗，她，她是我的掌上明珠啊！

肖霏被何勐脱口而出的这句话猝然一击，目光不由得湿漉漉，这个此时还瞪着一双铜眼的男人，他怎么会如此重看她。肖霏心潮暗涌地看着他时，他声音有些沙哑了。

妹妹啊，今天我专门给你带来了新年礼物，就装在我那个提包里，妹妹，哥哥是给你带礼物来的……

饭桌上，菜肴还在不断地堆叠，肖霏的心好像也被什么东西一层层地包裹起来，她感到自己受到了不曾有过的怜惜。

何勐的随从对肖霏说，你哥哥真的是喝得太多了。大家说，真的看不出来，他脸不红筋不胀的，眼睛黑是黑白是白的，说话一字是一字的，哪有一点醉的样子？何勐的随从说，这就是他大醉的样子了。

从上次聚会到这次，差不多正好一年的时间，这一年，肖霏又换男朋友了，她不知道，她还是不是大哥何勐的掌上明珠。她的心不知为了什么，沉坠得像朵蓄满雨的云。云很沉，一滴雨也飘不下来。这朵云，如果真要坠落，断然不会淅淅沥沥地飘洒出雨点，它一定会整个地凌空而跌。整朵云，砸在地面上，砸成一个池塘，一个湖。

肖霏蓦然清醒，今天是柯晓三十五岁的生日，曾经视自己为掌上明珠的何勐，今天是专程从秀都赶来以男主角的身份为柯晓主持这场寿宴的。她不知道，他们是不是也操之过急了。她不能说一点醋意都没有，但这一切都只能掖着，深深地，好好地掖着。当初人家带着爱的信物来表白，你像朝秦暮楚的不成器的浑蛋，而今怪不得曾经的哥们儿姐们儿变兄嫂。

老林子给肖霏发来短信，你要好自为之。

虽然脑子在酒精的作用下已经有些麻木了，但肖霏对老林子短信上的一字一句还是看得很明白。

你什么意思？

这是她回复给老林子的短信，她把它甩向云盘城的夜空，任它乘着夜风去漂流、游荡。许海波恰在这时又给肖霏打来电话，问她在干吗？肖霏说，还在给一位朋友过生日，正在唱歌，你来吗？

已经是凌晨一点过，许海波真的来了。他在家没有睡着，来了清清爽爽的，以一股浓浓的谦和对待肖霏的朋友，对肖霏表现出从未有过的亲昵。他拥着她的肩头，抚摸着她的卷发，要她把朋友们照顾好，一副她的老公相。他们其实从来没有这样肩并肩地挨着坐过，更没有如此亲近过。

大半夜又叫出一个俊男来，何勐一定对肖霏愈发不能理喻了，他不知道她在干什么，没唱两首歌，他就宣布结束。

许海波这么晚来，也许只是想把带着酒意的肖霏带到他那儿去。何勐冷冷和他道了再见，就把肖霏塞进自己的车子。肖霏和柯晓倒在后排，两个都不胜酒力。坐在副驾位置上的何勐一路上都在叹气，他开口总先叹道，妹妹啊，妹妹！一路上，不知他叹了多少声，妹妹啊，妹妹！他似乎眼睁睁看着一块金子变成了铜，又眼睁睁看着一块铜变成了黄泥巴，多少惋叹在其中。到了寓所大门口，他还是像往常一样，下车来送她，又等她把大门的密码锁摁开，才和他的车一道消失在夜色中。

24

这一夜，肖霏也许还不算很醉。但是当她要洗脸的时候，她不记得她是否已经取了眼中的隐形眼镜。站在镜子面前，她掰着眼皮，食指尖和拇指尖一个劲儿在眼珠子上刮着，刮得眼珠子钻心的痛，还是没有把隐形眼镜从眼睛里取出来，她不放心，又这样刮着，也不知刮了多久，才想起，她也许已经把它们取下来了泡在小盒子里了。她拧开小盒子，除了药液，什么也没看到，她又以为这是昨天用过的药水，随手一倒，才猛然一惊，她的隐形眼镜还在里面呢，等她趴下身子在洗漱池里近距离地寻找那薄如晓月的镜片时，只在池壁寻得孤零零的一片。

凌晨五点过，肖霏从沉醉中醒来。这几个小时，她好像死了一样，脑子里一片空白，对什么都没有一丝一毫的知觉。我睡着了，这是她的第一个反应。是的，她睡着了，她突然有一股胜利的喜悦，只是这喜悦寒恻恻的，冷冰冰的，凉飕飕的，喜悦本身无从喜悦。

她干渴得如同一株脱了水的植物，这个家别无二人，要喝水，只得自己下床去取。她到厨房里烧开水，只觉得天旋地转，扑往卫生间呕吐，竟是一口血水。我的肺我的肝我的心，一定流血了。她凄凄地对着镜子，还好，是她的牙龈在流血。

下午要现场主持创新企业界新春联谊会。头本是昏沉沉的，两只眼睛里又只戴了一只隐形镜片，更觉地不稳，路难平。总不能就这样走上舞台吧。看着镜子里的自己眼窝子又青又黑，肖霏不禁隔镜问了去：你，是谁？

这一天耗的全是内劲。肖霏急匆匆重新佩了一副隐形眼镜，又急匆匆赶到台里做节目准备，连午饭也顾不上吃。

下午三点整，身着精工礼裙，款款登上流光溢彩、喜气腾腾的舞台时，肖霏的笑容又灿若春花。台下的掌声战鼓般擂响，一场纷繁热闹就这样与她的内心判若两极地开场了。

许海波坐在台下，就在最前排的正中，肖霏感到他在专注地看她。

然而此刻，他们是这样陌生，仿佛昨晚他们彼此挨近的只是一个狐影。

联谊会上的节目精彩纷呈，现场气氛高潮迭起。台上台下，人们看见肖霏是欢悦的，肖霏看见他们是喜庆的，大家都在欢欣鼓舞地迎接新的一年。

最后一片掌声响起，肖霏退到了侧台，等待曲终人散。

回到工作间，倒在沙发上，肖霏突然觉得自己饥寒交迫，但是她的事情还没结束，卸妆、换衣服……准备明后天的另外两台节目。

裹着一件黑大衣走出大门，把大半张脸都藏在驼色的羊绒围巾里，天空正洒下柳絮似的飞雪。就在刚才，舞台上也是礼花遍撒、彩片飞扬，那一刻肖霏几乎忘却了自己身在何处，她也似那亮亮的一张小彩片，只知道和所有的彩片一起在歌声中凌空飞旋、飞旋。而此时，柳絮中的她更虚空如鬼魅，她不知道该往哪里去，也许此刻的她真该飘散了。

25

我们走到了尽头。

倘若在半年前甚至在两三个月前，与之分手，我还会怅然。现在，就这样让这个崎岖一年的故事戛然而止，竟如此心平气静。一丝丝略带苦涩的庆幸细雨般凭空飘洒，让我在这浸透寒意的冬日渐地清冽。

我怎么会滑入那个幽暗的深谷？谷中的险恶和惊悸难道都不曾料想？

一开始尚知有片雾霭笼罩在眼前，遮掩着晦涩、缥缈着嶙峋，时空恍若魔境。没有心惊，没有胆寒，我故意化作伏地而行的野苔，越是沟深壑险，越要使尽苍翠把层岩晕染。

那时候，一切俗与邪都是我眼中的景致，我就是借着它们去看人生看世界看自己。俗小了，邪浅了，似乎还不能让我震颤。一度，我细致地体验着被磕着、划着、搏着的疼痛，那些心抖手抖泪光抖抖的场景，让我相信我还爱着别人爱着自己，我还爱着爱。

这一年，我对他的了解似乎深了一层，只可惜这浅浅的一层，也耗去我一年的光阴。我向来是这样的，什么都得靠时间去换，这种调换就像用月去换水中月，用花去换镜中花，可我还是一误再误，甚至还要误下去。

所有故事的情节仍在不断地被重叠，它的单调终使我犯了类似审美疲劳的审俗审邪疲劳症，很快，对于它们，对于我自己，对于曾经谙以为的魔境，我都失去了揣摩、观察、体验、分析、记录的力气，我对这一切都困乏了。

我应该忘了它们。

我知道，对于而今的我来说，忘却什么几乎最不费工夫。我的记忆出了毛病，如果不凭借我当时写下的文字，很多事我都记不起来了。

我的笔记有时极为粗略和杂乱，也许当时我以为单单靠那些字词的提示，往事就会一清二楚地浮出，事实上，才过多久，我把很多大枝大节都忘了，更别说那些细小碎微。

我估计我最终会把什么都忘得干干净净。在那时，我的心也许会被清空，没有恩怨，没有宠辱，我又清朗如天边的一弯新月。那时，所有关于往昔的回忆都坠入浩瀚的夜空，那些迷茫和混沌最终变成了一捧捧肥沃的黑土。

十年后，二十年后，三十后……我对年青时候一度颓废不堪的自己的思念，也许会破土而出，在与往事相去甚远的岁月里，成长为一笼笼茂盛的迎春花，任绿枝翠叶簇拥着，那些彷徨和执拗都将在我斑白的双鬓旁，吹响黄色的小唢呐。

26

那些流言蜚语好多都成了真。

2015年，肖霏从云盘电视台辞职，到恒京颇为强大的“奇力”语言培训中心当了一名对外汉语教师。如果云盘是一个核桃大的城市，恒京就是一棵核桃树大的城市。在这里，谁也不认识她。她每天都坐公交、挤地铁去上班。

有一天，幸而得到一个座位的肖霏在公交车上睡着了，醒来不知到了哪里。肖霏惊喜的是，两年多来失眠得无医无药可治的自己终于有能睡着的时候了，尽管在公交车上，尽管一个小时不到，但她真的睡着了，沉沉地睡着了。在这陌生的城市，她忽然有了一份获得感，她似乎正一点一粒捡到她曾经丢失的东西。她想起刻舟求剑的故事，那个涉江者找不回坠入水中的剑，只因“舟已行矣，而剑不行”，她这两年找不回睡眠的原因，难道是因她的睡眠在行走、远游，而她一度止步不前？现在，当她也处于行进之中，她和她的睡眠偶然有了某种契合，它们终于不期而遇。

尔后的肖霏，时不时会在公交车、地铁上打盹。为了配合这短暂而珍稀的睡眠，她甚至不再穿高档的套装，也不再穿丝袜、高跟鞋，她的着装变成了棉麻布衣的自然清新风。她太爱惜能让她入睡的每一寸光阴。

有一天，睁开眼的她发现公交车上有好多人都在打盹，她不知道他们是否都是在寻找睡眠的人。她又闭上眼，和一车素昧平生的人共享车上这凡庸的时刻。这是一个多么奇妙的时刻，一车人都欣欣然走在通往各自梦乡的路上。

那天，这一闭眼闭过了站。

肖霏又原车坐回，这一次是朝着出城的方向。早上九点左右，要从城内分散出去的人并不多。一个正在打手机的头发斑白的妇人上来了，她也找到一个座位。

这个妇人一直都在打电话。最开始，肖霏并没有格外注意她，但车上的人到后来恐怕都发现了，这个打手机的妇人在长长的通话过程中，几乎全是她一个人在诉说。她说话的声音很大，司机和车尾的人保准都听得一清二楚。她的情绪有些激动，乍一听，真还有些惹人厌烦，毕竟谁也不想被迫听到一个人在公众场合旁若无人的通话内容。但她一路都在说，说了一站又一站。与她隔了一条过道、错了两排位置的肖霏大抵把妇人想表达的都听明白了。

妇人说现在年轻人多自由多幸福，结了婚过不下去，想离就离，离了又结，结了又离都可以，他们根本不会屈着自己。哪像她那个年代的人，结了婚再不能过也要过，咬着牙一过就过了几十年。这几十年多苦多难多心酸不说，到头来还是什么都结不清，什么都了不尽。

妇人说，老东西几十年对她一句关心的话都没有。现在还教唆起她好不容易拉扯大的儿子，一起来敲她的骨油。她说孩子大了，她终于可以一个人住一边了，但那套可以让她独自清清静静住在一边的小房子，他们也要打它的主意。她说，他们真要逼她交出这套小房子，她在这个世上就没有地方可住了，她只有去跳楼。

妇人越说越不能自制，说到后来声泪俱下。车上的人莫名被她大而悲伤的声音感染着，肖霏觉得自己的心口也堵得慌，好像她自己就是那个忍了几十年也没忍到尽头的声泪俱下的妇人。肖霏下车时，妇人还握着手机在哭诉，说她真的好羡慕好羡慕现在的年轻人，再不用忍，再不用熬了。

就要走进“奇力”的大门，肖霏忽而想起，她正是妇人所羡的不用忍、不用熬的自由自在的人啊，她的心口为什么还像交通要道一样堵塞着？春寒料峭，一股晨风扑面而来，盘旋在她眼里的无端忧戚晶晶亮亮了一阵，终归在绚烂的朝阳中露水般挥发了去。

下班又值拥挤高峰。肖霏再次感到自己身陷其中的公交车，就是一条鼓囊着满肚子卵的大鲫鱼，大鲫鱼不断外凸的腹壁变得越来越薄，薄得就要被撑破。这时，到了顺和站，这一站可以换乘城市快线和地铁，乘客下去绝大一半。骤然减轻重负的公交车，又像刚产下孩子的孕妇，身体有些隐隐作痛的虚空。再次启动，轻便是轻便了许多，仍省着，悠着，不敢放开力气使重劲儿。

外面下着雨，车厢里雾腾腾。站立着的肖霏手握拉杆，她看见窗旁的黄色座椅上，坐着一个看上去些讲究的老头儿。戴着鸭舌帽，穿着黑呢大衣，衣领间的深灰色围巾，掖得端端正正。老头儿一定爱收拾，大问号似的伞把，挂在前面椅背上，塑料纸包着的《参考消息》夹在座椅和车壁的窄缝里，右边的窗玻璃被他擦出一小块没有雾气的规规整整的扇形。这块明亮的扇形似乎是他私建的一座瞭望塔，透过这座瞭望塔，肖霏看见外面的雨，越来越密，雨中的车来人往越来越急。肖霏外祖父去世有五个年头了，这一生她只见过他三次。他去世时她弟弟的孩子正出世，她正在办离婚，全家没有谁回到西北老家参加有些讲究的、爱收拾的他的葬礼。在这块小小的规规整整的扇形擦亮之前，她从来没有想起过她的外祖父。

透过这块小小的规规整整的扇形，肖霏看到路上最急的是电瓶车主。他们有的身前兜着葱绿椒红，有的身后绑着鼓囊囊的快递包，有的膝下撂着几只开肠剖肚的鸡和鸭，有的左右架着三四桶纯净水，有的快得只有风，有的忙得一只手翻手机，有的全然不顾溅得路人一身泥。肖霏看得出这辆是“摩的”，那辆搭着自家的放学娃，旁边暂时刹住的、脚踏板上堆着几大捆白玫瑰的这一辆，正忙着去装饰别人以白色为主调子的西式婚礼。下雨天，披着雨披的电瓶车主像突然闯入这个世界的一个个战士，绿灯一亮，风把它们在雨中变得更灿烂的麾氅扯得猎猎的。在肖霏穿过小小扇形的视线里，他们都是穿梭于星际的蝙蝠侠。

身处这个核桃树大的城市，才知道每一趟去与归的路有多错综复杂。公交车终于到了天青桥，这时上来十多个皮肤黑黑的东南亚人，他们也许是背井离乡到这个城市来打工的，他们不知要投多少币。正坐着打瞌睡的一个白白胖胖的恒京本地小伙儿，腾地跳到投币处，一边振着剪刀手，一边满脸烂漫地对他们当中的每一个人大声喊到，two！two！ two！ two！ two……不知是他喊得太响亮，还是重复得太多。后来的路上，肖霏脑子里总回荡着一个声音，two！

肖霏不由得想到，以前她做“人间有味是清欢”时，做到一百多期，都没有做一期关于公交车的，要是她现在还在电视台，要是她还在主持“人间有味是清欢”，她一定要做一期公交车上的“清欢”。

前面又遭拥堵，公交车只能更迟钝地向前蜗行。轻闭双目的肖霏又在恍惚中感到，这样的缓慢似灵车的缓慢。如果真是一辆灵车，也避不开周遭的拥堵啊。肖霏突然觉得，如果某人最后一次穿过这人世的嘈杂和纷扰，曾经的烦厌与嫌恶也许会烟消云散，而一遍遍比潮水更壮阔地击打心壁的是依恋和不舍。那个时候，拥堵、摩擦、喧嚣也成了生命的一种景致吧，所有市侩、俗囿、腌臜也因终将落幕而呈现出夕阳晚照的繁荣与遒劲。多么生猛而鲜活的世道啊，所有人都免不了在这路上蹒跚。

27

又到了周末。

这天，开往“奇力”的公交车与平常相比显得不挤也不空。没有座位，站着也好，站着可以在一足之地，遍览这个城市流动起来的更广阔的景象。高楼大厦、巨幅屏幕、老街旧坊、引车卖浆……纷至沓来，唯有即将经过的那条内城河令肖霏不忍目睹。

这条河在晚上，灯红酒绿揉碎其中，也滢滢澄澄，波光潋滟。到了白天方显污浊浑噩，不知可怜的它汇集了这个城市的多少难言之隐。肖霏想起她曾经学水粉画时，用来清洗画笔、调色盘和颜料盒的那桶水。万紫千红荡涤后，一桶清水变得浓滚滚的，黄不黄，绿不绿，就是已经呈现在她面前的这条河的样子。

肖霏收回目光，才发现车厢里不知什么时候，上来了一位妈妈和她的三胞胎儿子。三个小子穿戴得饶有意味：这两个帽子相同，上衣不同；那两个上衣相同，裤子不同；这两个裤子相同，鞋子不同；那两个鞋子相同，袜子不同；这两个袜子相同，帽子不同。他们的妈妈，膝上坐着一个孩子，手搭着另一个孩子的肩，目光牵着第三个孩子。让肖霏更愿意当作一桩发现的是，这位带着三个不尽相同的小子的妈妈，她自己的衣着，没有一丝潦草。就在这一刻，肖霏心里忽然生出一个不可道与他人的念头：她，也想成为这位妈妈的一个孩子。

到了为民路，妈妈牵拉着她的三个孩子下车了，肖霏的目光一直跟随他们，公交车转弯、并线、上高架，他们的身影看不到了，她的双眼又变成两汪幽渊的潭，潭面还映着一个妈妈和三胞胎孩儿的影子。

到了爱民路，上来一个高高的老外，溘溘间，肖霏一下认出他是她的美国学生Duncan，这是一个来自西雅图的率真执拗的家伙。Duncan也发现肖霏在车上，借过，借过，他一边用比较顺溜的中文说着，一边费了周折挪到肖霏身边。Duncan其实已经是半个中国通，他还想学中国古典诗词，“奇力”就为他推荐了金牌教师肖霏。看到好不容易挪到自己身边的Duncan，肖霏一下想起他的中国名字：曾近轩。这是Duncan自己为自己取的。

这会儿车上又是拥挤，他们都拉着公交车上的扶手和吊环，肖霏看到Duncan毛茸茸的手背上晒起了好些太阳斑。Duncan低头看着肖霏，倒像一个老师注视着学生，一脸认真的他在请教肖霏，什么是“不干不净，吃了不生病”。肖霏眨了眨双眼说，这是中国话里的俚语。大概意思是时常接触一些微生物，还会增强身体对外部环境的适应能力，不必处处小心。

Duncan说，是不是可以把“不干不净”理解为一些抗原，适当地吸收会增加体内的免疫力?

肖霏惊讶地望向Duncan，夸赞他理解得真是太棒了。

Duncan咧嘴笑了，又问肖霏相信不干不净，吃了不生病吗？肖霏摊开手说，噢，我还没有试过。Duncan说，那，咱们今天就去试试吧。

这一天是2月14日，肖霏又开始和一个男士隔着一张餐桌的距离了。

一年后的六月，肖霏随 Duncan 来到美国西雅图。21 日这天，是西雅图白天最长的一天，太阳到至最高点，白天时长达到 15 小时 59 分 20 秒，从这一天开始，西雅图进入最灿烂明艳的夏季。

这一天，肖霏和 Duncan 参加了在老城区弗里蒙特举办的蜚声于世的“夏至大游行”。这个始于 20 世纪 80 年代的大游行的重头戏是人体彩绘裸骑。这一天，参加骑游的男女老少把自己的裸体涂抹得五颜六色，扮成各种动物、植物、卡通形象、超级英雄、著名角色，还有人素性直接本色全裸出阵。这场浩浩荡荡的裸骑与其说是一派别出心裁的行为艺术，不如说是一场袒露身心、回归自然的赤子之秀。穿梭期间的肖霏和 Duncan 像所有狂欢者一样，脚蹬自行车，任全身的每一寸肌肤都敞亮、通透地映衬着太阳的光芒，浪花一般起伏在七彩斑斓的天体之潮。

这一夜，躺上床的肖霏回想起白天的种种奇观，恍惚番然：赤身裸体有时既是一场絮絮叨叨的独白，又是一场语焉不详的对话。

这一夜，肖霏的睡眠终于一群候鸟般呼啦啦迁回她的体内，一只也不少。

轻轻的一分钟

1

这段时间，他们总在城边的一家小酒店同宿。若即若离的交情向来露珠般矍铄而不可掇拾。他们有时什么都可以说说，有时什么都不相告。他惑于似是而非的虚，她耽入恍惚不定的幻，都不能完全拔出来大致因为都还没有完全跌进去。

住在隔壁的宾客，半夜总会听到他们的呻唤，搀着月色和风声，好像旷野中的两个人在悲泣着一起背井离乡。其实这些时候，他们已安安静静地并靠于床头的软垫，各自手中正握着一杯凉去多时的白开水。

晨空刚醒来，恰好他们两人都睁开了眼。他缩回枕在她颈窝下的右手臂，一边动了动被压得发麻的膀子和关节，一边叹着："昨晚我做的那个梦真是太烦了。"

“烦”是南方人口头上常用到的指意比较宽泛的一个字。听他此刻的语气，她知道他话里的“烦”该是恶心、邋遢的意思。

“有多烦？”她把自己也放平、睡直了，似乎这样，她的身体才从夜晚的一个皱折中舒缓过来。

“我梦见我是以前的设计师，在公司的老区上班，他们要给我换一间新办公室，是三楼端头的一个很大的房间。我打开门，看见办公室确实很大，足足有八九十平方米。室内按欧式风格装修，有壁橱、壁炉，还挂着几幅油画，只是太乱了，到处都是垃圾和废纸。我想再乱也得打扫出来，挽起衣袖正要清理，忽然发现门口站着一个人。”

讲到这儿，他停了一下，侧过头来问她：“你猜，这个人是谁？”

“我怎么知道你梦里的人是谁？”她头也没转地嘟哝着。

“你认识的，我的前任，金桐锦艺公司的老总瞿羽南。你不说他还请你吃过饭？”

“嗯，然后呢？”她像听故事一样，要听下文。

“这个人拿着一个收荒袋站在门口对我说，你这儿有很多废纸吧？我收去卖几个钱。我说，你别慌，这儿的东西只有我知道哪些要，哪些不要，我已经想到了，不要的东西和废纸会专门放一边，你一会儿只管来装袋就行了。他好像不放心，靠在门边不肯走。我有些着急地说，等一会再儿来吧，你在这儿守着，把人引多了，到时我想给你都不成。他这才明白事理似的退了出去。

资料柜顶上有一大包牛皮纸裹着的废旧物，我踩在办公桌上，想把它们取下来。柜顶和牛皮纸都积着厚厚的灰尘，我只好屏住呼吸去取，但是没拿好，纸包散开了，一下露出一大摊白晶晶的蛆，蠕来涌去地，突然一钵白米粥似的滑下柜子顶。

我惊得叫出了声，这时一只弹起的蛆恰好射进我张开的嘴巴，又正正射进我的咽喉，我立刻想把它咯出来，没想到这一咯，它反倒滑进了食管，我恶心得要命，吐又吐不出来，只觉得那只蛆一直在我的食道里蠕动。我烦得透顶，又没有任何办法，只好忍受着继续清理。”

“我拉开一个抽屉，抽屉里站着一只大老鼠，这只老鼠根本不怕什么，跳着跃着像条要咬人的狗，我赶紧把抽屉砰地关了回去。”

说到这儿，他全身似乎还扑满那间办公室的灰尘，那只蛆似乎也还在他的体内蠕动，他干咳着，还想把它咯出来。

“是够烦的，你这个梦，”她说，“别说你做着烦，我听着都烦，真的是烦透了。不过昨晚我做的那个梦，很怪，简直也可以说是怪得离谱。”

他时不时还干咳着，她开始讲她的梦。

我梦见中世纪的一群武士，在我童年玩耍的场坝排列成队，他们全都穿戴着漆黑的甲胄，握着明晃晃的剑，现代机械人一样体态完美，神情空无。

我想避开他们，躲到远处去偷看他们究竟要干什么。就在我猫着身子逃走的时候，两个持剑的黑影向我追来。他们很快追上了我，我跌倒在地，心想完了，这下肯定完了。

“果不其然，两柄剑同时指向我的脑门。我闭着眼等待受死，其中一个武士说话了：把头抬起来，不然你会骨折的。他们没有刺死我，我抬起头，坐起并站了起来。我把玩他们的剑，凭触觉，我知道这种剑是一类奇异的金属铸成，但是剑尖竟然光滑圆钝，就像……”

“就像什么？”他已经从他的梦境进入她的梦境。像什么，他似乎猜到了，仍待她亲口说出来。

她勉为其难地说：“就像，就像你们男人的那个东西。”

“后来呢？”

“后来他们还示范给我看，怎样持剑致礼。”

“什么？”

“持剑致礼。”

他花了好一阵功夫才弄明白她所说的这四个字。“持－剑－致－礼，”他念叨着，“你这是个什么名堂的梦，更烦！”

窗外，车辆在嘀嘀嘀地鸣着喇叭，刚睁开眼的它们好像也在相互讲述昨夜的梦。晨晖如偷窥者的目光不可自制地探进窗帘的缝隙，肠道里还哽着那只白晶晶的蛆，眼前还忽闪着两柄光滑圆钝的剑，他也只好下床去洗漱了。今天要出差，十点以前得离开这儿。就在他趿了拖鞋赤裸着经过电视机旁边的大梳妆镜时，他朝镜子瞥了一眼。比起从前，他的身体已不经看了。他其实只瞥了自己半眼，就进了卫生间。热腾腾的水流把这一夜生长出来的两个又烦又怪的梦哗啦啦冲得七零八碎，躺在床上的她也完全清醒了。

她猛地想起什么，一下拖过他搭在床头柜上的外套，迅速往内包捏了捏，内包里塞着厚厚的一叠钱。她想起他昨晚说下午打牌又赢了一万多，她顺口让他给她母亲买个新的手提包，他说不太合适。她就知道他会说不，其实她母亲哪里需要什么新的手提包，母亲八年前就去世了。

2

他们认识约莫一年半，每隔三两周在一起。虽然他现在也是老总级的人物，但他从来没有给过她任何钱财和贵重的东西。他觉着没意思——如果这样，他认为他们的关系也袭了太重的世俗之气。现在的他，终于可以由着些性子了，他不想他的生活彻底臣服于现世亨通的一些规则，他希望他有一座漂浮其上的小岛。

作为岛主，他越来越畏于和有求于他的女人有私情。他有个奇怪的感觉，那些有求于他的女人，一旦主动向他投怀送抱，她们在他面前就会像黑白照片一样骤然失色。这虽然只是一个非常短促的印象，但瞬间褪却过华彩的她们从此在他心目中很难重拾缤纷。他其实不希望这样的情形发生，当眼睁睁看着一个明媚的人儿又在他面前黯下来，他的神色憾憾的，为她们，也为他自己。

这番西风凋碧树，削减了他可能有的很多艳事。尽管如此，仍有不少女人巴望他渴慕他。坐而论道，插科打诨，她们都想处在离他最近的位置。这些不求他签项目，不求他作为业界权威赏识，也不求他提携晋级的她们，正如他所愿，对他没有任何功利的企图，她们不图他什么，只图在他旁侧。这就让他很欣然，甚至可以用傲娇二字来描摹他的心理。

年轻时他从头到脚都生得好，峰眉潭眸，鼻刻唇雕，峻拔挺阔，气潜神笃。他的初恋，一个清纯的语文老师说"英武"这个词就是为他而设的。他后来的老婆则说凭着这副身板和样儿，他应该去吃软饭。现在他是老了，但他的眉眼没有变，他的笑容因岁月深重显得更幽邃诱人。只可惜，他那副身子骨确实走样了。最痛心不过是，曾经一一可数的"八大块"，被时间的温火熬成了一肚子油脂。好在腆着肚子配上体面衣着的他，别有一股踏遍青山、阅尽红尘的器宇。他的每一套衣着不期成了他裸露在外的另一副肌肉和筋骨，它们支撑着的他，看上去比年轻时扁腹紧臂的他更雄实了。

当他和不相识的美女在一起，他希望她们是因为看见了本身的自然的他而愿意亲近他——这让他相信自己仍拥有功名之外的魅力，这种纯粹的对异性的吸引力，让他对自己作为一个正在老去的雄性生物还拥有实实在在的信心。他已年近六十，没有人知道一个年近六十的男人多么需要信心，实实在在的信心。

他最铁的大学同学老宝比他小几天，去年又把婚离了，而今频频相亲。他看不惯老宝的做派，每次都要开着硕大的房车去见面，喝杯星巴克也要开着房车去。他洗过老宝很多次，她们是在和你约会还是和你的房车约会？老宝反对他嗤之以鼻，像你？铁公鸡，哪个妞跟了你都霉得起冬瓜灰！结果，他们还是你走你的阳关道，我过我的独木桥。让他得意的是，回头看来，走在独木桥的女人，都比走在阳关道的女人更胜一筹。他又洗老宝，看看，看看，老子自行车都不骑，跟在屁股后面的都比坐在你房车里的强。

她和他不在一个圈子，无需有求于他，这似乎符合与他享有私情的一个无稽的前提。事实上，他很难真正看上一个女人了，也许正因有一把年纪，他的某些感应越来越精密，所求也越来越苛严。他丝毫也不想再含糊甚而悖于自己的感觉去贪图什么、赚取什么。让他不得其解的是，时已至今，他还对她怀有那么一点点醺微的迷恋。

她今年三十五。与他相比，翠得像一株枝叶熠熠辉辉的青桐。每次和她在一起，让他感受分明的倒还不是她的葱翠，而是她葱翠下的虚空。他分明感受到，她的虚空永远填不满。第一次和她在一起，他就无端想起了万桐园林的一座假山上的一个古意喷水造型。假山上的那注飞泉下，有个梳着双髻的俏皮女童仰头举着一只白玉碗接取这飞来之泉。飞泉正正注在了白玉碗里，白玉碗就是滴水不存，飞来之泉全都从碗底如透明的焰火欢天喜地地飞溅了。日日夜夜，飞泉不停地往白玉碗里倾注，日日夜夜，白玉碗都空空如也。

这个意象一直在他脑海里，她一直就是那个举着白玉碗的俏皮而虚空的女童。仗着这个意象，她和他在一起的时候似乎都透着一股女童般的执拗和矜骄。

上周跟他在一起的另一个女子苏馨馨，各方面也不赖，但在他看来，苏馨馨很快就会索然寡味，他很快就会放下她。她太容易对他产生崇敬，他随便说几句不痛不痒的话，她都帖服得无以复加。他表面上是欣慰的，实则在心底嫌弃着她。

让他更难为情的是，他陪了这个苏馨馨，苏馨馨自身会留下一道又一道的痕迹，这些痕迹在她脸庞上、身体里赫然显示着，随时提醒着。更糟糕的是，这些痕迹又全都从苏馨馨身上一一映射在他的脸庞上、身体里，他也成了有痕迹的人。这些痕迹，让人世故，催人沧桑，他只想象剪乱头发剪长指甲一样剪了它们。

“举着白玉碗”的她则不然。他即便把他的余暇全部用来陪伴她，也会像没有陪过她一样。她每次看他都如她昨夜梦中的那些现代机械人“神情空无”，哪怕才从床上下来，哪怕他都为她生出了痕迹，她看上去也可能和他素昧平生。昨晚梦里，他梦见的公司前任老总瞿羽南，曾经就请她吃过饭，他不能说丁点儿醋意都没有。曾经流光溢彩的瞿羽南在他梦里成了一个收荒匠，提着编织袋楚楚可怜地站在他新办公室的门口，求收废纸。

她依旧对他春水了无痕。看看她的梦，怎么扯也和他扯不上一竿子。如果非要强拉硬扯，只有那“光滑圆钝”的剑。但如此扯来，他心里又犯怵，他那东西，现在哪里够得上“剑”，更别说什么“持剑致礼”了。

3

她让他给她“母亲”买个新的手提包，这样顺口一提不过是为了印证他又会说不太妥、不太好、不太恰当……结果他说不太合适。她的眼帘向下垂了一下，很快又向上扬了扬。一垂一扬，略微翻翘的睫毛扑哧着，双目轻泠间，只有她自己才知道她自己有那么一抹不快意。又是新的一天了，窗外的天、云、风、树、草、草尖儿上的露珠经过长夜的抚慰，一定又有了明明澈澈的模样。隔着落地的粗格亚麻窗帘，似乎被外面的晨光扑了个满面的她，不由得想让新一天的自己也随它们光亮新鲜起来。这一念方起，适才的“不快”如轻舟已过万重山，面目了无黯色的她又清朗如天边那弯还没有在朝霞中消去的新月。

一弯新月越是清朗，人所不见的它的更多存在越是黯黪和晦涩。她不知道，她自身存在多少黯黪和晦涩。她隐隐感到，“偷”这片柔韧而顽劣的欲念是存在于她意识中的深沟险壑。多年来，她记忆犹新的是，儿时偷过邻居家的一把小圆扇和街对面店铺里的一个玻璃花瓶。

现在已经没有那种小圆扇的样式了。折合起来是长条形，打开是一个带柄的圆。她喜欢打开这把小圆扇的过程，咔咔嚓嚓的，比打开一般的扇子要缓慢些，这把小扇子最终要形成的是一个圆圆满满的圆。她喜欢它带给她的这份因为等待而获得的微弱的欣喜。她喜欢它的圆满，不像其他扇子开到最后只是一个半途而废的扇形。

那个花瓶，着实因为当她把它拿在手中后，店员完全没有察觉。尽管店员一直背对着她趴在柜台上想心事，她还是怕店员突然转过头说她在偷东西。怕这朵乌云既压迫着她，又遮蔽着她，她就那样一顺势，花瓶便装在了另一只手提着的敞口袋里。顺手牵羊大概都因为羊太容易牵走，或者羊本身就乐意被牵走吧，她就这样把它"牵"回了家。到了家再把它拿出来，她才发现它的颜色多么怪异，它是猪肝红的。一个花瓶是猪肝红，这要插什么花才好看。她蹙了眉久久看着它，琢磨着各种颜色的花与它的搭配。

最后，她把这只猪肝红的花瓶装进敞口袋，提到了店铺，她想退回它。但她实在没有勇气把它拿出来，拿出它比拿走它难多了，她就在那儿踌躇着，幸亏这时货柜里一束可能配得上这只花瓶的绢花腾入她的眼帘，这束绢花有很多深浅不一的猪肝红的叶子，叶子簇拥着的花不是特别鲜艳，泛着那么点旧时光。她买下了这束花。

这束花插在这个花瓶里，在她家的客厅一摆就是她的一个少女时代。后来搬家，它们才不辞而别地遁形了。

出生商人家庭的她，从发现这个花瓶遁形的那一天，蓦地明白了长大后的她要做什么，她要在自己的店里专卖她自己喜欢的东西。母亲离世时帮她实现了这个愿望最重要的环节，她有了一个带阁楼的店。她喜欢的东西渐渐徜徉其间，水晶、琉璃、玉石、玛瑙、陶瓷……明莹剔透的它们在一缕缕光线中折射着天光月影，蒸云蔚霞。一个没有顾客的雨天，正小心擦拭着这些物什的她，突然发现自己喜欢的全是玲珑而易碎的东西，它们都磕不得，碰不得，都不经事。她还是不能自拔地与它们相依相舍，聚散一场。她的店铺把她与它们的依与舍晕染、辐射开来，远远近近，朝朝暮暮，真还有像她一样贪恋这些玲珑易碎、不经事的东西的主。

去年夏至的晚上，一个似醉非醉的老头儿摇摇晃晃走进她的店铺，她和几个平素比较亲近的女客正在卷起竹帘的阁楼间品着一壶白茶。老头儿想买玉，她走下阁楼应酬。她和她的同伴看情形似乎都明白这个老头儿真正的意图，都有所警觉，几双杏目齐齐地看着他。让人惊诧的是，老头儿居然在离开时成功窃走一枚玉观音，那是在她们探照灯般明亮的睽睽众目下窃走的一枚玉观音。回想那一幕，她现在都不明白，她们当时对这个似醉非醉的老头儿实施的究竟是监视还是掩护，唯有她隐谙：得失间除买卖之外还有其他状态在游弋。

她常常回味这个夏至的晚上，作为失主的她心里没有一点怨咒，反倒有一份默默的庆幸。他从她这儿奇幻地拿走了他想要的东西，她由衷地为如愿如偿的他感到庆幸，这是多么怪异的情感，时至今日她都为那个似醉非醉的老头儿感到庆幸。

她为什么要偷他的钱，她没法问自己，只觉得有一股若隐若无的力在驱使她这样做。这股力一直轻轻鞭策着她，让她在些微的疼痛中默享着一份平日不可入怀的紧促和旷怡。

她看过一篇关于偷的译文，译文说每个人都偷过东西，就像每个人都撒过谎一样。只是很多人都把自己这份与生俱来的“恶”淡忘或降服了。作者还在麻省理工学院做了这样的试验：往学院的宿舍冰箱里悄悄放六罐可乐。几天后，可乐全不翼而飞，自然都被学生们偷走了。接下来，作者又在原位放置一个小碟，搁上六张一美元的钞票，结果数日没有人动这些钱。虽然一罐可乐也值一美元，但偷可乐比偷现金更心安。

人，莫名其妙地敬畏现金。她却偏偏要偷他的现金，偷他的钱。她不知道她在他面前哪儿生出来的这样大的胆量和这样无畏的气性。

4

最开始，他并没有发现她拿他的钱。确实是久走夜路会遇鬼，他就是不留神撞见了她正在拿他钱的那只鬼。那一次，他在卫生间洗漱完忘了关水，走出来忽地恍见她正在翻动他放在床头的外套。他暗自一惊，悄悄退回卫生间，磨蹭了一会儿才关了水重新走出。后来，他发现他的内包大概薄了些。从那以后，他发现每次他们在一起后，他的内包都会薄一层。

让他觉得更为怪诞的是，从他第一次退回卫生间的那一刻开始，他就跌入了一个荒谬的况境——他竟然比她怕他发现她拿他的钱还怕她发现他知道她拿他的钱。而且，他对她的这种举动不能说“偷”，他觉得“偷”字对她太过了，她只是拿。她从他这里偷偷地拿走钱，他不仅装着不知道，还暗暗地维护，他似乎只有从这样的状况中才能得到一份安适和妥帖。

早年的他研习过中国画和西洋画，他对绘画的认识影响到他对艺术、商业、人和世界的认识——虚实掩映、明暗相生。持着这派眼光看人看事，他其实早倦于周遭总呈现给他的那些单调。公司的高层，永远一副忠心耿耿的样子；中层，走到哪里都目光灼灼；外勤，一群嗡嗡嗡的蜜蜂；内务，一窝团团转的蚂蚁……他知道他们都在按公司的要求“振奋”“精进”着，他却在这振奋、精进的结结实实中感到一种不可言状的恍惚，就像他始终在他们面前保持着一派审时度势的气度一样，没有人知道他那万事洞明的脑子里常常存在的是一片浑浊和混沌。

也许真的是时过境迁，现在的他不再像年轻时浅陋的他那么看重这个世界的“实”。那时的他，多么想掀开世界的实，拥抱实，啃咬实。而今，他更多地愿意去体悟和咀嚼“虚”。他时常会琢磨梦究竟是怎么回事，如果说梦是虚幻的，但做梦这件事本身又是一个真实的存在，更不用说在梦中的感受也是真切的。就像他昨晚的梦，现在想起都够烦。

他要不要还会触摸一下死亡。夜深不可测时，他的精气神往往处于一条波浪线新创的最低谷。这个当儿，他会闭着眼，屏着气，全身僵直，一动不动地以为自己正在死去。他无声无息地觅寻着他无形飘逸的神丝，他感到平躺的他在跟踪渐行渐远的他，他甚至把自己追到了今生今世的边缘。他明白无误地体察到生与死之间有一道类似“大气层”的屏障，他就要穿越它时，他的最后一口气息正抵在他的咽喉处。这一口气咽下去，他将永远作别人世。虽然他常把人生一世看个对眼穿，但真要让他完全脱离了它，他又惧怕此后的自己无依无托。他因此一直顽固地含着最后一口气息，而他的身体已进入了生与死的交界。在这片类似大气层的疆域，他感到他和他这一生所经受的荣辱喜忧都正在被撕扯，正在燃烧，正在熔解，正在缓缓地上升，正在急速地坠毁，所有一切，都在促使他赶快咽下他最后的一口气息。每每到此，他知道这一刻最难渡过，也最难抛舍。当他终于穿过这道屏障后，他眼角的泪水已然成了另一个世界枝头的露珠。

这时的他又毫无顾忌地想象着与他不在一个时空的人们会因他的死亡做出什么举动。他不知道是否有人会恐惧和悲伤，根据他的感受，处在宇宙另一端的他对此已完全无所谓，他自己一点儿恐惧和悲伤也没有了。他只是欣然于他会遇见很多人，很多走在他前面的人，包括远古的人，还有那些在他生前可望而不可即的大师和大艺术家们，他将和他们在路上走着走着就轻松相会。他们会自然而然地谈论到人世间的事，就像说到各自在昨夜梦游的样子，他们爽朗的笑声一下让他跌回床上，他又开始正常的呼吸。

这样有来龙去脉的生死让他觉得时空似乎很丰盈。至少他知道他的皮肉或他的魂魄在哪里，这样的存亡让他觉得生命是有着落的，只要有着落，无论在哪里，即便在地狱，都让他对明天少一份惶恐，多一份踏实。怕只怕，他自己把自己跟丢了，追不见了。当他把物质之身还给这个世界时，他的意识之河也销声匿迹，那样的明天，连洪荒都不是，洪荒也是一种存在。他着实惧怕这种没有丁点儿余地的虚无。

有一次，他应邀在乌桐群艺馆做《版画艺术赏析》的公益讲座，他从版画的平、凹、凸、漏、印痕、留黑……讲到了虚与实，从虚与实不留神讲到了物质与意识。他本来正说到，在进行任何一个艺术门类的创作和审美时，客观真实固然重要，但客观真实不是不能超越的，它们不应该限制艺术的想象，否则艺术就不成其为艺术。接着，他便说到他在那一刻突然萌生出来的关于虚与实的新观点了：一切物质都是运动现象的存在，一切意识也是运动现象的存在……物质和意识同为运动，从这个意义上推展而言，它们只是形态相异，它们并无虚实之分……

台下的男女老少或许听懵了，一头雾水的他们从此都用“您”来称他。南方人本不习惯“您”这个字，无论用“您”还是被用“您”。这个特供给他的“您”让他浑身不自在，他不喜欢“您”，特别不想被“您”这顶轿子咯吱咯吱地抬着离了地面。周围人和越来越多的人如今都对他“您”“您”“您”相呼，他觉得“您”是纷纷攘攘的周遭射向他的一枚枚冠冕堂皇的子弹，他感到自己中弹越多，流毒越深。“您”就这么让他一天比一天虚脱起来，一年比一年苍茫起来，“您”让他和身边的很多人和事都生出距离。

她从来不对他用“您”，这几乎让他不尽感激。她和他说什么都是

“你”“你”“你”，这是他最喜欢的。“你在哪儿”“你走吧”“你烦不烦”……从这些一个一个的“你”中，他莫名感到他和她的一种对称。这种对称让他终于享有被平等相待的自由、舒心与平实。这种自由、舒心与平实，让他觉得他自己有时竟然年轻了二十多岁。她吃麻辣串的时候，从来不吃这玩意儿的他同时也感到自己的口腔、牙龈、舌头是辛辣的焦躁的；她玩 3D 游戏的时候，他也跟着她紧张、悬疑、亢奋，或而和她一起败下阵来；她偷偷拿他钱的时候，他也偷偷地在行窃。

他不是没偷过东西。儿时偷别家的红薯，被别家放狗来追咬。稍大些偷父亲的劣质香烟，被父亲举着板凳砸。再大些偷大哥的黄色画片，被大哥用脚踹。刚进大学偷老宝的电子手表差点儿被老宝向学校举报……她从他这儿偷偷拿走钱的时候，一道小叩柴扉久不开的虚门正悄然开启。他一凝眸，就看到了这一串串一刻紧胜一刻退向洪荒的斑驳的影像。这些在时光中飞身的影像忽而寒星一闪，让他不禁满目温煦，他对正在偷偷拿他钱的她和曾经偷东西的自己心生怜惜，怀揣悯恤。他有一股不能道与他人的情绪，他喜欢她在他眼皮底下战战兢兢又胆大妄为地做这些事，他喜欢她的掩耳盗铃。他不想惊扰她，就像不想惊扰一匹正在夜间吃草的马，一条正在隆冬沉睡的蛇。

5

她今年三十五，前年三十三。三十三，在当时她男朋友乔琛的父母嘴里，她就是一块老苤蓝了。我有那么老吗？她举着镜子照了又照，她满头乌发，明眸皓齿，脸上还没有明显的皱纹，怎么就老了。苤蓝就够难堪的，他们还叫她老苤蓝，她肠肝肚肺都憋屈着。男朋友乔琛也想不过，和他父母嚷着：“人家看上去年纪轻轻的，怎么就老苤蓝了？”

“年纪轻轻，你不也知道是看上去吗？”

乔琛的母亲倒也没有死死纠缠“三十三”这个数字到底有多老，她一字一顿地对他说，你的女朋友已经错过了最佳的生育时机，你必须科学地理性地对待你的婚姻。

后来她才知，乔琛有一个堂兄的儿子先天痴愚，有一个表姐的女儿先天畸形。医学分析是在工业快速发展、环境污染加剧的当下，侄儿侄女的母亲生育他们时年龄偏大所致。医生警告说，二十五岁以下的母亲生产先天畸愚患儿的机会是1/2000，三十岁为1/300。这个杯弓蛇影的家族从此恐惧走进他们家门的大龄女子，二十七八，在他们看来就面目可憎了。她三十三，在他们眼里，不说是洪水猛兽，确也是一块经络遍布的老苤蓝。

为了彻底断绝乔琛和她的关系，确保乔琛今后的子嗣健康出生，乔琛父母携着他移民去了加拿大。纵然她有一万个不甘心，还是被这段无疾而终的恋情无情打入老女人之册。

她整整一个冬天都不敢正视自己。三十四岁，偏偏接踵而至。她生日这天，银杏叶满天纷飞。以前，她多么喜欢这些翩跹的黄蝶，就像天空为她的娴静和姣好洒下的金粉。现在，只觉得它们是她人生中一场早到的飞雪，凄厉而凛冽。傍晚，银杏叶还在凌空乱舞，她一个人走在回家的路上，看见两个骑着单车的少男少女，都丢了车笼头的把手，双臂平展如翅，惊鸿、白驹般欢啸而过，一下穿梭进了另一个界面般不见踪影。落木窸窣，韶光飞逝，她突然感到自己真正是一个老女人。快马加鞭的日子不由分说地拖曳着她，一天天接近“老茬蓝”的她常常为自己倒吸一口凉气，对婚恋噤若寒蝉的她再不能和同龄人情投意合，唯有在比她大，比她大很多的男人面前，她才能撞到一缕缕暧昧的游丝，才能捡到一点点年轻的颗粒。

去年早些时候，他是她的一名普通顾客。他看上了她店里一套瓷器，后来他又看上了她店里的一枚玉石，再后来他又看上了她店里的一串玛瑙，再后来，她每次进了新货，他都要来挑个物件儿。一个愿买，一个愿卖，他们就这样混熟了。他们最初只有买卖的关系。她知道他喜欢那些精良的东西，他不是盲从，也不是附庸风雅，他把它们当“知它”来喜欢。和他做买卖，其实很舒心，他懂这些东西，他了解不同材质的它们的品相、内涵、底蕴，他感知得到它们的美，掂量得出它们的价值，他不会看高它们，也不会看低它们，他亏不了她。那时，他们都坦然。

不可否认，他带给她的愉悦是少有的。即使他什么都不买，进了店只是随意坐下，能聊点什么就聊点什么，不时大大笑几声，他硬朗而老辣的眉宇，展展阔阔的身量，都在为她的店铺和她的心境平添着一丝丝怡怪之气。如果连续多日没有看到他，她会莫名地想他，想看到他，听到他，碰触到他。

他们后来的关系，就道不明了。不是情侣，也不止于炮友，有时他们在一起就只是拥在一起，喝喝白开水看看电视里的“鉴宝”节目。或许，她需要的仅仅是他的呼吸、他的体温、他从五十多年的岁月中穿梭过后的一种存在与安然，当它们就在她眼前、就在她伸手可触之间，它们会携着暖意地带给她一个生命与一个生命相拥的清欢。这些时候，她会对她人生中那些说罢就罢、一去不复返的人和事，从心底荡起谅解的涟漪。涟漪一圈一圈地漾开，她心底那口深深的井似乎也随之扩展成了一片辽阔的海。这些时候，豁然开朗的她不会再纠结什么“永远”“恒久”，不会再为失去这些时间的虚饰而惊恐。她甚至不再怕失去什么，除了她自己的光亮和新鲜。

母亲离世的那一夜，满世界都在喧腾。晚间新闻里几个国家就像妇人一样把口水仗打得正憨，商业街的天桥时装秀恰推出火辣的比基尼，马路上车辆嗖嗖似箭，酒门间主客醉颜如霜叶……就在这夜不肯宁也不能宁的时刻，她分明听见的是月光弥散成冷霜的声音，再也没有人叫她添衣了，她自己找来一件厚厚的外套裹紧自己。就从这一夜开始，她那么乖巧恭顺地学会了在光阴的缝隙里软磨硬泡。

往后，无论再遭遇什么，她都不能容忍自己被时光抽打。每天清晨，她都需要看到镜子里的自己依然光亮、新鲜。光亮、新鲜，似乎可以让她对她正经历的一切持有承受、积累、抵御和偿还的底气。只有又逢了万籁俱寂，喝着白开水，沉陷到夜色最深处的她，会从心底涌起微微的醉意，这一刻她反倒比平时更多出一份清醒——不能容忍自己被时光抽打的她，居然被他这样一个“老总”寡淡的私情抽打，也许只因为她掖在光亮、新鲜下的心只见鞭痕，不见疼痛。

他对她也不完全如她认为的那般寡淡，很多时候他还真的想到了她。上次他从英国回来，就江南无所有，聊赠一枝春似的带给她几片从伦敦国立美术馆捡回的树叶，之前他还从非洲给她带回过一袋撒哈啦沙漠的蕴藏着太阳影子的沙子。

对于自然物质，她本来别有情愫。她的饰品几乎都是珍珠、珊瑚……这些曾以生命的形式存在过的东西。就说树叶，她也情有独钟。去了加拿大的乔琛给她寄回的枫叶，她就情书似的珍藏。看着这些叶子，她甚至可以看到乔琛拾起它们时怅寥的身影，茫茫沉沉的眼神。而他这个翩翩老帅哥给她的这些同样取之于自然的叶子、沙子……只让她觉得哑然失笑，两个月前，当他又把什么红海的贝壳赠予她时，她的心口真的梗死着一股难言的屈辱，他对她的轻慢就那么有恃无恐?

6

“呯！”——隔壁房间好像摔碎了一个玻璃杯子。左手拉着他外套，右手正捏着外套内包的她浑身一紧。这刺人耳膜的声音，如同赛场上起跑线边的一声枪响，让她如开弓箭般穿破当下的隔膜，一气奔到十多年前，手拿一只玻璃花瓶站在那个背对着她想心事的店员身后。

她的心即刻生出了恐惧。她怕店员突然转过头说她在偷东西一样怕他突然走出卫生间说她在偷他的钱。她其实是怕的，她怕别人对她用“偷”这个字，她更怕别人说她“偷钱”。但此刻她的双耳在咚咚咚的心跳声的伴奏下，分明听到卫生间的水还在哗哗哗地流淌。她甚至听到了他在搓他肩胛、背脊、腹肋发出的咕咕咕咕的声音。他有每天早晚都洗浴的习惯，他是讲究的。想着他的这一点讲究，她刚才的紧张，又在这个清晨飘逸成空中的一抹薄云。

他不想惊扰一匹正在夜间吃草的马，一条正在隆冬沉睡的蛇。当然，一个重要的原因，她从他这儿拿走的钱，数额都不关紧要，她并没有一次拿走他数十数百万。这是个很实际的问题，倘若那样，他也许不会再满目温煦地认为她是在“拿”。相比老宝遇到的那些女人，隔三岔五就要老宝买房买车买别墅，她们才在与男人博弈、斡旋，她们才是巧取豪夺。其实，他也不是买不起这些，他现在比老宝还要皮厚，只是这样又掐断了他作为一个年近六十的男人内在信心的源泉。她是冲着他的钱财而不是冲着他来的，他这样一个自来被女人主动求欢、竞相思慕的男人的自信，会在这样的事实面前受到严酷的摧毁。如此，本来的自然的他在今生等于偃旗息鼓地委顿，他终归也只能凭借外力受到讨好。

反过来他也想过，就算他默认自身的委顿，同样用物质说话，他完全可以把她或她们安抚好，唯有一个人他不知道怎么安抚，他的老婆。

老婆年轻时是一枝夭夭的桃花儿，咋看咋灼灼其华。他们俩走到哪儿，都会牵来一片艳羡的目光。“郎貌女貌”，目光的主人总用他们自己编创出来的这四个字啧啧称赞他们。那时，其他男女都畏于他们的美，即便他俩故意生出间隙，也没有人有勇气插在郎貌女貌的他们中间。

中年过后，老婆的美落红成阵。那段时期，偏偏是他人生的多事之秋。更肃杀和锋利的是，他的团队里出现了犹大。公司亟待转型升级，至关重要的商业信息被这位高管出卖，整个公司瞬息将被吸进市场黑洞。就在他踉跄着要一头栽倒的时候，春色全无的老婆梦幻般在他面前绽放成一片峥嵘而遒劲的大丽花。那是一派近乎辉煌的繁茂，其色质是金秋才歆享的浓墨重彩。面对这番恢宏和凛然，那一刻，他完全不相信自己面临的是虚悬和亏空。他的团队也被他眼中映射的这片峥嵘而遒劲的壮美震撼了，没有人相信他面临的是虚悬和亏空。

黑洞消失后，身袭织着朵朵大丽花直筒裙的老婆，脸上的斑纹更纷繁了，头上的银丝更婆娑了。她没有了腰身，没有了脖子，没有了下巴，没有了她当年身为戏曲演员特别强调的“腮”。此后的年华，她似乎完全在以另一种花的形式绽放，她只会盛开不会凋零了。当上奶奶和姥姥的老婆，在岁月的拐角一转身，就成了蓬蓬松松的“棉花”。而今棉花老婆无忧无虑，成天心旷神怡地浸泡在那些肥皂剧五光十色的泡沫里。想着这一幕，他也是满目温煦的。

假如他在外面置一个家，再备一两个老婆，他知道女人都会步步为营，都会像他老婆当年取代他的初恋情人一样乘势而上。情不伤人人自伤，凡事不必太当真啊，是的，他得时刻告诫自己，人生就是一场玩游。“凡事不必太当真”，还是这句话，才能让他把每一天的日子像贪吃田边青禾的牛一样扬鞭赶着往前走。

7

房间外面的走廊里传来人进人出的声音，间或有客人拖着行李箱从他们的房门经过，楼层服务员已经开始在有些退了的房间做清洁，吸尘器嗡嗡地响着，新的一天又在这个城市活色生香。

他还在卫生间刷牙。他的每一瓣牙好像都生了锈，他不是在用牙刷刷它们，而是在用一把小锯子出出出出地锯它们。

现在，他的外套就在她伸手最便利的位置。她闭了一下眼，又睁开眼。双目扑哧间，神色更轻泠了。她似乎已经完成事前事后的忏悔。现在，她就要解开它。

母亲离世后，父亲开始了一种全新的生活。他一直想要个儿子，母亲没能让他实现的愿望，一个年青的女人让他实现了。父亲有了新的家，新的老婆，新的孩子。都说人生不能重头过，他却把他的人生完完全全重头来过了。他又回到娇妻在侧憨儿在怀的年代，凭借这个新的三口之家，他甚至可以把过去积攒下来的遗憾一一弥补。从前母亲病恹恹的，他们全家都没出过一次远门，现在父亲带着他的新老婆新孩子经常东南西北地天上飞地上跑。从前郁郁寡欢的母亲不喜欢笑，也不喜欢别人笑，他们全家都习惯冷着脸说话，现在父亲的新家随时都有响亮的笑声此起彼伏。从前母亲讨厌拍照，家里都没有照相机，现在父亲的摄影器材配置繁杂，新家的电视柜储物柜书柜床头柜，到处摆着他们欢欣的时刻。新老婆还喜欢在网上晒他们家的一碟凉拌菜一盘油酥花生米，晒新孩子被蚊子叮的一个小红包。

父亲走出他们曾经三口之家的家门时，就告别了前世一般，现在的三口之家才是他的今生。他把他身后那套四居室的房子留给了她。大家都认为他也算对得住她这个已经成年的女儿了，她却再不能像从前一样在这套房子里安之若素地饮食起居，她怕那一道又一道推开后都空无一人的门。身处这套只有她和她自己影子存在的四居室，她好像身处荒郊野岭。

她要把它卖了，重新买套只有一间居室的小房子。前年春节，父亲把一套五十平米精装小户型房屋的钥匙交给她。父亲说："大房子别卖了，留着以后做你的嫁妆吧。妈妈走得早，我们都要好好照顾自己，生者对死者的最大告慰，就是健健康康、幸幸福福地活着，开开心心过好每一天。"父亲说到这儿，不像是与母亲半途而散的丈夫，倒像她一样，是母亲遗留在世的儿女。"不要再折腾了。"父亲的声音突然疲困、沉纡下来，"我也只有这个能耐了，你看到的，我现在还有一家人。"此刻的父亲又恳切又窘迫，像一个还不清债务的人面对着债主。她还不知道如何答与他，他的手机响了。她听到他的新孩子在脆脆的叫他，他一边呃呃地应着，一边小跑着就走了。她握着那把沁凉的钥匙，双目有些酸楚，父亲转身的眼前随即烟波浩渺。

父亲美好的新生活让她对于婚恋的惶恐一天天堆砌成墙，堆砌成城墙内高耸入云而草木丛生的城堡。她对父亲的新生活怎么也欢欣不起来，常常还在冷眼中伴生着躲避、逃离之欲。她怕见到父亲那位比她大不了多少的新老婆，更怕见到他们那个眉目酷似父亲的新孩子。这个新孩子极为诡异地像她的小父亲，看着他，她竟恍惚看到了父亲的幼年。每当这般，她都有光阴错杂的荒芜感。

那些年，本是她生命中的好时光，她却怕面对父亲全新的家人一般，怕面对周围那些恳恳切切的男性。窝在店铺，她以为这一生只有与她店铺里那些璀璨而冰凉的东西相守。直到三十三岁那年，那个月圆之夜，遇见了乔琛。当时两人没有一句话，只有彼此的看见。那一瞬，他们两人的目光似乎同时把对方照亮了，他们在彼此眼里让其他一切悄然黯淡。就在那一夜，明净的月光照进她店铺阁楼的窗棂，她发现自己从来没有这样通透、敞亮、端淑甚至芬芳，那一夜，她竟真切感应到"花好月圆"是世上最美的景致。可憾不到一年，她又寒彻心骨地明了，即便世上有常开不败的花，有久圆不缺的月，这番景象也是白日里寻不到的。

省却店铺租金，她的生意怎么做都有得赚。快十年了，她没有压力的生意做得不火不温，有时关门休息，还有爱家候在门口要买她那些玲珑而易碎的东西。在她越来越氤氲馥郁的铺子里，她待人接物的笑靥盛开得不疾不徐。这些年虚虚实实地，她也会在或坐或立间端着些安稳静好的架势。衣食无忧，无病无灾，能晚一天成为老茎蓝就晚一天成为老茎蓝，这几乎就是她此生的愿景。

上周六午后，一个钟爱琉璃的胖妇人买下了她店内气韵敦厚而几年来不曾有哪位买主大方询价的一尊摆件。百元纸币在点钞机上如一册让人无心细读慢品的书页哗哗翻过。也不知是因这尊琉璃摆件有了更慕它惜它的主人，还是养在深闺的它终于得了善缘，她的面颊泛起一片温热。

她收下款子，找出摆件原包装盒，启开，把琉璃置入赭石花案的软缎硬壳匣，扣好匣子的银质如意扣，再在大大方方的匣子外面套上杏黄的绒布袋，最后装进一个皮质的提箱……每一个步骤，她都做到了安然恬淡，安然中又揉进入微的细致，恬淡中又绽放如歌的庄重，就像把她一手拉扯大的女儿装扮好送出阁。妇人看到了她眼里山长水长的祝福，当她从她手中接过这沉重之物时，她们之间好像完成了一道旁人不可能心领神会的交接仪式。

她把胖妇人送出门，帮助她钻进停在店外的轿车。妇人摁下车窗对她说："谢谢啦，回去把钱收捡好哈。"她一边点头，一边向妇人挥手。回到店内，她被什么蜇了一下似的，忽然想起这位妇人明显发福的面庞上五官都透着倩巧，如同池塘中慵浮着的几朵莲，每一枚花瓣、每一丝花蕊都流露着昨日的天籁倜傥。妇人的音质尤为丽泽而绵韧，似乎这时还在她耳朵里穿梭。一道亮光打在幕布徐启的舞台，她脑海里徒然闪现出梦桐大剧院昔日台柱子一张风华盖世的海报。就在脑门明晃晃的刹那，她取出了暂时放在抽屉里的那笔钱，无端地，又把它放在了点钞机上。

纸币在快速翻动中形成一道虾红的弧，弧扬起的一小股风竟拂到了她难得发烫的面颊，这微薄的凉爽让她猝不及防地想起了她儿时偷到的那把小圆扇。那把打开时咔咔嚓嚓作响，打开后圆圆满满的小扇子，是她关于偷的第一份记忆。每当她就要把它彻底忘却时，它又摇曳着为她送来丝丝凉意。纸币还在点钞机上飞跑，哗哗哗的声音让她的思绪瞬即腾挪到莽莽苍苍的流年上。或许，这个世界哗哗哗响着的从来不是金钱。那真正哗哗哗响着、翻涌着、奔腾着、呼啸着、席卷万物并吞噬一切的，才是她的冤家。

她打开收银桌旁边的保险柜，把这笔钱放了进去。只因心里还哗哗哗响着、翻涌着、奔腾着、呼啸着莽莽苍苍的流年，她看到近期的营业款好像不是钱，是一寸一寸的光阴。再看放在保险柜下层的那沓钱，这些全从他那儿得手的纸张，好像也不是钱，是"金"，是"寸金难买寸光阴"的"金"。她的钱和他的钱即便面值相同，也是不等价的，钱在她这儿分出了子丑寅卯，分出了尊卑贵贱。更不堪的是，她看到自己挣的钱只有清澈如许的感觉，花着自己的钱，她似一个良人，一个自食其力的自尊自重自珍自爱的人；她看到从他那儿得到的钱却有一种轻如鸿毛败如絮的感觉，花着他的钱，只觉自己也轻如鸿毛败如絮。而她，竟间歇性地渴望这种飘摇离地的感觉。只有当她忽而又凌空悬浮在这坚硬的大地之上时，她才可能掂量自己活着的重与轻、触及自己醒着的真与幻、俯瞰自己光亮鲜艳着的明与暗。

她知道他一定知道她偷了他的钱，他就是装着不知道，他甚至会腾出时间和空间让她去偷他的钱。她领受着他这种默默的纵容，她情愿把他对她这种暗地里的包庇和袒护照单全收。她感到她心头已经被拔光了的骄矜又春草般破土而出。这些春草在他人面前匍匐着，唯有在他面前滋滋滋地生长。她知道她一定会因他的一误再误而沦为罪犯，她一定会锒铛入狱。

好在她把最惨烈的一天都想到了。她料想过让他无法回避她的过错的那一天。那一天，她要偷光他身上所有的钱，他要让他在酒店的收银台都付不了住宿费。她要让他彻底面对她的偷窃，她要让他们都站在死胡同底，她要让他不得不揭穿她。而她要在他揭穿她的那一刻，不管他是严厉的还是委婉的，只要他揭穿了她，她就要把他骂个狗血淋头。她要骂他奸猾吝啬，骂他占她的便宜，骂他是无耻的泼皮和无赖。而他会反过来骂她什么都可以拿来卖，骂她是论斤论两卖的暗娼，骂她归根结底就是为了他的几个烂钱。他们会撕开脸吵起来，吵得很凶，眼珠子都要蹦出来了，他们把对方完全骂成另外一种人都还不解恨，就在那一刻，从来没有在他面前哭过的她会突然泄洪般泪奔，从来没有在她面前发过愣的他会一下不知所措。也许他会背过身面朝窗外，也许他会在她的轰轰烈烈的哭声中抱着她吻她。结果不管怎样，他们在寒光四溅的唇枪舌剑中才发现他们两人都在道路纵横的天底下，走投无路。

8

楼下的汽车陆陆续续发动了，它们好像是一个整装完毕的车队，即将开始新一天的东奔西走。小四轮，摩托车，电瓶车……也稀里喝啰地抖擞着精神，大家都在争流、竞发，只有她还在时空的一个原点上自由落体般沉坠，沉坠。

她的手指已触摸到他外套内包外的那粒纽扣。就在这时，她的拇指、食指和中指的指尖不约而同地传递给她大脑一条最及时的信息：这粒纽扣的质感有些奇异。

她不由得留意了一下，这状如一粒围棋子的纽扣，摸上去的确不是特别滑溜也不是特别凝涩。她的好奇心像火柴头划过火柴皮一样“哗”地点燃了。她摁亮枕边手机的电筒键，借得光照，她发现这粒纽扣果然不同寻常。褐色和深黄色相间，花纹绵密斑斓，手电光直射下通莹亮泽，避开直射则山朦胧水朦胧的半透明。她又让手电光直射着它，这一次她看到了它里面的一些天然的肌理，它应当不是人工材质做成。再一摸，只觉得手中的它格外朗润，她摸着它，有一种生命抚摸生命的亲近感。它应该来自一个生命体。这小小的一粒纽扣，顿时让她在这个清晨有一丝发现的欣然。

她竟暂时忘了她此刻正应该做的事，旁枝斜逸地琢磨起这粒纽扣来。根据她的见识和经验，她辨析着它究竟来自哪里。终于，她得出一个结论，它是用玳瑁的龟甲做成的。

她知道他的每一件外套都依据他的身量专门订制。但这件外套内包的纽扣由玳瑁龟甲做成，他也真是讲究到家了。她对世间精良之物有种旁学杂收的熟稔，她知道纯天然玳瑁制品与纯天然象牙制品属相同档次。由这粒小小的纽扣，她更清楚他对他自己的态度了，他是一个讲究入微的男人，由他对他自己的态度，她顷刻大梦方醒，就在这一瞬间，她似乎才彻彻底底地看清他对她的态度——他不以讲究待她，好像她根本不值得他以讲究待她一样。

他完全可以为他们的相处创造一个更像样的空间，即使是暂时的、一次性的，他们也可以去到更静雅之处，而不是城边这些房里房外声音都可以穿来穿去的二三流酒店。虽然从前她和乔琛在一起时，他们还住过比这些酒店更嘈杂的小旅馆小客栈，但不一样，完全不一样啊，这完完全全不是一回事！这个声音，几乎在她心里要吼了起来。

就在这时，她听见卫生间里的水关了。她才想起她的正事来，她赶紧摁灭手机灯，丢开手机，迅速解开他外套的玳瑁扣，她的指尖当即触到内包里的厚厚的纸币。她知道他已经洗漱完毕，他很快就会走出卫生间了。此刻的她，动作竟然有一些颤瑟，以至在卫生间穿好保暖内衣的他走到房间里要穿羊绒衫时，她还没有把那个已经打开的内包重新扣上。

她只有在他的眼皮下做补救工作。幸好放回原位的外套就在床头柜上，她假装慵懒地把身子挪过去，把头凑得很近地扣那内包，无奈她的手在瑟瑟发抖，一时根本不能把那枚玳瑁纽扣扣上。他一定会怀疑她的神色，她知道。事已至此，她只能继续扣，他穿好外裤就要穿外套，这个时候，她只能把他当睁眼瞎了。

9

现在，她拿到的钱都在她脑袋下面的枕头下面，她也把他内包那粒玳瑁纽扣扣妥了。她已经没有一丝一毫的仓皇和不安。

他坐在床边穿袜子，换鞋子。完了，伸过手来摸她的脑袋、拍她的脸蛋，他的动作比平常多出一份缱绻来。他已经穿戴齐整，就要出门了。她才想起今天他又要出差。

“今天是到哪儿？”她捂在被窝里有些发懵地问他，其实她可以不把什么都问这么清楚。

“银桐。”他说，“对了，我记起银桐南部有一个北洋城，那里有一个翻译局，可以翻译很多国家的语言。他们的老板还会译梦。有时间，我去那儿看看。”

“译梦？”

“是啊，我打算把昨晚的梦都讲给他。”

“两个梦都讲？”

“当然，那间积满灰尘的大办公室，弹进我嘴巴的蛆，恶狗一样的老鼠，提着收荒袋的老总，还有你那群中世纪的武士，还有他们所谓的剑，还有哪门子持剑致礼……我觉得，这两个梦都有意思。”

大办公室，蛆，老鼠，老总，武士，剑，持剑致礼……经他这一提示，她才想起他们一觉醒来讲到的昨晚那两个又烦又怪的梦。就这么一个热水澡的时间，她几乎把它们都忘了，他居然还一是一二是二地记得。她这下更懵了：“他真能翻译梦？”

“我知道他对精神世界感兴趣，一直在做这方面的研究，他收集了很多梦。我们这两个梦，即便他不能译，至少也可以提供给他做研究。我估计，不会有人做的梦和我们这两个梦相同。”

“真有这么一个翻译局？”

“有兴趣？有机会我带你去看看，玩玩嘛，又不必当真。”

他起身整顿了一下衣服，对着镜子捋了捋了前额已不多的头发。他又弹了弹裤子，上面好像有一根她的长发，他把它像小鬼一样拎了起来，顺手打开酒店放置在桌上的入住须知的文件夹，像把小鬼投进牢狱一样把她的长发砰地关在了文件夹里。他又跺了跺脚，皮鞋更亮堂了，整个人也簇新簇新的。

“睡吧，你再睡会儿。”

他说着准备开门了。就在他即将打开门的那一刻，她忽地掀开被子，赤脚踩了地，一下扑在他怀里，戚戚地像一个将被遗弃在家的孩子，她的嗓音甚至在这一刻也泛起了哆哆的童声。

“你能早一天回来就早一天回来吧，你能不去的地方就不去嘛，北洋城离银桐还有一程的，何必再跑那么远……”

当她骤然对他涌起依恋时，他确实感到她比他的孩子还像一个孩子。他又摸着她的头发，吻着她的额头。

“看嘛，看情况……”

他的回答从来就不肯定，似乎永远都面临着选择。他的神态看不出是敷衍的还是实诚的，他还没说完，她突然又想挣开他的怀抱了。但是，就在她赤裸的肌肤接触到他外套表面的金属扣件，温暖的身子被冰得一激灵的刹那，她想起了去年冬天的一个清晨，那时，他们也住这样的酒店，他也要出差，他把厚厚的衣服全部穿好了，她也一下掀开被褥光着身子光着脚站在地毯上与他拥别，他抱着她还散发着热气的身体，突然来了灵感地说：要是哪个雕塑家能把这个瞬间——一个穿戴齐整的男人与一个赤身裸体的女子拥抱着不舍别离的这样一个瞬间，真真切切地雕刻下来，一定是件杰作。

10

“别动。你不说是把我们这时候的样子雕刻下来是件杰作吗？来，我们凝固一分钟，变成你说的雕塑。”

“凝固一分钟？”

“嗯，一分钟。”

他的嘴角左右拉了拉，她的提议让他觉得有点好笑，但他发现她竟然是认真的，像孩子一样不折不扣地和他玩起类乎“木头人”的游戏，他又一次觉得她就是个孩子。

她的头偎在他的左肩上，他的头也向左微微偏倚，贴着她柔软的乌发。他的脸颊感到她的头皮是暖和的，他的耳垂感到她的呼吸是温热的。她的双手抱着他的身子，他的身体已经明显臃肿，加之衣服穿得厚，她的手只能一上一下抱在他的左右腰间，他则轻松地把揽她在怀里。他们的躯干贴在一起，他们的腿也尽量靠向彼此，只是她的两个脚尖略略踮着，似乎还保持着刚才扑过来的那股惯性。

“别弄感冒了。”

他感到她赤裸的身体变得有些凉，他的心头涌起一股怜惜，就在这一刻，他突然觉得他其实很疼她。让他惊心的是，他觉得他从来没有像疼此刻的她一样疼过其他任何一个女人，包括之前不在此刻的她。

“快，快回到被窝里去。”

他在她耳边轻声说着。

“快，别着凉了。”他的声音在她耳边放得更轻了。他的嘴唇触到她玲珑的耳郭，他的唇尖发现她的耳郭冰凉了，他的脸颊发现她的头皮也冰凉了，他的手发现她的后背也冰凉了……他的手在她后背上下摩擦了几下，他发现他所触摸到的她的每一块肌肤都僵硬如坚石，她凝固了？

不可能。

他在心里宽慰着自己。这个孩子！他在心里嗔怪着，他不知道她又在和他玩什么鬼把戏。这样想着的时候，他突然对自己有些检讨和反省了，都怪他对她无节制的纵容，她已经养成了任性而为的习惯，想拿他的钱就拿他的钱，说要变成雕塑就要变成雕塑。

“好了，好了。”他的嘴唇直接对着她的耳朵眼说着，他的声音更轻了。他用放在她后背上的手轻轻拍她的背脊，要诓诓她似的。然而他感到他的身子已不能在她的怀抱中自然地活动，他被什么东西钳住了一样。这时，他才把自己偏倚的头慢慢扭正。他的脖子带动他的头向后仰了仰，他要看看她究竟成了什么样子。

天，她真的凝固了！一股恐惧瞬间穿透了他。

她变成了她自己的雕像。她整个人是灰白色，像一座冻结了的雾霭。

“轻轻，轻轻，衡若轻……”

他喊着她的名字，只想把自己从她的怀抱中退出来。他努力让自己镇定和冷静，他知道这一刻必须避免惊慌。他轻轻扭动着身子，不敢大动和硬来。他既怕永远被卡在里面，又怕折断了她的手臂。现在的她，就是一件玲珑而易碎的东西。他知道，对付这些东西，只能轻轻，轻轻，再轻轻。

好在她的手本来就只抱在他的左右腰间，他缩了缩身子，再稍稍转了转角度，又把肩头的高矮调了调，他的身子因为臃肿而具有让性，他终于从她的怀抱中退了出来。

现在，他才得以认认真真地审视这座冻结了的雾霭。这座冻结了的雾霭真的是凝固了的她，她们分毫不差，他用他曾经是专业设计师的眼光一瞄就知道，“她”完全是按她一比一的比例塑成。他的眼睛一动不动地审视着这座雕像，他也不知道他这样冷冷地，静静地看了“她”多久。

终于，他的眉头不再紧锁，他的目光也由刑侦的审视变成了对艺术品的赏鉴，她的体态那么娇美，纵然她的双手向前拥着的是一片空无，但空无恰恰勾勒了她的每一处轮廓，衬托了她的每一根线条。他甚至有点懊悔，他怎么会离开这样婀娜的怀抱。更让他懊悔的是，他怎么今天才以这样一种纯粹的仰慕的眼光去打量，去凝望这样一具美好的形体。

他的眼睛还把她一动不动地看着，他想“她”要是真的作为一座雕塑安放于世，无论在街头还是广场，不知会有多少人要把自己嵌进她的臂弯，享受拥抱她和被她拥抱。更有甚者，会猥亵她曼妙的身体。这让他不敢再往下想，他突然自负地认为，这个虚怀以待的拥抱只能非他莫属。就像王子的水晶鞋只属于灰姑娘一样，“她”的姿态的每一个的弧度和分寸只有他才能完全吻合，“她”的这个怀抱只能属于他。

此刻纵然他完全把“她”当作一件艺术品，他还是不能忍受已经成为雕塑的她失去衣服的包裹和遮挡，他不能忍受她赤裸的身体置于大庭广众，他不要“她”受到霜欺雨淋、虫咬石击，他不要她被众目睽睽。他不由得脱下他的外套，满心怜惜地把外套轻轻披在“她”的身上。

11

他外套里面原本鼓囊囊的内包已经彻底干瘪了，因为被掏空，外套变轻了许多，他也丝毫没有注意到。他只是发现，他的外套并没能把“她”的躯干完全包裹，“她”双手向拥着，他的外套挡在“她”的双臂外，只遮住“她”的后背，这样的遮掩几乎无效。

他究竟是有办法的。他让自己又轻轻，轻轻地回到了这座雕塑中原本就属于他的位置。他对着他们身后的大梳妆镜端详着自己和“她”，他想，幸亏他还有这身衣服包裹着，如果他也凝固了，他们这座雕塑才保有了一种形式和寓意上的美——一个穿戴齐整的男人与一个赤身裸体的女子，拥抱着不舍别离的这样一个瞬间，如果有谁能真真切切地雕刻下来，他依然坚信，这真的将成为一件杰作。

倘若换着他也是裸露的，这件作品的艺术分值就一跌万丈了。他想起他刚才下床洗漱，赤裸着经过这面镜子时他朝镜子瞥了半眼的自己。此刻，镜子似乎把他的影像回放到了他下床时经过它的那一刻。他从他们身后的这面镜子中看到了他自己赤身裸体的样子。这本是他再熟悉不过的一具身体，他刚才才用双手一处处揉搓、清洗了的身体，倘若也赤条条地凝固于世，多么触目惊心！比起年轻时候的他，他的身体真的不经看了。他好像被这些年的风吹鼓了，又像被这些年的雨泡胀了。但是这一切都没有按比例来，他有的地方肥硕着，有的地方孱弱着，就像被巨人的手捏泥人儿一样捏弄过。

他的身躯不再崔嵬，虽然骨骼长短没有太大的变化，但年轻时他的骨骼由内自外散发出来的那股轩昂荡然无存。隔着时厚时薄的皮肉，他看到他的筋骨都显出了萎靡不振的光景。他的皮肉与他的骨骼贴得不紧实了。每一块皮肉都有些垂头丧气，它们向下坠着，就像枝头正在消融的冰雪，它们在往下滴，地心正吸啜着它们。他自身再不能整顿和组织这身皮肉了，天要下雨娘要嫁人，它们只顾得被地心的力量引诱而去。

正和他互相拥抱着的“她”，即使此刻他只能隔着他的外套触摸到“她”的背脊，他也能清晰地感受到“她”凹陷的腰和凸显的臂依旧是连绵着的一派此起彼伏，它们还没有被岁月夷平，它们在天地间还拥有摄人心魂的曲线。

二十多年啊！他的心突然生生地痛着。他们虽然拥在一起，但他们之间隔着二十多年的光阴。二十多年，多少斗转星移，多少生生灭灭，他居然把它们全都偷走了一样。二十多年啊，就在他的心被谁用了刀片一刀一刀削着的时候，他幡然明了，就生命尚存的美而言，他远远羞愧于她。而她欣欣向荣的身体，依然紧紧拥抱着他江河日下的身体，她拥抱着他的沮丧，拥抱着他的衰竭，拥抱着他的不可逆转，拥抱着他的时不我待。他的心一个劲儿地打着寒战，他几乎要流下泪来。他把冰凉的“她”搂得更紧了。

美是一段光滑的上坡路。此刻他才无比凄惶地意识自己正不可救药地与这段光滑的上坡路逆向相驰。凄惶充满了他的内心，他感到一股从未有过的恐惧，令他更为恐惧的是，他无比清楚这种恐惧是一切功名利禄都无法抵消的，他只能承受生命之决绝——曾经那个峰眉潭眸，鼻刻唇雕，峻拔挺阔，气潜神笃的“英武”的男儿郎确实永远不再了。如今幸得一身衣着裹遮的他唯愿静静地，静静地拥着仍被时光恩宠的“她”，像她一样在岁月的恒河中安然凝固。

他早已听不到她的呼吸，但他分明听到了自己胸腔里的一个声音，这个声音在逐字逐句地告白此后将蜂拥而来观瞻他们这座雕像的人群：仅仅因为对于恒久的美的渴慕，她凝固了的身体也值得我一生相拥。为了这份永恒，我宁愿舍去身后的一切……

云层、星系在他们四周旋转，日月从他们头顶投下一轮又一轮的光影，时光在他们脚底逃窜。他紧紧地和“她”拥着。终于，他怀里这座坚如硬石的雕像在他外套的罩护下，经过他体温的传递又回暖如初。

“一分钟到了。”

“她”突然说话了。她的声音依旧有意无意地透着一丝执拗与骄矜。

“你该走了！”

她忽地松开抱在他左右腰间的手，一下抖掉他披在她身上的那件内包全然干瘪的外套，灵巧地钻出樊笼一样钻出他的怀抱，三脚并两脚蹦上床，钻进了那个还暖着的被窝。

尘归尘，土归土

1

这年冬天又过了。

黎淑媛对着旧式大衣柜那面雾蒙蒙的镜子脱下蚕丝袄换上夹衣的时候，觉得今年与往年比来又有些不对劲儿。哪儿不对，她一下还没看出个缘由来。

黎淑媛把刚换上身的夹衣拍了又拍、扯了又扯，寻思着去年往里头套的也是这薄毛衣、绒背心，今年咋就走样了。她一步步凑近镜子，一束耀眼的朝阳恰如舞台上的追光从窗户上框朝她的头顶斜打过来，黎淑媛这才发现，年前还麻灰灰的头发，此刻全白了。

黎淑媛扒开白发翻找着，一丝黑发也不见。她不甘心，扒开另一丛又寻觅起来。这样的严谨和细致，就像三十多年前，在满头黑发中找寻一根白发。

“时间啊，时间！”她不由得又重重地叹了。这破胸而出的叹息如同一粒沉甸甸的小石子，凭空投入静若湖面的清晨，整个小院即刻在晨晖中微微震颤着，漾起一圈又一圈的波光水痕。

风吹来，凉沁沁的。就在黎淑媛打着一个冷禁的当儿，楼下院子里的玉兰花一朵朵挺立得更见风姿了。

黎淑媛最喜欢玉兰花。

几年前，吴炎专门从郦东移植过来一大株，当时开一辆卡车，连树带土拉拢后种培着，花了一整天的功夫。都说“人挪活，树挪死”，这树玉兰挪到黎淑媛的院子，倒越长越精神，年年弥散出新气象。特别是那冰雕玉刻般的花瓣，今年的刀功更了得，每一枚都有一番风骨，端凝成朵，脱脱溢出旷世的气韵。

黎淑媛寻窗看着，看着看着就出神了。

年轻的时候，日子是漫天飞雪，舞呀旋呀，老不着地。老了的日子，就是这树寥寥的花。这刚柔一身的花，越是傲向天宇越是零落惊心。那落在地上也不减风骨的花瓣，用黎淑媛蓦然苍凉的目光去看，竟似一颗一颗的牙。

“牙？”黎淑媛轻轻呵了一声，这些日子，她的好多心思越来越怪。昨晚，又梦见掉牙，她梦见她的牙不是衰老枯竭地脱落，跟小时候一样，是被冒出的新牙尖顶落的。牙龈浸出血来，咸腥腥的，她舍不得唾，一口一口全咽回去。梦里她是一个懵懂的孩子，对势不可挡的成长充满了忧虑。

“奶奶！奶奶！”楼下鸟笼子里的小八哥又脆生生地叫了起来。这鸟儿，只会叫“奶奶”。一声是一声地，比任何一个孩子的口齿还清楚。黎淑媛习惯性地抬起手腕，对了对表，每天早上这只小八哥叫第一声奶奶的时候，都是差五分到九点。她赶紧定了定神，再过一会儿，吴炎叫来维护钢琴的琴师就要到了。她把窗半掩上，转身到洗漱间把浸泡在杯子里的假牙捞出来安上牙床。这假牙是吴炎请一名加拿大医生给她配的，安上去，匮乏的口腔霎时充盈丰实起来，一瞬间，整个人也丰盈充实起来了。

黎淑媛轻轻下楼，到院子里的水管处取来塑料桶、抹布，打了水，又像往常一样，细细擦拭起家里的一物一什。她一个人在家的时候，好多东西一年半载都不会动一下，它们石头一样苍凉无言地矗立着，任凭时光浩浩。罗遇回来后，房间里的一切都有了腿脚有了翅膀甚至有了逃逸和隐匿的心思，尽变着法子赛着趟儿地有去无回。特别是罗遇的剃须刀，那把三个头的菲利浦剃须刀，又不知到哪儿去了。

黎淑媛在卫生间马桶的水箱盖上找到了这把剃须刀，她把它放回了沙发前的茶几上。放这儿，最显眼、最顺当，罗遇每次取用都得心应手。但每天这把剃须刀都在和黎淑媛做着捉迷藏的游戏，有时它在厨房的窗台上，有时它在鞋柜里，有一天，它就躺在茶几底层的报纸堆里，却害得黎淑媛找了整整一上午。她犹豫着，是不是该把剃须刀放回茶几底层，最后还是把它摆在了茶几面上。

这个家里的所有物什，沙发、书柜、餐桌、靠椅、花架曾经都是最时兴的样式，如今全流露出美人迟暮的神伤，只有吴炎十多年前送给她的那架德国进口的原装虎腿钢琴仍煌煌如初。

其实，这个家里唯一真正没有改变的是这钢琴的声音，洪越、通透、轻灵、绚烂、浑厚、深凝……它似乎永远鲜活地拥有世间的每一轮四季，四季里的每一个日子，日子里的每一幕晨昏。如果从黎淑媛手指间倾泻而出的琴声可以飘扬成烟、飘忽成雾，墙上方挂着的那张黑白照全家福也被之浸弥多年了。

每天早上，黎淑媛都会用潮湿的毛巾擦拭这张黑白照全家福，全家福在一天天的锃亮中，一天天退向久远。那层冰凉的玻璃，恍若凝固了的光阴，把镜框外的黎淑媛和镜框里的黎淑媛、黎淑媛的丈夫、黎淑媛的四个小儿女越来越久远地间隔着。

每次擦拭这张黑白照全家福，黎淑媛都有一种站在疾驰的火车车厢里面朝窗外的感觉，几十年的往昔呼啦啦地往后奔窜，让她不知，是往昔要抛下她，还是她要抛下往昔……

2

吴炎常常凝望这张照片。

“罗达、罗运、罗遇、罗莲好奶气。”每次望着照片，吴炎都想说这句话，似乎这么多年来，他是看着这四兄妹长大的。

实际上，吴炎的年岁和四兄妹相差不大。吴炎他爸和黎淑媛同在省建设厅，黎淑媛当时是政治处的主任，吴炎他爸只是机关的一个勤杂工，两家人分别住在面对面的两幢房子的底楼，吴炎全家对“黎主任”自来都是谦恭的。每天傍晚，黎淑媛在街沿边教罗达罗莲拉小提琴、教罗运、罗遇拉二胡时，旁边候着的吴炎目光里总溢出许多会随着琴声一起流淌的神色。吴炎他爸终于应了吴炎的乞求，狠下心给他也买了一把小提琴。每天傍晚，站在街沿边跟着黎淑媛拉琴的从此多了一个邻家的孩子。

吴炎现在都很怀念那段时光，黎淑媛教给了他一门值得眷顾和炫耀的技艺。在黎淑媛的五个徒儿中，只有他最珍惜这门技艺和这份回忆。

“小提琴是乐器中的皇后。”拉小提琴的吴炎甚至在拉二胡的罗运、罗遇面前也生出一截骄傲来。现在，吴炎和罗莲偶尔还会合奏一曲《梁祝》，悠扬的琴声如同一根柔韧的纤绳，在岁月的长河里徐徐拉出与时光逆行的往日。

吴炎和罗莲有二三十年了，二三十年来，双方家里的老老少少早习惯了他们这种不是兄妹胜似兄妹、不是夫妻胜似夫妻的关系。黎淑媛从不盘问过他们的事，她对他们这二三十年，一直是缄默的，罗莲不需要名分的累赘，吴炎看重的也不是形式上的东西，但哪有做母亲也这么淡泊的，罗莲知道，老母亲从不为她讨什么。

倒是吴炎，刻意要补偿罗莲什么、要回馈黎淑媛什么，几十年来，比黎淑媛的儿子还儿子，比黎淑媛的女婿还女婿。罗莲知道，他对他母亲陈碧芳的爱，是草木对大地对泥土的爱，他对她母亲黎淑媛的爱，是草木对天空对白云的爱。

而今，罗莲对满头白发的老母亲早没有什么怨言了，都随她吧。罗莲对黎淑媛的迁就就像黎淑媛对罗遇的迁就一样，也经年累月了。

罗达、罗运都早逝。

两个儿子相继在这个世间销声匿迹后，黎淑媛对罗遇的顾惜越来越深沉和严重，也许谁都能够体谅，有什么比连接着失去两个儿子更痛彻心骨的事？后来老伴的走，黎淑媛已经没有什么悲恸，快八十的他，要走也该走了。

一个心理学家说，一个人的悲伤是可以凝固的。

黎淑媛的悲伤凝固成了什么，很长时间，她自己也不知道。直到吴炎叫人把她楼下的水磨石地板换成了光可鉴人的大理石，她才恍然她的悲伤早已板结如这坚硬的石块，它们齐整而光洁的铺在她的心底，掉一根头发看得见，落一抹眼神也听得见。

少年时的罗达、罗运和罗遇长相酷似，浓墨眉、琥珀眼、初见端倪的络腮胡、略略的鹰钩鼻……随他们祖籍在尼泊尔的父亲，带着外族血统，整张脸呈现出与周围人截然不同的异域风貌。因为兄弟仨的与众不同，旁人更容易认定他们的相似，只有黎淑媛最清楚三个儿子的不同，罗达严谨，罗运精粹，罗遇懵懵懂懂，疏漏丛生。

一场车祸轻盈地携走了十五岁的罗达，一场急性肝炎更轻盈地携走了十九岁的罗运。就在罗运闭上眼的一刻，黎淑媛也久久地闭上了眼。那一刻，世界化成一片汪洋。

“浑浑水养浑浑鱼呀！”

十七岁的罗遇当时还在参加一场班级足球赛，赶到白单蒙了的罗运面前时只听到他父亲的这声长叹。长叹唤醒了黎淑媛，她抱着大汗淋漓的罗遇，只怕他也被什么一携而去。“快去，快去擦他的汗！身上、头上、脸上……”

从这天开始，罗遇明显感到他被什么笼罩起来了，以至三十多年来，他都相信处于无形护卫之中的自己会百毒不侵、刀枪不入。事实上，这个儿子的每一份懵懂从这天开始，都被他母亲黎淑媛看作了生命力的象征，她甚至希望他保存并积攒他所有的懵懂，懵懂是活着的护身符。

日渐淡出黎淑媛视线的罗莲和吴炎自发形成了一个最小的集体，从那时起，他们就开始了悄无声息地默默支撑。黎淑媛似乎预知这个住在隔壁的男孩会和自己聪慧的女儿形成终身的联盟，这么多年来，她有意无意地，也要淡出他们的格局。

罗莲的丈夫是她的大学同学，接父亲班当上工人的吴炎娶了厂里的一个女工。两桩顺理成章的婚姻顺理成章地加固了罗莲和吴炎的默默支撑。

罗遇一直没弄明白吴炎和罗莲的关系。说情人吧，哪有这么几十年如一日的情人；说夫妻吧，哪有分在两个家庭里的夫妻。他们三人现在又常常一起吃火锅、看电影，吴炎和罗莲自来没有什么亲昵的举止，聊起话，也各家是各家的事，但这两家人的事，毋庸置疑的又都是他们两个人的事。他们俩，简直就是几十年来分成两个人的一个人。对于这个观点，吴炎没有为罗遇纠正，在吴炎看来，他和罗莲不是分成两个人的一个人，而是一个人的两个部分。这种说法一定会把罗遇搅昏，罗遇不傻也不笨，甚至有聪明的时候，但吴炎断定，他就是不懂这些，永远不懂。

罗遇能懂什么呢？几十年来，这也是吴炎一直没有搞清楚的一道题。

3

长子、次子相继夭折，罗家一度阴霾重重，无人能解释他们家接踵而至的厄运。按理说，飞扬跋扈的人家才易招来横祸与报应，而黎淑媛、罗明庆两夫妇毫无争议地是低调随和的大好人，黎淑媛也对自己和老罗这辈子的所作所为做过最透彻的剖析，她没有发现自己和老罗这辈子的所有言行有什么出格之处。

“只能怪上辈子了，是上辈子造的孽……”

“高楼大厦为何因，前世造庵起凉亭；福禄具足为何因，前世施米寺庵门……养子不成为何因？前世皆因溺婴身……”

就在罗运火化那天，罗明庆大姐罗明珠的念叨一声声撞击着黎淑媛的耳膜和心壁，切切悲怆的她在浑浑噩噩的头脑中极力搜寻着关于前生的记忆，那是一片水天相接的海面，粼粼水波早已融化了所有航迹，映在她眼中的终归还是那烟波浩渺的粼粼水波。南无阿弥陀佛、南无阿弥陀佛……黎淑媛也跟着明珠大姐絮絮叨叨地念起来。

而后的那一年，罗遇亦蒙受了什么启迪似的，硬把一颗耍心收住，考上了郦南大学。一个阴霾重重的家终于有了一丝欣喜。然而谁也没料到的是，到大三，罗遇竟把正念着的大学废弃，匆匆跟一个大他五岁的女人结了婚。

两人究竟是怎么黏上的，据罗遇说吧，那女人是校门口一家小卖部的店主，一天，罗遇和一个同学去买烟，女人问他："你不买包抽抽吗？"

他在摇头的同时想起了这个问题，是啊，我为什么不买包抽抽呢？于是，掏出钱来要了一包红梅。

后来，罗遇一直在女人那儿买烟，一直买红梅。女人对他这种执着产生了兴趣。一个周末，女人在煤油炉子上烧了几个菜，几个菜盘于两张拼合在一起的方凳上摆好了，罗遇又来买烟，买红梅。

女人问："周末了，不喝瓶酒啊？"罗遇又在摇着头的同时反问自己，是啊，为什么不喝瓶酒？钱还没有掏出来，女人已经把一瓶江津白酒打开了，随即把柜台挪开，为他让出一条入店的窄缝来。

"进来吧，这些菜正好给你下酒，以后来这儿呢，不要掏钱了。"女人说着把筷子递到了罗遇手中，罗遇这才发现女人那双戴了假水晶链子的手异常粗粝而干燥，这双粗粝而干燥的手猛然让他想起了他的姑妈罗明珠。小时候，没有奶吃的罗遇吃的是姑妈的奶，后来，姑妈这双粗粝而干燥的手常常把长大的他揽在怀里。

"那怎么行，"罗遇愣了愣，一下掏出衣服包和裤子包里所有的钱，"以后，我干脆把每个月的零花钱都交给你。"

看着桌上一堆乱七八糟的钱，女人笑了，"我又不是你妈又不是你媳妇，把钱交给我干什么。"

罗遇呵呵呵地笑着，夹了一筷子菜送到嘴里。那动作，竟有了爷们儿的样子。女人这才问他今年多少岁，家住哪儿，念的大几，学的什么专业，有没有女朋友……

这天，两人喝完了一瓶江津白酒。罗遇踉跄着要回学生宿舍，女人把他扶到小卖部的里间，"你不都十九了吗？"女人关了店铺熄了灯，"十八岁就该成人了。"

这之后，罗遇在学校里的生活完全进入了另一种模式，他一下课就往小卖部走，他很快就养成了在小卖部里进进出出的习惯。在他还没有满二十岁的时候，女人怀孕了。

"怎么办？"女人趴在柜台上，用她那粗粝而干燥的手有一下没一下地敲打着玻璃面板。

就在这时，罗遇做出了一个让女人永远也不可能相信的决定。

罗遇把女人带回家时，女人的肚子微微隆起了。罗明庆没想到在郦南好端端念着大学的儿子竟然走到了这一步，一时间气得在屋子里转来转去，只想找一个可以打在罗遇身上的家伙，结果一个拿上手的东西也没找到，最后抱着餐桌上的鱼缸砸在了罗遇面前。罗遇的裤腿湿透了，三条金鱼在地上扑腾着。

“干什么你干什么！”黎淑媛厉声喝了老罗。

“干什么？你倒是问他呀，他究竟要干什么！”

从未争闹过的黎淑媛夫妇那天彼此的双眼里都迸发出仇恨对方的火花，似乎他们之间的积怨早是深海底的火山口即将喷薄的岩浆。

“我已经退了学，我要和她结婚。”

罗遇睁着一双无辜的琥珀眼，好像一切事端都没什么了不起，他那大无畏的语气和神色，更像是一种证明：所有人都晕了头，只有他还清醒着。

黎淑媛看着地上扑腾着的三条金鱼，面目一瞬间悲悯起来，“这是三条命呢！”

立在一旁的罗莲赶忙把金鱼捡起来放到院子里假山下的水塘里，当她再回到客厅时，只见母亲像在主席台上总结性地作最后发言了，“既然要结婚，还是要好好选个日子，像模像样地办一下。”

吴炎当时以为天要塌了事就这么安然平稳地过了。后来，他问罗莲那女人叫什么，罗莲说鬼知道！吴炎只好问罗遇，“呃，叫什么呢？我们平常都老板娘老板娘地喊惯了。”罗遇又习惯性地抓抓头皮。

“吕纹琼。”还是女人自己报出了尊姓大名。

半年后，吕纹琼生下儿子罗杰。罗杰刚满月，黎淑媛曾经扶持过的一位下级在厅直属单位为罗遇和吕纹琼谋了两份体面而实惠的工作。谁都想，罗遇的生活从此顺当了。万万没料到的是，婚后两年，听女人的话，罗遇又把上好的工作辞了到郦南下起海来。更令人费解的是，对生意一窍不通的罗遇竟缕获商机，很快成为阔绰之人。

回顾那段时期，吴炎一直认为那纯粹是操耿直的年头，罗遇也纯粹是凭着他那不可理喻的耿直发迹的。

罗遇做生意，往往心不在焉。与他合作的伙伴对其做派常常不甚其解。一部分人判定他是脑子里进了水，一部分人则判定对这些生意懒得精打细算甚至赢亏不顾的他是操大手笔的人。为了帮扶朋友，罗遇真还亏了好几次本，但他也连自己都意想不到地获得了更多次做大买卖的机会。

很多人都说罗遇面相好：方方正正的脸、气气派派的眉、端端挺挺的鼻、硬硬扎扎的络腮胡……明明摆摆彰显着一种气概。罗遇暗自得意的，倒是他那身罕为浓密的胸毛，喉结以下到肚脐周围，黑森森一大片。黎淑媛说，本来三个儿子都该是这样的，但现在……一万个郦城男人里面，也找不出这样的一个。因为这身罕见的胸毛，罗遇莫名相信自己比一般的男人更男人，他就是凭着这种比一般的男人更男人的感觉去找钱的。

一般人说挣钱，罗遇说的是找钱。“挣”和“找”这一字之异只有罗遇后来的女朋友卫竹觉察到。

吴炎相信，钱一度对于罗遇来说，确实是“找”来的。它们是压在乱石下面的爬沙虫、躲在草丛堆里的跳蚂蚱，掰开石、拨开草，轻轻地就一捉到手；有时又好像是和罗遇一起捉迷藏的玩伴，钱喊声“开猫了”，他乐滋滋钻到房背后、坎底下去找，轮到罗遇不出声不出气藏起来，钱又翻箱倒柜地来找他。找到了，双方都捶胸擂背地哈哈哈哈地笑。

吴炎一直观望着能找钱的罗遇。那时黎淑媛已升为建设厅党组书记，罗遇时不时要她帮兄弟哥们儿批个钢材、水泥的条子，那时罗遇的朋友特别多，人缘儿特别好，他也够豪爽，熟不熟的人到他的“乐天大饭店”，无论吃喝了多少，到最后冷不防都被“免单”；一帮人出去玩耍消费了，肯定又被罗遇抢先喊“买单”。

那年头，大多人户还在拉扯着过日子，罗遇家就开始使唤保姆了。保姆最多的时候有三个，另外还有一个跟班儿的“小杂种”。小杂种是罗遇从路边捡回来的流浪儿。这个什么都不懂的小流浪连自己的名字都说不清，吕文琼说那就只有叫你小杂种了。小杂种成了罗遇的使嘴儿，这个使嘴儿的事务并不多，每天只有一件是必须做的——到上午十点专门烧一开水给罗遇泡壶龙井茶。其他的保姆，煮饭的煮饭，带孩子的带孩子，打扫卫生的打扫卫生，闲着的罗遇成天就坐在吕纹琼旁边看她打麻将，赢了呵呵呵地笑，输了也呵呵呵地笑。

操耿直的年头像一列火车，在罗遇这座只有耿直的小站停靠了片刻，就轰隆隆地开走了。这个曾经辉煌一时的小站，从此再没有迎来过旁人的艳羡。

罗遇的基业每况愈下，就在他准备重新开创新局面的时候，吕纹琼与另一个富婆为一帅小伙儿斗劲，耗尽了仅剩的钱财。直到这时，罗遇的窘相才如枯竭的河床，烈日下，裹袭多年的泥浆终于噼里啪啦地绽现开来。

年前，罗莲和吴炎受黎淑媛之命专程到郦南，督着罗遇把婚离了，挟着两手空空的他回了郦北。

“给糖吃糖，给糠吃糠。罗遇从小就这样。”黎淑媛痛惜地看着只身回到她身边的头发也开始泛白的罗遇，神情笃定的她这天突然感到自己在颤抖。最开始，她以为是她的假牙在抖，后来她觉得是自己的嘴唇在抖，再后来她才确定是自己的声音在抖。曾经给上万的人做报告、曾经引领上千的人大合唱，她的声音没有抖过，而今说起这唯一的儿子罗遇，她的声音就像风中的黄叶，瑟瑟的了。

4

黎淑媛开始为罗遇张罗女朋友，罗遇一个星期至少要相两次亲。相亲大多安排在晚上，每次九、十点回来，罗遇都摇头。饭厅里餐桌前，一盏碧绿的荷叶罩小吊灯下，黎淑媛守着罗遇，罗遇守着几瓶啤酒，母子俩一坐就是一点、二点。

面对酒喝得多话说得少的罗遇，黎淑媛也不叨唠什么，很多时候他们就这样静静地坐着。这些时候，时间就像夜风、就像夜风中的河流咕咕咕从他们面前经过，母子俩谁也没有怅茫、谁也没有幽怨，只有静静地相守。这种无言的静谧，这种昏黄的温馨，恍惚让黎淑媛觉得罗遇还没有降生，还混沌地睡在她的子宫里。她的子宫就是房间里这灯光遍及的一隅，隔着自己的肌肤，她用手能摸到他，摸到他的脉搏，摸到他的心跳。

自从罗遇回来后，吴炎来得更勤了。黎淑媛知道，而今吴炎是唯一可以帮扶罗遇的人，曾经身名赫赫的她早已退出今天的格局，虽然罗遇在一些重要场合还会把她隆重推出，她知道，那是罗遇需要她成为他身份、涵养、格调、品位甚至信誉的一种证明，而这种证明里相当重要的一个因素是她的老。

什么时候，“老”竟成了她借以示人的资本，黎淑媛每次出席完这些重要场面，回到家，脱下正装，取下假牙，总感到一阵一阵的心悸。老了，是老了，人家都把我当成宝了。

这些时候，罗遇重新组织家庭的事就会让黎淑媛尤为揪心，甚至让她觉得刻不容缓。但她又十二分地明醒，此事不能急于求成，她比谁都清楚，罗遇草率而成的婚姻带来的教训太深刻了，她隐隐感到菩萨也会对她这个默默承受了几十年惩罚的儿子投以怜悯，甚至会因补偿而赐给他一个纯善的女人。黎淑媛没有把这份预感告诉罗遇，她害怕他陷入一种设想，而这种设想有可能就是一个陷阱，她害怕他掉进去就拽不上来。

好在罗遇对屡屡相亲屡屡失望也没有表现出烦躁，“以前不说了，凑凑合合过了大半辈子。现在既然要找，是要好好找一个。”宽慰老母亲又宽慰自己的罗遇也在等待什么。

昨晚，又在母子对坐的时候，吴炎和罗莲来了。罗莲带来一个振奋的消息，她说办公室的小陆说起她朋友的一个同学的小姑子，是“女人中的女人中的女人”，只因前夫嗜赌才把婚离了。这女子叫卫竹，以前在郦西做全职太太，半年前离了婚到郦北，现在沙沙幼儿园学前部当老师，开始自己养着自己。这女子二十八九，有个两岁的女儿，在郦西由父母带着，单单纯纯的她仍像个未婚姑娘。她对下一任老公的要求是，人才要好，人品更要好；对老婆要好，对孩子更更要好。

“罗遇不正合适吗？”吴炎说，“我看这些要求，条条都是比着罗遇来的。人才好，这简直就是罗遇的专利，走哪儿，都有人把他当‘阿加西’！人品好，没有比罗遇更合适的了，不仅不嫖不赌，现在都快不吃不喝了！对老婆好，那绝对无人能敌，手上有一个钱就要给老婆交两个钱！对孩子好，这天底下怕再没有比他更能迁就娃儿的爹！罗遇简直是为她量身定做的。”

罗莲知道吴炎捧着罗遇就是捧着老母亲，也不插嘴，只听老母亲说道：“就说品性，罗遇的品性真没说的。他这个人就是太纯善了，你们想，以前那个跛落货，他也跟她过了这么几十年。现要真碰上个‘女人中的女人中的女人’，他恐怕还不知怎么爱呢。只是这中间人，怕都拣好的说得个天花乱坠。这女子，年龄是不是小了点？老师这个职业嘛，倒是很好。”

“老母亲，现在讲究的是新的郎财女貌了。”罗莲一边整理着茶几上摊开的报纸，一边说：“人家小陆是个热心人，以前做媒做成一对，很得意，到处炫耀，后来听人说做媒要做成三对才吉利，不然反而霉自己的婚姻，就急着做了第二对，现在要做的是第三对，她自己都说真是摊上了。小陆没见过罗遇，只听说罗遇有钱，就揽下这个单。她倒是严格按照'郎财女貌'的标准来牵线的，亏得我没说罗遇的钱早败光了，现在的美女，哪个会嫁一个穷光蛋。"

罗莲这番话跟磨得尖尖的锥子似的一下戳痛了罗遇，罗遇悻悻辩驳："我们这一行，还不是一翻就翻起来了。一个单做好了，相当于天天上班的挣个几十年。"

罗莲看也没看罗遇，只瞥了眼吴炎，吴炎知道罗遇酒后又开始张狂，当着黎淑媛还是用话镇了他，"不至于那么夸张吧，罗遇，这行当我干了这么多年，都不敢夸这个海口，你才入道，就大放狂言了。这种话不要挂在嘴上，给你说了多少次，现在哪儿还有什么暴利？哪儿还可能像你从前一样一夜就成大富翁？只能说做我们这一行，做好了会翻得比较快，也要看善不善经营，懂不懂管理。"

说起正事，吴炎的神色不由得一句胜一句地郑重起来，罗遇闷着不开腔了，好在他对这个吴哥的每次"训话"向来没有恶气抵触，只是对罗莲越来越不买账。

"你懂什么，少跟我说这些！"要不是吴炎在，他一准这样吼罗莲了。罗莲呢，碍着老母亲，总是忍让着。老母亲不在，她才不把这个没头没脑的罗遇当回事。

黎淑媛见罗遇闷闷地又发懵了，一边收拾餐桌，一边对罗莲和吴炎说："又见见吧，反正现在要找就得找一个好的了，别人挑我们，我们还不是要挑别人。”

5

钢琴师刚走，罗遇就起来了。

“怎么不再睡会儿？”

“弄得叮叮咚咚地，还睡得着。”

“小陆约的是今天几点呢？”

“十点半。”

“你快收拾收拾吧，剃须刀在茶几上。”

罗遇一起来，黎淑媛更忙乎了。她一边跟罗遇说着，一边为他泡了一杯滚开的龙井。

这一次相亲，罗遇似乎比哪一次都上心。刷牙、剃须、洗面……道道工序都俨然。最后穿上罗莲给他新买的PORTS，已出落得像个新人。黎淑媛本想再叮嘱他几句，话还没出口，院门已咣地关上。

罗遇提前了十分钟到西姆咖啡店，按约定，坐在大厅里那盏高高的多层烛台旁。临近十一点，他看到两个女人从门廊向这边走来。一个穿着裙装，娉娉婷婷；一个也穿着裙装，显出的却是精明人独有的干练。他一眼就断定出谁是来相亲的，谁是做介绍的。果不然，精明干练的那一位牵了娉娉婷婷的手，径直走到他面前，直截了当地说：“表现得不错嘛，提前恭候在此。走，到楼上包间，坐那儿，你们好好品杯咖啡，我叫他们给你们上最好的。”

罗遇已在最短时间扫描了那个娉娉婷婷的女子，没错，果真是女人中的女人中的女人。罗遇不由得对介绍人小陆更加敬重有礼。

到了包间，两人刚落座，给侍者交代了一番的小陆几乎尖叫道：“啊，你们两人还需要我来介绍吗？老实坦白，是心有灵犀还是暗度陈仓了？穿的都是PORTS！呜，PORTS，我爱穿PORTS的男人，呜，PORTS，我爱穿PORTS的女人！”说罢，叭叭，飞吻了罗遇一口，叭叭，又飞吻了卫竹一口，就把门一拉，让这两个素昧平生的男女关在了一个封闭的空间里。

随着啪的一声锁响，娉娉婷婷的女子脸皮底下突地腾起火苗，呼呼地要从耳根子窜出。就在罗遇凝望着更加艳迷的她的那一刻，这个女子注意到他握着的手机和他的衣着极不般配，他的手机根本叫不出品牌，遍体苍夷斑驳，一看就是低廉货，穿PORTS的人怎么会用这种手机！这份不协调使她对眼前这个男人疑窦顿生，她的神情不由得警觉起来。

更不可思议的是，罗遇向她递名片的时候，随手带出来的钥匙竟然是由一根恶俗的红带子系着！她脸上的红晕还没完全消退，又忽地刷上了一层，也不知是为自已还是为他窘着。

无论以前和吕纹琼相处，还是这段时间接二连三地相亲，罗遇从来没见哪个女人这般羞怯娇憨，他竟也在此刻莫名窘了起来，思维和语言突然停滞了。好在他的手在包里摸到了打火机和香烟盒，“我可以抽支烟吗？”

她茫然间颔了首，算是默许了。

罗遇点起一支烟，神态又从容起来。这是一个多么美好的早晨，和这样一个面若桃花的女子共饮一壶咖啡。他觉得自己周身怡然，几十年了，他的每一根血脉都没有这样舒畅过。

“你是卫竹哈？小卫。我是罗遇，老罗。不知小陆对你说过什么，我这个人，不会说话，这样吧，我还是从我老母亲说起。”这几乎是罗遇历次相亲的惯例了，说什么都从老母亲开始。

“老母亲是省建设厅的退休老干部，七十好几了，身体还可以，喜欢弹钢琴、养花、敬佛，平时还参加老年合唱团。老人家很有气质，性子又好，走哪儿都受人敬重……我父亲前年去世了，走的时候将近八十。家里四兄妹，三儿一女，妹在省财政厅，大哥二哥都夭折了，走的时候都还不到二十。两个哥哥这辈子，连女人都没碰过。”

罗遇说到这里，似怅然非怅然地，好像在说秦始皇没用过手机、慈禧太后没享受过空调一样。

眼前那个女子正想从他似是而非的遗憾中滤出点什么，罗遇自己又说开了：“我现在还有个哥，不是亲生的，算是老母亲的学生吧。这个人姓吴，叫吴炎。吴，口天吴；炎，炎热的炎。从郦南回来，我一直跟着他做石材生意。目前来说，石材还好卖，特别是进口石材，销路不错，我们几乎全做酒店、广场、商厦。肯尼大饭店、星汉广场、假日酒店、罗兰百货……那些石材都是我们做的。吴哥这个人能干，早就是董事长了。我进入这一行还不久，开始吴哥领我进来，我还不情愿，现在才知道卖金子都不如卖石头……”

近一个小时的交谈中，卫竹大致知道，这个说话一顿一顿的男人，除了说他“老母亲”和“吴哥”外，说到他自己的情况应该是：年近五十，原来在省建设厅一个直属单位工作，八十年代辞职经商，先在郦南开饭店、搞开发，现在郦北才开始经营石材。离婚是因为大他五岁的老婆养小伙儿……他还有一个儿子，一所二流大学毕业后，现在郦南一个健身会所当街舞教练。儿子一表人才，幼儿园、小学、初中、高中、大学……一路都是钱保出来的。

这样的谈话，自然生硬。好在这个人并不隐晦什么，落座前还素昧平生，现已在最短时间内给她交了个底。都说人心隔肚皮，卫竹却在狐疑中莫名其妙地相信着他的话。老婆养小伙、儿子读二流大学，说明这是一个镇不住家的男人，她对他的能耐生出很多怀疑，但这么难堪的事他都对她说了，她又大致判定他的品性是拓落的。

对这个男人，更多的还是满腹狐疑。卫竹的脸已不如先前那般红烫，她开始谨慎地审视起他来。这个男人一身简洁，衣着只有两种颜色，黑、白。黑西服，白衬衣，黑皮鞋、白袜子，黑表带，白表面，黑指针……半个小时里，罗遇对这个女子的了解显然不及这个女子对他的了解那么多，但是，从第一眼看到她的时候，他就觉得她被很多的“气”烘托着，俊气、秀气、文气 、娇气、媚气、雅气、清气，妖气……众多感觉像站台上挤公共汽车的人一样争先恐后地往他头脑里挤，他不得不暂时把车门关了，镇静着，和她交谈起来。说了这么久，才发现几乎全是他在说，他想他还是得问她点什么。问什么，还没想好，话就出口了，“你呢，为什么离婚？我看你跟个学生一样，是不是根本就还没结婚？”

“我先生赌输了。”

她简明扼要的一句话像个木塞，一下堵住了他刚打开的话口子，他看她，这个被很多“气”萦绕的女子，蓦地又多出一份寒气，也不再问，突然说道，“我对你是很满意的，不知你认为我如何。”他又顿了一下，见她没开口，稍稍愣了愣，笑着说，“我这个人很直接的，中午一起吃饭吧？”说着便一笑，卫竹才发现，这个老帅哥还有一颗小虎牙，这颗小虎牙马上令他在刻意的持重中显出一份有些可爱的幼稚来。

“不，中午要回去的。”她一下嘟了嘴，无端地也流露出一份顽皮。

“那晚上，晚上一起喝点什么，就在白贝壳吧，看看我的老母亲，也让我的老母亲看看你。”罗遇的话又归结到老母亲身上来。

二人留过电话，起了身，罗遇还有些留恋地说：“我送送你。”

6

这是卫竹第一次相亲，那个对她几乎还一无所知的“老罗”已表白了对她的好感，她知道，还由不着她说什么，事情又会长出脚似的自个儿走下去了。她有这种预感，她的命，每一回都是被“第一次”给拴定的。

第一次“谈朋友”，第一个他就成了她老公；

第一次怀孕，第一个孩子就成了她女儿；

第一次应聘，第一个面试的地方就成了她现在的工作单位；

第一次相亲，第一个见到的这个老罗……

她突然止住自己的惯性思维，她不能再被“第一次”俘虏了。她不喜欢折腾，从来就没有经历过选择，但这次不同，为了今后更漫长的生活，她必须开始第一次挑剔。

这个大自己整整二十岁的男人其实并不显老，虽然头发已经泛白，但他看上去是整洁的讲究的，这比她以前的老公好，她一直都喜欢干净的男人。

在她读幼师的时候，有个假期回到家，家里正整修房子，妈就让她住在隔壁瑞哥的寝室里，瑞哥是妈的干儿子，经常回县城，很少住单位宿舍。

这已经是很多年的事了，但卫竹一直记得，瑞哥的房间是个一套二，外间只摆了一大盆假山，假山浸得湿漉漉的，都说这假山被瑞哥养活了。山上有细细微微的文竹，沿坡有亭台、楼阁，桥榭上还有穿了古装的瓷男瓷女。每次到瑞哥房间，光看这假山都会看上好一阵。比这假山更让人舒心的是瑞哥宿舍里间的那张单人床。白白的棉纱蚊帐笼罩着，格子花的床单铺得平平展展，水红的纺绸被盖叠得方方正正，枕巾和枕芯又干爽又柔和，床沿边还规规整整铺了一张垫座的彩条纹的长浴巾。瑞哥不抽烟不喝酒，整个房间除了点尘埃的味道，就是小床散发出的洗涤的皂香。睡在瑞哥床上，就像睡在自家姐姐的床上，来睡之前，睡了之后，都不需拆洗。那时，卫竹就想过，她以后的老公一定要是这种姐姐般干净的男人，谁能料到，后来的她会跟邋遢的林凯旋走到一块儿。

林凯旋和卫竹从小是同学。和其他人不一样，卫竹对精灵的林凯旋一直没什么好感。她总觉得他邋里邋遢的。

那时，他们小学正兴起一种不知谁发明的游戏，“定亲”。只要哪个男生当众亲了哪个女生一口，那个女生就“定”给那个男生了。游戏再简单不过，很多人却不敢尝试。个个深知要害似的，无端慎重着。

有几个胆大的男生终于抓了各自心仪的女生亲了，从此越是显摆得像个爷们儿。被亲了的女生先是尖叫着，一阵破口大骂后竟不再和其他男生玩耍说笑，再之后便默默顾着帮亲了自己的男生抄小字，收书本，脸上溢出的是小妇人的幸福。

有男生想跟卫竹“定亲”，但是对于这个文文气气的女生，更不敢轻举妄动。这个游戏一直潜伏在大家的少年时代，很多女生冷不防都被“定亲”了，剩下的没有“定亲”的女生们全防暗枪似的防着被亲，又暗自思忖着为什么还没有遭“定亲”。卫竹也在防卫中想象过那惊悚的一刻。

林凯旋就在一个中午嘣儿地亲了卫竹的后颈窝，教室里的所有同学都看见了。在一阵拍巴掌擂桌子的哄闹中，卫竹就像啪地被戳了个印章一样，终于被那场游戏打上了鲜艳夺目的记号。卫竹举起文具盒要打林凯旋，林凯旋涎着脸说来呀，你来呀。说了又抓起讲桌上两个搪瓷杯盖子往春秋衫里一塞，一左一右地顶在胸前，两个耸起的盖子砣砣就像卫竹正在萌生的乳尖。卫竹丢了文具盒，扛起一根条凳就朝他砸去，也不知板凳砸到了林凯旋什么地方，林凯旋哗地哭了，老师来了，问怎么回事，卫竹瞪着眼不说话，只凭眼泪在眼眶里打转。老师又问林凯旋，林凯旋哭着哭着放开抹在眼前的手臂，泪流满面地正要申诉，一个鼻洞里突然吹出一个亮晶晶的小泡泡，小泡泡越吹越大，阳光下闪着七彩的斑斓，嘣地一下，泡泡爆开了，一些斑斓飞溅在卫竹的脸上，卫竹伸手去擦，狠狠地，恨不得把脸上那块肉都擦掉……教室里又是一阵酣畅的哄笑，这件事就这样在笑声中欢快收场。

7

从那以后，林凯旋和卫竹之间同样有了什么似的，彼此也显得心照不宣。当年班上“定亲”的所有男女，后来真正成了两对，林凯旋卫竹就是这两对之一。

好在小时候邋里邋遢的林凯旋，长大后特别出人头地。他考取了一万个学生中最多只有一个学生能考上的郦城科技大学，毕业后，进了外企，月薪相当于一般人的年薪。因为收入丰厚，卫竹根本用不着再去挣什么钱，跟着林凯旋，又继续过她那从来都比别人显得闲适的生活。

大家都说卫竹找了一个好老公，但她心底还是有一丝嫌弃，她总觉得林凯旋骨子里有褪不尽的邋遢。

林凯旋越来越能吃。有一回刚饱饱吃过饭，卫竹妈指着餐桌上剩下的一大钵骨头汤对林凯旋说，“干脆把这个也收了，留着倒多不少的。”

林凯旋应了，端起汤钵咕咕咕一饮而尽，揩了嘴，松开皮带，伸开双臂打了个长长的咆嗝，就在这时，他裤腰正中的纽扣突然“啪”的一声迸射出去，子弹似的穿破了那个夏日的傍晚。

正包着一口茶的卫竹卟地笑喷了。

“笑什么，能吃是好事，吃得才做得！还不去把扣子找回来。”卫竹妈义正词严地捍卫着顿失纽扣的林凯旋。卫竹笑过，只好挪了餐桌、搬了靠椅、挨边挨角地找那颗从林凯旋裤腰正中迸射出去的纽扣。

林凯旋什么都能吃，蛇、乌龟、老鼠、带壳和不带壳的虫子……只要端上桌，都能下筷子。吃了这些，卫竹总不愿和他睡在一张床上，她不能接受他吃了这些东西后那种怪怪的呼吸，更不能容忍他的嘴接触到她的嘴。

卫竹睡在床的另一头，林凯旋吃不到她的嘴就吃她的身体的其他部位。一夜下来，他吃得红光粉面的，卫竹只觉得自己成一具骨架了。

林凯旋喝酒也越来越能喝，白酒红酒啤酒洋酒，无所不能，同事们称他“半斤不醉八两不倒一斤还太少”。“没办法，要打拼啊！”林凯旋似乎也很无辜。但是有一天接待了京城的客人回来，他终于醉了，在满是玫瑰花瓣的床上吐了一大摊，更邋遢的是，把蛔虫都吐出来了。

结婚一年不到，林凯旋的肠胃腐朽了，一天到晚都在拉肚子。尤为奇怪的是，他舌面上长起了地图似的花纹，随着花纹的迅速扩展，食欲大跌。当林凯旋的整个舌面华丽得像一张鲜花着锦的小地毯时，他终于什么也吃不下了。

“说不赢该输，吃不得该死”，这句老棉布似的俗话成了贴在林凯旋脸上的一道咒符。他们的孩子已经六个月，医生却说，林凯旋的身体被寄生虫侵蚀了，他的消化系统和免疫系统出现功能性的障碍，他的生命已经进入倒计时。

“不可能，不可能……这是胡说八道，这是医生的妄想！”林凯旋不相信这个诊断结果。卫竹陪着他到省里各大医院去遍了，最后的结论如出一辙。

从医院回来后，卫竹每晚都睡不着。都说死亡之神来临时是有脚步声的，静静的夜里，她总会听到那若有若无的脚步声，她不知道，日渐瘦削虚脱的林凯旋究竟还能活多久。

“孩子怎么办？”背着林凯旋，卫竹一家人犯难了。

“算了吧，要是没了爹，这孩子的天空是缺的，这缺了的天，女娲娘娘也没法补。”卫竹外婆念叨着。可林凯旋现在还活着呀，突然不要了他的孩子，他会怎么想，谁能给他一个交代，万一他的病又好了呢。

“除非他自己把话说出口。”

“他怎么会不想把自己的骨肉留在世上？这事还是得卫竹你自己想清楚……”

这事谁又能想得清楚？看着一天天隆起的肚子，看着一天天瘦得都快脱了五行的林凯旋，卫竹的两道眉头越挤越拢。面对女儿的踌躇，卫竹妈本想把话说得最明晰不过，一出口，却更含混——

“不是妈心狠，是你自己体子薄，撑不起一股要强劲儿，你想想，你这一辈子，吃过什么苦？受过什么累？我们家再寒碜，从来也是‘女儿富带，儿子穷养’，你哥是打出来、磨出来、收拾出来的，你呢？你是诓出来、捧出来、惯出来的。从小把你小姐似的供着，你读不得书不逼你读，你做不得事也不让你做，一心巴望你嫁个好男人，终身有个依托。现在男人是找好了，只可惜又找得太好了，连老天都眼红了，要抢去给他自己当女婿。和人抢，我们还有个抢头，和天抢，你说我们怎么个抢……”

卫竹到底在含混中听出了什么，最终决定瞒着林凯旋先把手术做了。就在准备去做手术的头天晚上，她梦见了她这一生遭到的那突如其来的一个亲，嘣儿的一声，印在后颈窝里，四下一片喧腾。因为这嘣儿的一声，她成了他的人，甚至成了他的食物。而今，他就要灰飞烟灭了，整个世界只剩下他留下的一堆残羹剩汁。四下静得出奇，再没有谁拍巴掌擂桌子怪声起哄，就在极静的天籁中，一声婴童的啼哭从梦的边缘处向她飘来，越飘越近，最后塞满了她的两个耳朵……

第二天，卫竹妈带着卫竹去医院，医生说胎儿已经太大，如果引产，母子都有很大的危险。卫竹妈一时没了主意，只好看着卫竹，卫竹看着医生，医生已在看下一位孕妇。

“你自己的苦日子，只有你自己去挨了。”卫竹爸见到又大着肚子回来的卫竹，只说了这么一句话，这是卫竹这辈子听到过的最狠的一句话。坐在沙发上啃着妈削的苹果，她的眼泪吧嗒吧嗒地落了下来。

随着女儿旋旋的降生，辛辣的生活终于在卫竹面前展开鲜艳夺目的画卷。曾经对她千依百顺的林凯旋，而今也会因为婴儿的夜啼拉下脸来。

父母全力帮她拉扯着这个孩子，卫竹却越来越分明地感觉到一种巨大的屈辱。林凯旋不喜欢这个孩子，甚至不喜欢她，更不喜欢这个家了。他成天泡在网上，似乎要和身边的一切隔绝。

旋旋两岁的时候，林凯旋被外企辞退，胡乱在一个私营公司谋了份差事，随着收入的急剧下跌，一家人的日子越来越葱绿椒红。叫人心惊的是，林凯旋现在仅有的五六千元的月薪，连药费都快支付不起了，更叫人胆寒的是，一天晚上，林凯旋醉醺醺回来，他的白衬衣上印满了口红，绛红的，深紫的，金黄的，玫粉的……一件白衬衣都变成花衬衣了。

“这样下去怎么得行？你必须要给自己找一条活路……他倒是混一天算一天、说走就走的人，你和旋旋怎么办？趁着旋旋还小，父母暂时可以帮你带着，赶紧到郦北来吧，哥哥嫂嫂在这儿，帮着你找个好点的工作，开始自食其力吧！合适重新找个男人……总之，再不能坐以待毙了！”

嫂子在电话里不止一次地劝卫竹，卫竹犹豫着，总迈不出那一步。直到有一天，林凯旋一边打着电脑上的黄色游戏一边又说工资没了的时候，她终于攥着一张火车票踏上了北去的列车。

这方全新的水土似乎蓬松柔和多了，卫竹只觉得郦北的阳光一阵阵地炫目。沙沙实验幼儿园的收入不差，但管理甚严，卫竹的笑容每天都花瓣似的洒落在那些富家宝贝的身上。下班回到宿舍的时候，才发现自己是一枚连叶子都摘尽了的秃丫。就在上周星期五，她教孩子们背《春晓》，背到“夜来风雨声，花落知多少”时，在明媚的春光里，在稚嫩的童声中，她的眼眶又噙起满满的泪来。

8

出租车上，两人隔排而座，没有再说什么。透过车内的防护栏，卫竹发现这个男人的后脑勺有些扁平。这是一个多么陌生的后脑勺，零星的白发沙砾般闪烁着，顶上有些秃了。

窗外的景致呼呼飞过，卫竹又想起罗遇的那个破手机，还有那把用红绳子系着的独钥匙，总对这个穿戴严整的男人总有说不出的狐疑。车过“白贝壳”饮品店，她忽地记起上次来这儿，是一位姓刘的什么老总请她们幼儿园几个美女老师来赏这里新建的水族屏。

白贝壳的窗帘，海水一样晶莹碧蓝，坐在七彩琉璃窗前，每个人都像一尾鳞光闪闪的鱼。

卫竹记起，上次来白贝壳，穿的是无肩束腰小蓬蓬裙，露着光洁的四肢，披一头波翻浪涌的长卷发，脖子上系一枚大大的施华洛世奇水晶坠，辉芒熠熠的，人人都说她好风情。

回到寝室，卫竹把罗遇给她的名片掏出来又看了看：罗遇，郦北恒远建筑装饰有限责任公司，副总经理，背面印着公司的业务范围和经营的各种进口石材的名称，全是她陌生的术语，前后翻转着名片，本来已有点儿了解的这个老罗又在她心目中完全茫然起来。搁下名片，卫竹拨通嫂子的电话，把这上午的经过大致说了遍。

“发展得挺快的嘛，晚上就要见婆婆娘了，不会明天就搬过去吧。”

“瞎嚷什么呀！”

“哎，现在是要抓紧一切机会多了解了解。我敢肯定，他老母亲绝对非常喜欢你。只是，一定要弄清楚，他是不是真的有实力。呃，我问问你，他今天穿的什么品牌的衣服？”

“宝姿。”

“嗯，还算讲究。开的什么车子？”

“没有开车，打的送我回来的。”

“这些细节，你以后都要多注意，当然，如果各方面过得去，最重要的一点还得看靠不靠得牢，做生意的人，就怕尔虞我诈。你本来就不是女强人，从小到大吃不得苦受不来累，以后的生活不得不多想想！现在你桃红柳绿山清水秀，该挑挑就好好挑挑，但是又要抓紧，最好在林凯旋走之前，赶快把婚离了，趁早嫁出去，否则……算了，不说你也该明白这当中的利害关系。要知道，你在挑别人的同时别人也在挑你，现在什么不是双向选择！不过，也别有什么难为情的，反正在郦北，谁也不知你的过去，谁也不知你的未来……”

放下电话，卫竹坐在床沿边，一时间木木的，嫂子最后说到的好几个字眼儿接二连三地蹿出来，“抓紧”、“赶快”、“趁早”……好像她是一盘刚出锅的爆腰花，不，更确切地说，是一盘已经端上桌的爆腰花，一刻刻一分分一秒秒地，正在凉去，只怕冷了就没人下筷子。

嫂子没有说明的那利害关系，她也不是没想过，但总不能现在就跟林凯旋彻底分手，纵然他的邋遢都被她撞见了，而她撞见他邋遢后的心惊胆寒又都被他一一捕捉到了，他似乎胜过喜欢一切地喜欢上了她的惊恐和绝望，她还是不忍把那最决绝的话说出来，至少现在，她不知在为林凯旋还是在为自己留着最后一步。

卫竹从小就是个慢性子的人，向来没有为什么事急过。到郦北真不一样了，现在的她如同一个被拧紧了发条的玩偶，时刻得机械地、骨碌碌地转乎。中午十二点，同事聂小弦的男友要请大家吃饭。凡是敲定了男友都要请客，这几乎是沙沙幼儿园的园规，不过，卫竹倒想看看聂小弦这男友究竟是什么样的一个人物，聂小弦说，她这个男友，资产至少在八位数以上，上海有豪宅，云南有矿山，海南还有地产，年纪才三十五。

这顿饭请在沙沙幼儿园旁边的一家中餐馆，当即有人奚落聂小弦，说傍了大款也不请个高档的地方。还有人窃窃私语，说那个帅哥，她早就认识，以前跟她的一个师姐混过，还说他哪儿有什么八位数！又有人附和，是啊，他要是那么有子儿，聂小弦还用得着每天早上六点钟就起来赶早班车，穿一个通城到沙沙幼儿园来挣这几个血汗钱啊！不过，还是有人持不同意见，“现在的人，讲究的是低调！没听说啊，我们园长的老婆，买房都是一排一排地买，平常还要收矿泉水瓶子去卖呢！”

卫竹这天本来就没什么胃口，席间看看聂小弦，又看看那个帅哥、再看看七嘴八舌的同事，整个心泡在一个冷水池里，生不出一丝热气。

晚上七点，卫竹准时来到白贝壳，黎淑媛和罗遇已等候在座。罗遇穿的还是上午那套 PORTS, 卫竹已换了身韩式红格子薄呢背心裙，看上去，更像个不谙世事的学生妹。

卫竹还没有坐下，黎淑媛就起身伸出了手，“女儿，你一进来，老母亲就猜到是你，罗遇没有说错，真是一个娟娟秀秀的女子。”

“噢，这是我老母亲。”罗遇也笑着站了起来，卫竹向老妇人问过“阿姨好！”大家才坐下。一落座，卫竹即发现眼前这位老妇人果然仪态端详、气度不凡，最让人不安的是她目光笃定，就像出席什么深层会晤似的。

这一天，上的什么饮品，都没在意。黎淑媛顾着说，卫竹顾着听，罗遇顾着看，三人倒也坐了很久。

“女儿，来郦北适应了吧？有什么困难，告诉罗遇告诉老母亲，现在大家在一起了，千万别见外。”黎淑媛说罢，专专注注地看着卫竹，像在鉴别一件貌似精美的瓷器究竟是出自康熙年间还是雍正年间还是民国以后。卫竹突然觉得这个老妇人的目光聚集着一股力量，即便自己没有看着她，也能感到被那力量一一触击。

“女儿，你看，这个世界上到处都是人，男人和女人。一个男人要找一个女人很容易，一个女人要找一个男人也很容易，难的是什么？”

卫竹没料到这老妇人一下会对她提出个问题来，正不知如何作答，黎淑媛自己回答了自己提出的这个问，“难的是，心找心啊。”

“女儿，罗遇喜欢你，今天上午一回来就给我说了。他说他活这么大，第一次有了喜欢一个女人的感觉。女儿，不瞒你说，在你之前，别人也介绍罗遇见过不少女人，每次回来问起他，他都摇头。今天不一样了，今天一回来就要我晚上来见你。女儿，老母亲这么大岁数了，以前不说假话，现在不说，以后更不会说，你慢慢就会懂老母亲的，你就会相信，我们罗遇呀，也和你一样，好生生的一个人，就是没有找好另一半。”

“女儿，老母亲的一只眼睛已经不好使了，另一只渐渐也要不行了，医生说我最终会双目失明，我现在每天坚持服内用药、点外用药，扎针灸、做按摩，为什么？”

黎淑媛说着，又提出一个问来，卫竹料到这个老妇人还会自问自答，也不应声，只待她自己往下说。

“为什么，女儿？”黎淑媛果然自己道出原委，“老母亲就是为保住这双眼睛，保住这双眼睛就是为亲眼应验‘好人有好报’这句话。罗遇不是能人，不是强人，但他是个好人，老母亲保住这双眼睛，就是要眼睁睁看到他过上好日子的那一天。”

说到这儿，黎淑媛的双唇和声音都有些颤抖，两个眼角紧跟着溢出了什么，卫竹赶忙掏出面巾纸递给罗遇，罗遇这才把一直锁在目卫竹脸上的目光收回，转过头把面巾纸递给老母亲。

从白贝壳出来，罗遇和黎淑媛盛邀卫竹到家里坐坐。卫竹没有推辞，跟他们一起散着步从人声鼎沸、霓虹闪烁的大街走到稍微清宁的支路，再从支路转入幽僻的小巷，跨进一道爬满藤蔓的铁艺大门，忽地置身在一个干干净净的院落。卫竹没有想到繁华的郦北市中心，还会有这么清宁的一隅。站在庭院中央，吊灯下那树静谧的白玉兰，莫地让卫竹心底兀自一惊。这么美的花，什么样的人从它枝下走过，都会相形见绌。

进入客厅，时空突然切换到了过去的某个年代，卫竹一眼看过房间里的陈设，几乎都是些旧家什。坐在沙发上，还能感觉到弹簧圈的震颤。但那些料理得枝是枝叶是叶朵是朵的室内植物、几架子摆放得端端严严的发黄的书籍、窗边那台用绒布遮了的立式钢琴……却不声不响显出这个家的素养来。

黎淑媛给卫竹削了只大鸭梨，卫竹接过，要分一半给罗遇。

“吃梨别分，你们两个，以后好好过。女儿，你看，老母亲一个人住这么上下两层的小楼，能住多久？以后还不是你们的了。这个院子，放在农村里不值钱，放在这里，别人都给我开到八九百万了，我会卖吗？卖房那是败家子才干的事，我只有罗遇这么一个儿子，这儿的一草一木一沙一石，哪一样不是他的。当然，他一个人住着有什么意思，老母亲是想你们结了这个缘，从今就好好开始。哎，不说了，老母亲会祝福你们的。”

罗遇顾着给卫竹泡茶、递纸巾，也不接话。等他给自己点起一支烟，靠在沙发上悠然跷起二郎腿了，突然说道，“老母亲，你给小卫弹一首吧。”

黎淑媛坐到上午才维护过的钢琴前，“弹什么呢？”她又自问自答道，“这样，老母亲给你们弹一首《红梅赞》。”

卫竹只会唱一些儿歌，听《红梅赞》这名，大概知道是首革命歌曲，一开始没当回事。没想到这个老妇人，伴着清越、通透的琴声，边弹边唱，竟把她带入一个凛凛然的境界。

红岩上红梅开
千里冰霜脚下踩
三九严寒何所惧
一片丹心向阳开
红梅花儿开
朵朵放光彩
昂首怒放花万朵
香飘云天外
唤醒百花齐开放
高歌欢庆新春来

……

听着听着，卫竹才发现这首歌无论歌词还是曲谱都非常恢宏大气，经黎淑媛身心投入地弹唱，更生发出一种绚丽磅礴的气象。黎淑媛的面容和嗓音都苍老了，这种苍老却比很多年青的东西更能迸散出勃勃生机和张力，卫竹恍然间看到一朵朵红艳正在眼前竞相绽放。“老母亲会祝福你们的。”卫竹又想起了黎淑媛刚才说的话，想着自己和罗遇遥不可知的未来，不禁对这首歌更多出一番领悟。

“阿姨的琴艺和嗓音真好。”

“老母亲是老年合唱团的灵魂人物呢。”

罗遇夸耀着，黎淑媛缓了缓气说，“其实，唱歌、弹琴、做任何事，最紧要的都是一股精神气。”

9

第二天，罗遇请卫竹吃晚饭，开了一辆凌志来接她。“这是公司的车，将就用用。”卫竹一上车，他就解释着：“今天我们到凯尼哈，以前吴哥带那儿去过，环境还不错。”

凯尼哈处在郦北东面庆华路的中段，在卫竹看来，庆华路是郦北这个都市高傲的脖子上一串流光溢彩的项链，而凯尼哈就是这串项链上最为璀璨夺目的链坠。卫竹到这儿喝过咖啡，只觉得里面流金淌银、陈设纷繁。这天，和罗遇并肩走来，兴许她此刻穿的鹿皮小靴的底子特别薄吧，她的脚趾悄悄告诉她，凯尼哈的地毯至少有一寸厚。

卫竹要了份法式套餐。罗遇只要了一份蔬菜沙拉、两瓶黑啤酒。

“你不喜欢这儿的口味吗？”

“不是不是，我是吃不了多少的。”

吃不了多少，罗遇的这句话突然凝成一朵乌云飘浮在卫竹的头顶，即刻，她脸上显出重重的阴影——他难道也有病？

除了两小瓶黑啤酒，罗遇那天确实只吃了几粒蔬菜沙拉。坐在凯尼哈玲珑剔透的水晶灯下，卫竹慢条斯理地看了看正默默望着自己的他。这个方正脸、墨碳眉、钢茬胡、琥珀眼珠的男子怎么看也不像个病人，他这样忍着嘴，难道是？

卫竹听嫂子说过，在郦北有些表面上很坤很派的男人其实佶据得要命，那些开名车的人保不准还欠着一屁股债。这个老罗，好像瞅准她喜欢讲究似的，总带她出入奢华的场馆，落座了却这样，是不是又要摆谱又要省俭？

这种人往后怎么过？卫竹的背心倏地发凉了，背心一凉，目光就透出了凄清。她埋了头，默默地切割着餐盘里的东西，她知道罗遇在看她，这个男人，总喜欢看她。她似乎是他眼前的一幕剧，无论他手里做着什么，掏烟、点火、接电话、端起酒杯送到嘴边……他的眼睛都得把她看着，实在要移开目光，也会在最短时间内收回到她脸上。唯怕稍稍错过，一出剧的前后就不连贯。

卫竹睨了罗遇一眼，在凯尼哈玲珑剔透的水晶灯下，谁看谁都是绮丽的，卫竹的背脊成了根冰柱子，这个厚脸皮的男人！她索性在他面前秀起吃来。她丫着把指甲涂得亮晶晶的手指，面无表情地切这样叉那样，她的嘴一句话也不想说了，只凭一颗颗裹了汁、蘸了酱的食物混凝土似地填塞。

如此的单调、麻木，罗遇也看得有滋有味。卫竹胸中充满了怨恨，面色愠怒了，这个男人还是把她饶有兴致地看着。

“我要冰沙！”卫竹突然把刀叉一搁，坐正了身，她倒要反过来看看这个忍嘴待客的人最终会露出有什么样的神色。凯尼哈的冰沙都是一两百元一客，她点了份“花开花落”，188 元。

罗遇这才看完一幕剧似的，回过神笑了笑，“还需要什么？再点些，你看，我都忘了早些问你。”

罗遇的情绪还沉醉在一种氛围中，卫竹见他并无窘色，也不罢休，待侍者把“花开花落”送来，只用指尖叼起小勺子挑了点来尝，就推在一边再不动它了。

临到买单，这个男人的表情仍如落座那一刻的欣喜，丝毫没有对那客只动了一小勺的冰沙表示出惋惜。卫竹注意到，他掏出的全是脆生生的百元新钞。他的钱不是放在钱夹里，一扎一扎的，塞在西服内包里。

这天晚上，卫竹暂且排除了罗遇寒碜、吝啬的可能，只是对他浅尝辄止的吃的疑惑，更加疑惑。后来，当罗遇提出周末请她去家里吃晚饭时，她又嗯地答应了，她似乎横下心，非把这个男人看个水落石出。

到周末那天，黎淑媛做了一桌家常菜。红烧排骨、粉蒸牛肉，清炖肚条……加上时鲜的蔬菜和水果，全是卫竹喜欢的。但卫竹很快发现，在家里，罗遇的胃口还是不好，一样菜就只动一两筷子。

“罗遇怎么那么怕吃东西呀！”她干脆直接问了出来。

“他，现在都好些了，以前更是喝点水就出门的人。”黎淑媛无奈地说着。

这人怎么这么怪？卫竹心里的问号不由得越打越大。

10

罗遇没有想到，接下来与卫竹的交往会这么顺利。原以为像她这样漂亮而孤高的女子是傲视群雄的，很多场合，他甚至做好了她不给他留任何情面的思想准备，她却总是两个嘴角左右一伸，把双唇拉得薄薄扁扁的，就像笑了一样。她每次这么一“笑”，他心底就盛开起一朵花来，久而久之，他的心底开起了一朵又一朵的花，他的心都快成一座芬芳四溢的花坛了。

很快，罗遇身边的大多数人都认识了卫竹。最让罗遇暗自得意的是，在一档老板中，就数他的女朋友最为俊气、秀气、妖气、文气、娇气、媚气、雅气……有时，他甚至还会莫名其妙地觉得，卫竹就是他万里无云的一片天，就是他白帆点点的一湾海。

第一次见到吴哥和罗莲那天，是在乌梅山上吃烤野鸡。凭直觉，卫竹就知道吴哥和罗莲的关系不同寻常。

吴炎比罗遇稍矮，但鼻挺肩宽，目光炯炯，倒显得别样硬派。他的汽车、手机、腕表、提包、提包里掏出的签字钢笔，一概卓尔不群，时时处处显摆着他董事长的身份。唯一让人诧异的是，和他出双入对的罗莲着实其貌不扬。卫竹觉得，罗莲皮肤尤其白，五官也特别端严，只是一张脸宽宽大大了些，莫名就衬得脖子粗短、身材矮敦起来。

“他们罗家的人，就是面子大，走哪儿都像达人、阔人、贵人，不像我们尖嘴猴腮的，走哪儿都像跟班儿、听差的。”吴哥似乎觉察出了什么，见面便说起他们兄妹俩的面相，接着又夸罗莲如何机敏聪慧，说她无论在单位上还是在公司里，业绩都无人能敌。与精明能干的人，卫竹向来打不拢堆，所以那天的四人相聚，始终是以两人一小组的形式进行的。

罗莲对卫竹也没什么客气话好说，这天更面目冷硬。本来她不烦这个小女人的，但是想着这些日子以来，七十多岁、尊荣一生的老母亲而今跟个老保姆似的侍候着她和罗遇，就气不打一处来。

“论什么，也轮不着她来消受！论年龄身份，该她勤快麻利；论学识涵养，该她谦逊谨慎；论名利地位，该她唯唯诺诺……现在倒好，什么都反过来了。”

隔了座，罗莲对吴炎嘀咕着。

“现在是美女横行的年代嘛。”

“她要横行，在罗遇面前横行呀，在老母亲面前横行什么！”

“老母亲，你又不是不知道她这个人，你不是说她和罗遇的脐带没剪断吗？”

“这个罗遇，一辈子都成不了器的，我把话放在这儿，哪天，他一下露出山穷水尽的真面目了，这女子保准拍屁股走人。”

罗莲说了，侧目瞅了瞅罗遇，只见他拉着卫竹的手在自己手里揉捏着，那卫竹也不言语，任凭他磨蹭。

吴炎扭过头跟着罗莲的目光看了过去。

“你别说，人家小两口还怪亲热的。哎，你说他们俩那个没有？”

“天知道，你看罗遇那贱兮兮的样儿！估计还没有吧，罗遇还是吃得那么少。”

“嗯嗯，罗遇还真有让人佩服的时候！呵，看我今天抽他一把火。”

罗莲和吴炎正说着，铁网上的烤鸡已滋滋地喷出香味。

“今天要多吃点噢！”那边，罗遇已给卫竹夹了一块。

“我自己来，你也吃呀。”

“我看你吃。”

“要你看！”

“看着你，我就舒服。”

“看都看得饱呀？”卫竹说了，连腿带肉撕下一块鸡扔在罗遇的盘子里，“快，趁热吃！”

“呵，小卫，那么卫护罗遇啊！他一个人吃完了，我们吃什么呀？”吴炎那边嚷起来。

"扑哧！"罗莲对着吴炎笑出了声，"人家自己都在给他抽火了！"

罗莲凑近吴炎又耳语了一阵，忽地哈哈哈哈放肆大笑开来，吴炎也跟着呵呵地笑出了声。

这天下山后，吴炎特意安排到一家高档海鲜酒楼吃晚饭，点了很多深海鱼。罗遇还是堤坝高筑地防范着什么，对一道道色鲜味美的盘中餐都无动于衷。

"罗遇，吃都吃开了，再多吃点嘛。"

吴炎端着酒杯对卫竹说，"小卫，我们给他夹菜，他是不会吃的，只有你给他夹，他才吃。你多给他夹点，这些深海鱼吃了好，没有污染的。"

"是吗？"

卫竹故意将信将疑地，顺势往罗遇碗里夹了好些东西。

"够了，够了。"罗遇连声说。

罗莲在一边笑得前扑后仰了，卫竹觉得不对劲儿，看向吴炎，吴炎打岔说，"别管他们兄妹的，他们俩在一起，不是雄公鸡遇到了恶鸡婆，就是二百五碰到了眼睛鼓。来，再给罗遇夹点，你给他夹多少，他都吃得完。"

说完也咯咯咯咯地笑，吴炎一笑，两个眼角就眯起刷把似的皱纹，笑着，笑着，还忍不住笑出了眼泪。

卫竹从头至尾都没明白他们在笑什么，只发现，这一晚，罗遇比哪天都喝得多，比哪天也吃得多。他是能吃的，他没有什么不正常，她的心倒放宽了些。

罗莲一阵爆笑后，仍没有什么好脸色，只有在接她时不时响起的手机时，才忽地掀开了挂在脸前的这张面壳子，一时间显露出持重而理性的另一副模样。

“小卫。”吴炎喊了卫竹一声。

“你大概不知道吧，这罗遇跟我们不一样，他是被老母亲从小惯到大，从大惯到老的一个人。别看我是他的董事长，莲儿是他的总经理，实际上，我们都得看他的脸色办事。”说了，故意讨好卖乖地在罗遇跟前哈了个腰。

“吴哥，你说哪儿去了。”

罗莲还在接电话，罗遇的酒意已经上来，说话有点口小舌大了。倒是吴炎，神志反随着夜色的凝重而清晰明朗起来。

“小卫，今天我们第一次见面，有几句话吴哥一定要交代给你。第一，罗遇是个实在人。平心而论，他这个人作为男人，或许不是个优秀的儿子，不是个优秀的父亲，也不是个优秀的兄弟，但他一定是个优秀的老公。这一点，你要相信。他这个人，最大的优点就是忠诚、执着，当然，这也是我最大的优点。哈哈，别笑别笑，听着我说第二点。”

“第二，年前我和罗莲到郦南把他从他家里接走的时候，换洗衣服都没让他带一套，当时对他说，今天你就是净身出户，明天你还会东山再起。我们把他的退路完全斩断了，所以，我们对他离婚后的发展有一份责任。这大半年来，罗莲对他有些失望，你都看见了，他们俩兄妹在一起总是格格不入，但从心底来说，罗莲还是偏袒他的，俗话说，打虎离不得亲兄弟，她还是把罗遇当哥，把我当外人的。从做生意来说，罗遇以前在计划经济时代发家致富的那一套，现在早已行不通了，但我还是有信心把他往现在这条路上带。所以，就他目前的状况来说，你一定要多多理解他、多多支持他。”

“第三，老母亲年纪大了，也是饱经风霜了。而今，她心目中只有罗遇一个人，罗遇和她说句话，顶我们和她说一百句话。而罗遇心目中又只有你一个人，你对他说一句话，又顶我们对他说一百句话。所以归根到底，你还要劝导罗遇多体贴老母亲，多把老人家放心上……”

卫竹没想到，一整天都跟罗莲一样怪兮兮的吴哥，这会儿竟一是一二是二地给她说起这些来，不得不若有所知若有所悟地点头应承着。

走出海鲜楼，四下已是灯火阑珊。吴炎和罗莲都准备钻进车了，吴炎一下退出横在罗遇和卫竹面前，“小卫，你说说，刚才我给你说的那三点是哪三点？你一点一点地说给我听，我要看看你记住我的话没有。”

吴炎突然像一位老师要考学生是否掌握了当天的知识要点一般考起卫竹来。卫竹没料到，吴哥也是一个喜欢提问的人，只是和罗遇妈不一样，罗遇妈是自问自答，他是他问别人答。他说的那些话，卫竹其实是清楚的，但她不愿意就这么学生般规规矩矩老老实实地答出来，她不想吴炎觉得她很把他这位董事长的话当回事儿。

“你说。”卫竹用胳膊肘拐了拐罗遇。

罗遇打着一串哈哈，笑眯眯地说.“吴哥说什么都是为我们好，吴哥说什么都是为我们好！”

吴哥见卫竹没有直截了当地回答他的问题，有些失望甚至失落地说：

“我再讲一遍，这次记好，小卫，下次见面，我还会考你！”

“第一，罗遇这个老龟儿，是个实在人……”

“第二……”

罗莲扯着吴炎上了车，“走吧，难道你也醉了！”

11

卫竹打的把罗遇送到家门口，罗遇拉着她要她一块儿下车。“明天我还有早课呢。”

她好不容易把他推出车外，正叫司机快走，回过头忽然见他又招了一辆的士，猫了身子要钻进去，她不得不下车叫住这个酒疯子：“到都到家了，你还要去哪儿呀！”

“我送你。”

“要你送！”

罗遇回到家已经凌晨一点过，黎淑媛还在等他。罗遇一头栽在沙发上，抱着个靠垫就不动了。黎淑媛一边为他打洗脸水，一边埋怨道，“今天在哪儿吃的饭？喝成这样！”

“罗莲嘛，说要吃什么野味、海鲜，明明知道，我受不了些那东西，偏偏这样……”

“小卫呢？”

“送她回去了。”

“她喝醉没有？”

“她才不喝酒呢，烟也不抽，牌也不打，舞也不跳，歌也不唱，一句脏话乱话都没有。”

“是个好女子！吴炎怎么说她呀？”

“吴哥说啊，吴哥说她就是我们家院子里那棵玉兰树上开出的一朵玉兰花！还说她是什么丁香型的女人，永远长不大……”

“罗莲呢，罗莲怎么说她？”

“她会怎么说！她就是什么不说，我也知道她在说她好，说她乖！”

黎淑媛给罗遇洗了脸，又给他脱袜子洗脚。完了，把他的双脚抬起来，挪到沙发上，再把他整个人拖平摆直，最后给他松了松皮带扣。就在罗遇一双凝滞的琥珀眼半睁半闭时，黎淑媛瞥见他的裤子中间高高地顶起了。黎淑媛蹑手蹑脚抱来一床毛毯，小心盖在他身上。

罗遇似乎睡着了，黎淑媛这才稳稳端起洗脚盆，踮起脚尖颤巍巍走到卫生间，把水倾成一幅薄薄的水帘缓缓倒入马桶。回到客厅，黎淑媛再度看了看沙发上的罗遇，他的额头有了三五道皱纹，贴着头皮的短发时时闪烁着银白色的辉芒。

“那个死婆娘呃！”

黎淑媛又在心里咒骂了一声。这些年，凡想到儿子罗遇无端蒙受的那么多坎坷和屈辱，素以涵养与风度著称的黎淑媛就会忍不住骂起那个吕纹琼来。好在黎淑媛心底很快浮起了一丝欣慰，她发现，这段时间罗遇的眉头似乎也舒展多了。

“老母亲，你去睡啊，多晚了。”罗遇突然半梦半醒地嘟噜一句，黎淑媛赶紧应道；“睡了睡了，你好好睡吧，什么都别想了。”说了，又依依看了看罗遇，才借着蒙蒙月光扶着木梯上了楼。

罗遇什么时候睡着的，浑然不觉。半夜里，睁开眼，突然看见一位白发苍苍的老妇人围着一件披肩站在他面前。老妇人一脸深情，双目里蓄积了无限的慈爱。这帧景象让罗遇恍惚想起了儿时童话书里的一幅插图，画的好像是卖火柴的小女孩所梦见的她远在天国里的祖母，有些依稀，又有些真切。

“老母亲，你干吗呀？吓我一大跳。”罗遇突然醒了。

“老母亲站这儿两个多小时了。”

“你站这儿干什么？”

“我睡不着，就想看看你。你知道不，你睡着的样子，跟小时候一模一样。嘴巴、眼睛都是半张半闭的。”

“哎，大半夜的。你也不怕着凉。”

罗遇忽地翻身坐起来，才发现老母亲竟光着脚站在冰凉的大理石地板上。“你怎么鞋也没穿？”

“我怕鞋子在地板上走得响，弄醒了你。”

“哎，你老人家干什么呀，快把鞋穿上，明天罗莲要是知道了，又要骂我了。”

12

幼儿园的老师们都知道卫竹有了男友，看他的气度和打头，大家背地里都猜测卫竹的这个老朋友可能是个真正的大老板。同事们鼓噪着卫竹请客，卫竹正不解为什么这几次出去都是吴哥买单，罗遇到是稳如泰山，便在电话里对他说了请客的事。

“好啊，他们叫你请客是幌子，主要是想看看我配不配得上你。这样吧，你定个时间，请他们唱歌，我把吴哥也喊上。”

又是吴哥，卫竹忽地发现罗遇有两个离不得的人，一个是他老母亲，一个就是这个吴哥。

“吴哥还会考我问题吗？”

“不会了，他是看你一副乖咪咪样，逗你玩的。”

这周末，罗遇定了郦北最豪华的歌城“八音盒”里最豪华的一个大包间。卫竹邀了五六个同事，罗遇那边来了吴炎、罗莲，还有公司里的两个人。

一开始，主要是卫竹的同事在唱，罗遇、吴炎忙着敬酒、客套，唱了一阵，卫竹的同事个个都推辞起来，说要听罗遇唱。

罗遇这才脱了外套站起来，有些结巴地说：“对不起啊，我只会……只会唱一些老歌。”

罗遇的衬衣领口始终扣得严严实实，这会儿燥热起来也没有松开。

他唱的果然都是些老歌:《莫斯科郊外的晚上》、《三套车》、《小路》，罗遇声音高亢、底气充沛，不愧少年时代受过音乐熏陶，唱起歌来，节奏、音韵显然比一般人把握得好。

卫竹的同事江蜜蜜贴着她的耳朵说:“这个男人可以交往，我老公说的，唱歌从头至尾都专专心心唱完的人，对他爱的人会很专一。”

“这么容易就能看出一个人来呀？”卫竹讪讪地笑着，又听吴炎对罗遇大声说:“罗遇，你把你那个领口松开嘛，一天到晚扣得紧扎扎的，像个王保长样。”

说了就拉着罗遇，去解他的衣领口，“你们看，你们看！罗遇是舍不得把他迷人的东西亮出来。”

众人一块儿看过去，只见罗遇一下被敞开的脖颈、胸膛汗毛遍布，黑乎乎的。“哇，好性感呀！”卫竹的几个同事惊奇地叫起来。卫竹却像第一天见到罗遇那样，脸皮底下突地腾起火苗，呼呼呼地要从耳根子窜出，罗遇看着对面更加艳迷起来的卫竹，赶紧把自己的衣领口重新扣好。

这会儿，罗莲也拿起话筒唱起来。罗莲古今中外的很多老词新曲都会，音质音色异常绚丽，叫卫竹的同事好不自惭形秽。轮到吴炎，唱的则是旋律、风格迥异的民族歌曲，在唱一首藏歌时，他先向着大屏幕背对大家摆了个造型，过门结束，忽地转过身，不看歌词，跟着音乐脱口唱下去，再即兴配些动作手势，不时还走下歌台和大家握手、拥抱，像开个人演唱会似的，整个包间里气氛骤起，口哨声、尖叫声此起彼伏，大家推攘着去献花、敬酒。

在一阵阵席卷而来的声浪中，卫竹更多在听、在看。一曲摇滚乐在包间里猛地爆炸开来，情景灯吃了摇头丸似的疯狂抛洒着斑斓的光点，房间里的人尽情扭摆着，像物理实验中突然活跃运动起来的一群分子，与大家才见面时的矜持庄重截然不同，众人似乎进入了一种离奇的境界，不需要相知、相识，只需要扭动、摇摆、撞击……卫竹的目光不禁又幽幽起来，她不明白，为什么年纪轻轻的同样应该精神蹦迪自己为什么越是在这些热闹掀天的场合，内心越是形影相吊。罗遇走过来伸手抱了她，“你看这地方还可以吧？这儿里里外外的石材全是我们装的。”

摇滚乐终于结束，疯狂的灯光戛然而止，一曲舒缓的小调又由罗莲哼起。吴炎端着一杯酒坐到卫竹和罗遇中间，“小卫呀，今天要把你的同事陪好啊，难得请到大家。”

卫竹的另一个同事曲新月正要装修房子，听说吴炎是建筑装饰方面的专家，一时询问起国产花岗石的磨光板来。

吴炎侃侃而道：“从国产花岗石磨光板的色系来说，红色系列有四川红、石棉红、岑溪红、虎皮红、樱桃红、平谷红、杜鹃红、玫瑰红、贵妃红、鲁青红、连州大红、樱花红……青色系列有芝麻青、米易绿、细麻青、济南青、竹叶青、菊花青、芦花青、南雄青、攀西兰……黑色系列有淡青黑、纯黑、芝麻黑、四川黑、烟台黑、沈阳黑、长春黑……选择范围很大，主要得和房间的整体风格相称。当然，进口的石材肯定更好些，如果你们有兴趣，直接找罗总安排人给你们设计、安装就行了，保证最好品质最底折扣……”

“喔，好好好，罗总，到时就找你了。”

罗遇应着：“没问题，你直接给卫竹说一声就行。”

吴炎插进话来：“对！你们找小卫就是找到我们罗总的尚方宝剑了……”

“原来，一个现成的菩萨就在眼前！”曲新月端起酒杯要敬卫竹，“我来我来，她不喝酒的。”罗遇一下站了起来。吴炎被挤到卫竹身边，挨近了，卫竹这才发现他脖子上戴着一个奇怪的东西。“吴哥，你戴的什么？蛮独特的。”

“呵，我们这些整天跟石头打交道的人，不爱黄金爱石头。我戴的这个东西就是自己在河边捡到的一块小石子儿，打个洞，系根绳子就戴上了，石来运转嘛。罗总，”吴炎拉了拉罗遇，“你搞石材也有这么久了，别一天跟小卫尽说些不着边不着际的话，你今天给小卫说说石头。”

“呵呵，石头有什么好说的。说深了，都是些业务上的东西，她不感兴趣，我也说不好；说白了，又没有什么好说的。哎，吴哥，还是你说，你说。”罗遇憨笑着，端起一杯酒敬吴哥，自己先一口干了。

“做石头的，说不出石头的道道来，罗遇，你一天真是瞎混着。哎，小卫呀，他那脑子，现在除了你，什么也没有。”

吴炎把杯中酒一饮而尽，扶了两人的肩头说：“女娲炼石补天，精卫衔石填海，和氏美玉完璧归赵，通灵宝玉红楼一梦，大到无言矗立的巨石阵、金字塔，小到历朝历代的国玺、文人雅士的印章，石头啊，总是神秘、离奇，耐人寻味……”

“山无石不奇，水无石不清，园无石不秀，室无石不雅。每一块石头，都有肌理纹路，闻一闻石头的况味，人的心会变得很静，心静下来，就会在石头的肌理纹路间深切地体会到一种沧海桑田的气息。”

“当你体会得到石头的这种气息，就可以跟石头打交道了。”

“罗遇，你体会到石头的气息没有？哈哈，你这个老龟儿，可能只体会得到女人的气息……”

吴炎说着，抡起拳头捶了捶罗遇的背。卫竹没想到，吴哥对石头如此情有独钟，她忽然觉得，他讲述石头的这些声音竟在这个专门晾晒声音的地方生出一些光芒来，这些光芒把她心头顷刻牵扯起的一些丝丝缕缕的东西都照亮了。

“小卫，吴哥我今晚专门唱首歌献给你和你的朋友，”吴炎转过头对卫竹说，“这是我最喜欢的一首歌，希望你也能喜欢，喜欢上这首歌了，你也就会喜欢上我们做石头的人了。”说着，竟寓意深深地看了卫竹一眼。卫竹满身一惊，只觉被一股奇怪的力量撞了撞。

“莲儿，点我最爱那首！”吴炎扯开嗓子喊到。

有一个美丽的传说
精美的石头会唱歌
它能给勇敢者以智慧
也能给勤奋者以收获
只要你懂得它的珍贵呀
山高那个路远也能获得

有一个美丽的传说

精美的石头会唱歌

它能给懦弱者以坚强

也能给善良者以欢乐

只要你把它埋在心中啊

天长那个地久不会失落

一曲歌罢，包间里突然静了下来，兴许从未在歌城里听人唱过这首早隐匿在声色世界里的老歌吧，大家不仅耳目一新，连身心也受过一番洗礼似的，个个都觉得当晚的聚会很是别样。卫竹本来是一个不喜欢有歌词的歌的人，平常里听音乐都放那些没有人哼唱的旋律和曲子，她觉得音乐自身就是一种语言，这种语言像云一样，忽卷忽舒，亦浓亦淡，是在天空中变幻的，无须文字的困侑。但这一晚下来，她心头却一直萦绕着这段词：有一个美丽的传说，精美的石头会唱歌，它能给勇敢者以智慧，也能给勤奋者以收获……它能给懦弱者以坚强，也能给善良者以欢乐，只要你把它埋在心中啊，天长那个地久不会失落……

13

这晚共花了两千多元，卫竹看见是罗遇买的单。但他付的全是一沓券。罗遇说这些纸飞飞都是当时装修完这儿的石材后八音盒抵的消费券。

第二天，罗遇对卫竹说，他还有很多高档酒店、娱乐会所的消费券，全是装修完石材后，那些老板用来抵一部分装修费用的。

“你喜欢哪个地方，就拿哪个地方的券去消费。这些都是直接抵现金用的。紫月堂的环境最好，去那儿的人个个都贵气得吓人……”

罗遇说着，拉开他的提包在里面翻找起来。卫竹这才发现，罗遇的包简直称得上一个废纸篓，票据、证券、合同、纸币……胡乱塞着。

“怎么不在了，这紫月堂最黑，当时给了我十多万元的消费券。”

“你这个人的东西，怎么全乱糟糟的！”

卫竹帮着他找了一阵，还是没找到什么紫月堂，倒是找出一大把其他地方的券来。

“你真是太没收捡了，这么眉毛胡子的一把抓，怎么分得清什么是什么呀！”

“没事儿，这些都是没什么用的了。”

看他这么大而化之，卫竹不禁冷了脸，“你这么没头绪，怎么做生意呀！”

“呵，做生意，那是我们男人的事，你别操心，这些苦、这些累哪儿是你受的。你一天就上幼儿园那个班，都叫我心痛的了，我再做几个大单下来，你那个班，想上就上，不想上就不上了。”

“不上班，你养我呀！”

“其他的不敢说，养你总不成问题。”

说了，罗遇把所有的消费券全剔出来全交给卫竹，又把其他的纸纸片片，乱七八糟塞进包。边塞还边说，“你一天只要开心就好了，找钱的事，永远是我们男人的事。”

就在这时，卫竹发现一般人说挣钱，罗遇说的是找钱。一个“找”字，从罗遇口中说出，完全没了生意场上谋算、拼打、经营的艰辛，但是这一份口头上的轻巧，却叫卫竹的心又骤然凝重起来。

拿着这把券，卫竹挑了些地方请同事。她的同事对罗遇的评论众口一词。说他不仅没有社会上跑的人的油滑，也没有生意圈中混的人的奸诈，反而有份难得的纯善和憨直。最关键的是，谁都看出了，他两个眼珠子里中只有卫竹一个人。

“就是年纪大了点。”

“大了点怕什么？他有钱啊！”

说到“有钱”，卫竹心中其实没多大的谱，她还没见他正正经经花过什么钱呢。

“小卫，还得看他对你的孩子怎样，对你好算不上好，对你孩子好才是真正的好。”

说到“孩子”，卫竹的眼圈即刻被这两个字浸红了，旋旋两岁多了，她们的家却如同海面上的一块冰，越来越荡然无存。

自从卫竹到郦北以来，林凯旋从未给主动她打过一次电话。他当真把什么都看穿、看透、看破了。卫竹起初每天还打一两个电话回去问问他。

"今天没死！"

电话那头传来的话总是阴怪怪的。卫竹后来再给他打电话都是强迫自己打了，再后来竟压根不想打了。而今的林凯旋和她就像从同一个出发点逆向行驶的两辆车，他们不谋而合地拿捏着相同的速度，随着时间的拉长，任两车的间距越来越远。

林凯旋的家人都把卫竹的离开当作是一种逃避。"树还没倒，猢狲就散了。"林、卫两家的关系越发冷酷起来。只有旋旋是这个家的天外来客，无论每一个家人怎样铁青着脸，仍一派爽朗活泼。这个家的沉郁、幽怨积蓄得越多，她从中获得的有机养分就越充沛一般，她已经成了这片肥沃的土壤中生长起来的一株绿油油的小树苗。

"可怜的旋旋！"一想着旋旋的眼前和未来，卫竹当晚禁不住又哭了大半夜。第二天早上起来，发现眼角隐约出现一条细纹，一颗心突然紧了起来又沉了下来，不哭了，她发誓再也不哭了。

罗遇见过旋旋的照片。

"不像你，可能更像她爸爸，看上去有点调皮。想她了啊？接来吧，挨着她，你心情肯定会更好些。"

"住哪儿啊？幼儿园的宿舍那么简陋。"

"哎，老母亲就是让我给你说，她已经把建设厅以前分给我的那套旧房子收拾整理出来了，那房子一直空着没人住，收拾整理出来还干干净净的。你去看看，离你们幼儿园没多远，要是可以，就把旋旋接来，暂时住着，九月份也可以在沙沙读幼儿园。这样天天看着她，你就高兴了。”

卫竹睨了罗遇一眼，眼里突然闪耀出一片欣喜。看到卫竹眼里的这片欣喜，罗遇领了什么奖赏似的，当晚便兴冲冲带着她去看房。

14

房子不大不小，两室一厅一厨一卫，家用设施和必备电器一应俱全，唯一的缺憾就是卧室临街，噪音大。

“这房间怎么睡得着，不如把客厅和卧室换一换。”

“对，换过来，把中间这门一关，就安静了。我明天就找两个工人来搬。”

卫竹在房间里到处转了转，看了看。“厨房里的调料全都是你老母亲新买的吧，她要让你自立门户啦？”

“是我叫她准备的，万一哪天你想我们自己弄点儿来吃，这儿也可以开伙。”

“我可什么都不会。”

“怎么会叫你弄，你忘了，我以前就是开餐馆的。”

“你会做什么？”

“什么都可以做，这样，哪天，我弄螃蟹给你吃，我看你还喜欢吃蟹。”

说着，罗遇就在厨房里用电水壶烧起水，准备泡茶了。

“今晚别走了吧。”罗遇走到沙发边，突然搂住了卫竹。

卫竹埋着头，心怦怦地跳着。罗遇第一次和她贴得这么紧，她都看见他颈部一些没有藏住的汗毛了。

“别回去了吧。”罗遇又恳求着，一把托住她正躲开的头，要去吻她。

来郦北这么久了，卫竹一直是艘小心航行的孤船，她一直防避暗礁似的防避什么。

“不嘛，要回去。”卫竹又把头扭开了。罗遇没吻着卫竹，忽然把站起身的她拉进怀，“别回去了，你难道不知道我有多想你。”

卫竹挣扎着，“要回去，我的东西什么都没带。”

罗遇一下想起了什么似的，忙站起身，拉了她说：“这儿出门就是大街，走，现在就去买。”

卫竹起身，整理好衣服，提起自己的包。

“不要拿包，我怕你一出门就跑了。”罗遇撇下卫竹的包，拥着双手空空的她一起出了门。

夜晚的郦北到处煜煜辉辉，这房子所挨着的街更是名店荟萃。罗遇把卫竹的手拽得紧紧的。

“猪，你把我弄痛了！”卫竹嗔着。

“猪”，这是卫竹第一次叫他“猪”，罗遇听着，满心欢喜得像一束绚烂的烟花升上夜空。

“你看，需要些什么，该买的最好一次买齐。”

“这儿的东西一定很贵。”

“你别管价格，你只管看你要的东西。呃，这有睡衣卖。”

两人紧挨着走进了一家全是英文标志的精致内衣馆。

卫竹知道，很多男人羞于进女士内衣店，更羞于进这种孤标傲世的精致馆。硬着头皮进去，一双眼睛也不知该往哪儿看。看样式吧，就差失魂，看价码吧，只怕落魄。

罗遇不然，他这个人越是在奢侈的地方越能显出一种派头。再撩人的款式，再高的价格，他的眼底也波澜不惊。卫竹喜欢罗遇这些时候的沉着和淡定，在超乎寻常价值的商品世界里，他的心域似乎辽阔、博大得很。那些成天和阔绰之人打交道的柜员凭着丰富的经验，也断定他是个见识深广的买家。

“小姐的身材真是魔鬼呀，试试这款怎样？”柜员似在问卫竹，更像在问罗遇。

“你们看这款睡裙，设计理念非常超然。”柜员说着，把他们的目光引向单独铺放在一块矮矮平平的巨石上的展品。

“好大一块石头，从哪儿弄来的，真是想得出来。”罗遇一下对这块巨石产生了兴趣。卫竹眼里，这石头却和石头上面的那袭睡裙浑然一体，她脑子里忽地冒出“清泉石上流”的诗句来。

卫竹用手摸了摸这款泉质般清冽的睡裙，只觉这样的石、裙组合，真的很写意。再看标价，不禁又嘟了嘴。

“就这条吧，我看试都不用试了。”罗遇说着就掏钱。

卫竹把嘟着的嘴唇抿了回来，拉得扁扁的，“太贵了吧。”双目却更加清灵而雅致起来。

“小姐，这睡裙不是一般人适合的。有些富姐，再有钱我们也不推荐她们买，买去也不相称。还是这位先生有眼力，一眼就相中最适配你的。”

柜员还在说着什么，两人已出了店。顺便又买了些卫竹惯用的洗漱、卫生用品，就在往回走的路上，罗遇突然叫出了声：“哎呀，我的包呢！”

卫竹这才发现，罗遇两只手拎着的全是购物袋，他出门前夹在腋下的那个黑皮包不见了。“应该在我们逛的最后一家店！”

两人赶忙回转身去寻，终于在卖矿泉水的柜台上找到了，这时，罗遇才嘿嘿嘿地说，里面装着八万多元的一笔款子呢。

“这么多钱，你也随便搁！”回到家，卫竹想起那险些丢失的八万多元款子，仍心有余悸。罗遇却在关上门的同时一下把门反锁了，刚才的惊险砰地截在了户外。

“今晚不走了啊！”他的神色又如出门前那般执拗。

“睡衣差点儿成天价了。”

“去换上吧，让我欣赏欣赏。”

看着罗遇一刻比一刻迷离起来的目光，卫竹分明预感到今晚会发生什么。

罗遇到卫生间，往浴缸里放满了热水。“乖儿，快来泡个澡。”

乖儿，卫竹突然被这两个字当头敲了一下。乖儿，小时候被父母这样喊过，长大的她第一次听到一个男人这样喊自己。一股暖风在她心头拂过，他是爱我的吗？暖风中飘浮着这个问，一片落叶似的在她心间荡来漾去，久久不能着地。她的眼似乎看到了她心里去，那片落叶是狭狭长长的竹叶，她一下想起，林凯旋过去总喊她“竹叶儿”、“竹枝”、“竹竿竿”、“竹根根”、“竹笋儿”、“竹林子”……

这一刻迟早会来的，她心里清楚着。她瞥了瞥散在床上的睡裙，终于拿起它，到了卫生间。

罗遇紧跟着卫竹，卫竹却在把卫生间门啪地关上的同时反锁了。罗遇只好隔着磨砂玻璃说，“乖儿，要什么，就喊我啊。”

卫竹不知在浴缸里泡了多久。这一夜，与她新婚的那一夜出奇地相似。两个夜晚似乎是一上一下垫着复写纸拓印出来的，时间的刻度、浴水的温度、灯光的亮度……恍若几年前。当时，她也这样泡在浴缸里不肯出来，只巴望着自己魔术般融化在水里、消失在时间里……她对他还像当年对林凯旋一样不甚了解，却不知怎么就站在了舍身崖上。当年的舍身崖是一桩婚姻，今天的舍身崖上是什么，她不得而知，却也要纵身一跃了。

这一夜，罗遇完全敞开了他黑乎乎的胸膛，怀中的卫竹捻着他的一根根汗毛，终于在困乏中睡去。这个毛茸茸的怀抱，使她的梦境变得离奇起来，她似乎从悬崖上坠落到了丛林里，和什么熊啊狮子啊老虎睡在一起，没有一丝恐惧，遍布身心的倒是一种来自旷野的安稳与和睦。

罗遇垂目看着她，这个安静得只剩下呼吸的女人，真的是从天而降落在他怀抱的，叫他隐隐地，总有一种眩晕感。回想刚才最迅猛骤然的那一刻，领着千军万马呼啸而来的他瞬间似乎什么都失去了，包括一刻前他还澎湃激越的生命，而此时，他似乎什么又全拥有了，包括这个从天而降地落在他怀抱的这个女人。

他温存地抚摸着她，像轻卷的浪舔舐着岸，悄无声息……

15

第二天是周末，罗遇陪着卫竹到幼儿园宿舍去取了些东西和衣物，叫她就在建设小区的这套房子里安心住下来。

这房子住着其实挺方便的。中午他们吃工作餐，都不回来。下午，罗遇忙的时候，黎淑媛就算着时间过来把饭菜给他们做好，把罗遇的啤酒买好，把碗筷摆好，就拉上门走了。碰上她还没来得及走，三个人有时又一起吃。到了罗遇不忙的时候，就会在楼下不远处的菜市场买些东西回来自己动手做。有一天，他还真给卫竹做了一盘葱香蟹。

那天，卫竹下班回来，在门口即闻到一股奇异的清香味儿，人还没进屋就先把头探进来往饭厅里张望，一大盘蟹正摆在餐桌上。进了屋，卫竹才发现，瓷盘的边沿上摆了一圈切成半圆形的黄瓜瓣儿，花边一样装饰着这盘蟹。

“这么能干呀，我还以为你是个只知道游手好闲的纨绔子弟呢！”

“呵呵，快尝尝，快尝尝，冷了就不好吃了。”

系着围裙的罗遇还在厨房里炒着下一道菜。

后来，吴炎他们几个又聚会的时候，卫竹说起了这盘葱香蟹。吴炎感慨道：“你知道不，小卫，他呀，在家里是油瓶子倒了都不会扶一把的。真是一物降一物！嗯，还是小卫会调教人！”

“什么呀，我从来不说他的。”卫竹分辩道。

罗莲没好气地说：“看，人家不说什么，他都那么听话；人家再说点什么，他不知该怎么咕噜噜地转了。”

罗莲的话里始终有话，卫竹总觉得，除了对罗遇，罗莲还有许多对自己的不满之处，只是隔着什么，从未挑明。

平素里，卫竹向来不会主动和罗遇的家人交往，节假日，无论黎淑媛还是吴炎召集大家，她也不推辞。总之，几个月来，除了和罗遇的关系有了亲密的进展，和其他人，仍是生分的。

自从有了这个窝，罗遇发现卫竹真是个太简单的女人。她每天按时上下班，下班就回来，回来就难得再出门，更别说在外通宵达旦地K歌、喝酒、打麻将了。她的性情和那个吕纹琼相比，完全有天壤之别。

有一次，吴炎和罗遇谈及这两个女人，罗遇脱口而道：“如果吕纹琼是个老魔，卫竹就是个小仙了。”说了这话，他才惊异地发现，自己的比方打得很是确切。

“好哇，你什么意思？你意思是人家都不是人啦？”

“不是不是，我就觉得她们简直是两个世界的人。”

“是吗？”吴炎收敛起戏谑的神色，突然间颇有感触地说，“一花一世界、一沙一天堂啊……”

在这房子住下来之后，卫竹才发现屋里还有罗遇以前用过的一些旧东西。她首先发现了一把装在旧皮盒里的二胡。

“你还会这玩意儿呀？快拉给我听听。”

“好久没拉了，二三十年了吧，怕曲都记不得了。”

罗遇取出二胡，调试一番，吱啊吱地，渐渐拉成了调。

“呵，什么时候学的，还这么有板有眼！”

“小的时候，老母亲硬逼着教的。那时，教我和老大学二胡，教罗莲、老三、和吴哥学的小提琴。”

“你老母亲会这么多门乐器？”卫竹一时新奇地叫罗遇教自己摆弄起这把二胡来。

在房子里，卫竹还发现了一盒围棋。这盒围棋做得很精巧，外盒不知什么木质，异常坚固厚重而光滑细腻。上面刻着一首行草：“世上滔滔声利间，独凭棋局老青山。心游不知万里远，身与一山相对闲。”

揭开方外盒，里面是两个同样木质的小圆盒，再揭开，便是凉幽幽的棋子。

“这个你也会呀？看不出你玩的还竟是些高雅的东西。”

“呵，围棋，这倒是我一直都喜欢的。我这个人没什么其他爱好，独独喜欢这个，以后你就知道了。”

“围棋也是你老母亲教的？”

“不是不是，这个是老爷子教的。后来又自己打谱……”

“难怪你全身总是黑白配。”

看卫竹打量起自己的眼神有些异样，罗遇一下来了兴致，有一句没一句地说起他下棋的事。

罗遇说他只下围棋，只到棋馆下，严格地说只和棋馆里的杀手下。他说他是棋馆里的一条鱼，棋馆里的好些人，专门钓他这条鱼。卫竹却发现，罗遇说这些时，丝毫不像一条鱼，倒像钓鱼娃的爷爷，满脸洋溢着一派温煦与慈和……

杀手们通常会让罗遇小赢几把，接着就和他开始绞尽脑汁地厮杀。两三个小时下来，对方终于瓮中捉鳖地喝出声来：“认了不？给钱！”

那一刻，杀手喜形于色，然而笑得更由衷的却是输了棋的罗遇。就连杀手都看出来了，罗遇乐得像暮年得了幺儿的乡绅，定要发散喜钱似的，满腔欢欣道：“认了，认了，给钱！给钱！”

这一辈子，罗遇最喜欢做的动作就是掏钱，为女人、为儿子、为哥们儿、为工人、为对手、为敌手、为杀手……当然他最喜欢为卫竹掏钱。掏出钱的那一刻，他觉得自己真是天下最好看的男人。

就在罗遇掏出钱的那一刻，杀手们看他的眼光全都亲密起来。这种亲密，恍惚让他以为掏出的钞票是儿时和伙伴们趴在地上拍打的火柴皮和烟盒纸，赢了就扬着厚厚的一叠高声炫耀，输了就追在赢家屁股后面涎着脸喊再来一回再来一回嘛……

罗遇刚从郦南回来不久的一个晚上，在棋馆输光了身上的钱，涎着脸要再来一回。

杀手说："优惠你，再陪你玩一盘。"

一盘下罢，罗遇不尽兴，还要来一盘。杀手不依了，罗遇脱下西装说："这回输这个。"

棋馆的人知道，罗遇全身上下都是大名牌，那杀手还是不屑一顾地说："歪的吧！"

"锤子，老子什么人，下了这么多盘你几爷子还装啊，不下，不下老子就换塘子了。"说完，提起衣服要走人。杀手见势，急忙拦腰抱了他，"罗总，开玩笑嘛，只要你高兴，下到天亮兄弟都陪。"

罗遇从那次起就开始下通宵了。就在这年冬天的一个大清早，罗遇只穿了保暖衣保暖裤回来，黎淑媛开门见儿子被剥了皮，也不声张，悄悄把另一套熨好的送到他房间……

说起下围棋的事，罗遇脸上无意间流露出平日里少有的自豪。卫竹发现，他的自豪与胜负无关，只与参与、投入相连，他是为自己执着亦黑亦白的棋子游弋于纵横的一场场经历而陶然。但是抚琴弄棋的人往往应该思维严谨、缜密，而他的疏忽大意却不可思议地超乎寻常。

这个星期三，他的手机又弄丢了。这是罗遇和卫竹相识以来丢的第二个手机，之前丢了多少，他自己也记不清。

“罗遇呀，死人也要守四块板板的。”黎淑媛都忍不住抱怨了。看着她又取来一个新手机，卫竹开始还打趣：“死人守的哪儿是四块板板，死人守的是六块板板。”

黎淑媛把新手机递给罗遇，回头对卫竹说：“女儿，你不知道，这是他的第十四个手机了，我看他要用多少个。”

“啊？”卫竹这才大大地吃了一惊。

罗遇呵呵笑着，接过来，看也没看，就塞包里。“反正我是不能用好手机的，”他倒有自知之明，“我的手机最初七八千一个，后来七八百一个，再后来就是存话费赠送的这种不要钱的机子了。这种机子好，就用这种机子，丢了也不可惜。”

“罗遇，你就多留个心嘛，老母亲真想拿根红绳子把手机拴在你的皮带上。”

“开玩笑，那怎么行！”罗遇嚷着。

“女儿，这个罗遇，什么都可能丢，手机、身份证、银行卡、票据、合同、钥匙、钱……就说丢钥匙，他丢一次钥匙，我就得换一次锁，没办法，现在只给他带一把大门钥匙，再拿根绳绳把钥匙拴住，最后把拴钥匙的绳绳缝在他的裤袋里，这样才好久没丢钥匙。”

“你这个人，怎么这样丢三落四的，小心哪天把自己弄丢！”听罗遇妈说来，卫竹不禁睨眼狠了狠罗遇。

“那不是！”黎淑媛应着。

“怎么会嘛！这么一个大活人。”罗遇反是一脸的诧异。

16

没想到，就在刚换了手机的第三天，罗遇真的像他曾经丢失的身份证、银行卡、票据、合同、钥匙……一样，在这个时空里突然不见了踪影。

这天是周末，一个星期要上的最后一天班。早上和平常没有任何不同，卫竹还是七点起床，梳洗好，罗遇也穿戴整齐了，两人一起下楼去打的，罗遇把她送到幼儿园门口，照例在那棵梧桐树下吻了她，“乖儿，下班早回来哟！”他还叮嘱她一句。

下午六点过，卫竹回来了，罗遇没在家。一开始卫竹没在意，他们在外面跑生意的人，难免回来得时早时晚。她记起早上黎淑媛打电话说今天要参加合唱排练，下午不过来，就自己到厨房里做起了晚饭，平常她很少做过这些事，偶尔做起真还笨手笨脚，一会儿碰翻了调料瓶，一会儿又摔坏了碗。七点半，一顿简单的晚餐终于做好了，罗遇还没回来。不回来吃饭应该来个电话呀，卫竹有些气恼，心想你不打电话回来，我也不打电话给你，就这么一边和他赌着气，一边独自把晚饭吃了。

过了八点、九点……罗遇的电话还没打过来，卫竹越来越觉得不对劲儿，今天是怎么了，再有事，也该打个电话。守在电视机前，卫竹一阵阵忐忑不安起来，十点、十一点、十二点、一点……还是不见人影，也没一个电话。关了电视，卫竹又来到窗边，撩开窗帘，怔怔地不知该看向哪里。大街上的人与车越来越少了，这个喧闹的城市终于要归于片刻的沉寂。就在小区大门"咣"地关上时，她脑子里猛地涌出一大堆可能来：他被抢劫了、他出车祸了、他倒在地上流着血正要死去、他闭上眼了、他全身已经冰凉了……

卫竹猛地抓起手机，正要拔过去，铃声响起了。

"猪！"她一开口就朝他吼去，话筒那边传来的却是黎淑媛的声音。

"女儿，罗遇还没回来吗？"

"没有。"

"今天，吴炎一直在找他。也不知怎么的，手机总是打不通。"

手机打不通？卫竹越发觉得不对劲儿了，"他怎么回事呀！到底到哪儿去了？"

"女儿，别着急，再等等，说不定又是下围棋去了。"

"下围棋？下围棋会下到这样深更半夜的？"

"他，通宵都下过几次呢！"

"再怎么也该打电话说一声啊。"

"可能是手机又丢了，还有可能是手机没电了。"

"手机又丢了？手机没电了？手机丢了手机没电了就没办法了啊！"

"是啊，应该没什么事，现在联系不上他，只有再等等了，女儿，别着急，老母亲也在等他……"

放下话筒，卫竹这才发现，自己第一次对黎淑媛说话这么凶。她无意中用手摸了摸自己的脸，不知道刚才那一刻自己变成了什么样子。

卫竹和罗遇相处以来，罗遇第一次这样音讯杳无，第一次这样让她心中无数，第一次这样让她怒火中烧。"下围棋"，有这样下围棋的吗？她突然很不相信黎淑媛起来，这个老妇人，总老母鸡护雏鸡似的护着她这个老幺儿。

时间嘀嘀嗒嗒消失在这个夜晚，卫竹刚才的怨气终于像一下涌上岸的潮水又缓缓退了去。她细细回想了当天和近日来他们在一起的所有情形，没有任何不正常。然而越是这样的正常，她越是觉得不正常。突然间，她一下觉得这套两室一厅一厨一卫的房子空洞得吓人，罗遇是不是消失在这套房子里了？就像她第一次住进来时，幻想自己消失在浴缸里……这个想法一下让她寒从中起，她打开了房间里的所有灯，夜，又变得亮晃晃的。

自从卧室与客厅调换后，这房子安静了许多。随着时间的沉坠，一切细微的声响一阵比一阵更刺耳惊心。大街上，偶尔还有几辆汽车驶过，车轮辗过道路，由远而近、由近而远，路面像在欢吟又像在哀泣。这是一个多么荒诞的世界，来着的不知从何而来，去着的不知向何而去。就在这时，卫竹想起了林凯旋，那个邋遢的生命进入倒计时的林凯旋。他现在做什么？睡着还是醒着？哭着还是笑着？他的病究竟怎样了，有所好转还是越来越糟？她为什么对这个更应该守护和慰藉的男人置之不顾，却在这个陌生的城市，待在这陌生的房间，倒在这陌生的床上，灯火通明地等待着一个陌生的男人……

17

门锁在响，卫竹一下没辩出这声音来自郦西还是郦北，更没辩出这声音来自梦境还是现实。她睁开眼睛，明亮的灯光吓了她一大跳，耳朵随即灵醒起来，是的，门锁在响。这头猪，总算回来了。

卫竹忽地坐起身，门开了，进来的是黎淑媛。

"女儿，老母亲一夜都没睡着，这个罗遇，真是的！我知道你也在为他担心，老母亲就想过来和你一起等他。两个人等总比一个人等好受些。"

"现在几点了？"

"刚刚五点，你再睡会儿吧。"

"你开门，我还以为是他回来了。"

"是啊，你一直亮着灯，就是在等他。这个罗遇，最让人急的是手机不通，整整一天一夜了，还是没有一丝信儿。女儿，这几天你们没闹什么别扭吧？"

"没有啊。"

"女儿，你不知道，罗遇这段时间工作上有很多事，他可能没对你说，我估计他这次，一定是有什么扛不住了。”

“扛不住了？”

卫竹披散着长发，一双茫然的眼里突然充满了惊诧，她的心即刻咚咚咚地弹起来。她很少听到过自己的心跳声，此时，只觉得这咚咚咚的声音灌满了房间的每一个角落，包括这个老妇人的耳朵眼，她一定也听到了她的心跳声。

“再等等吧。”黎淑媛似乎还想说什么，却又止住了。

这一天过得特别漫长，到暮色降临的时候，她们的等待从一个轮回又进入了下一个轮回。她们偶尔看看对方，两双空寂的眼里都有了这一天的日出和日落。

一切都在归于宁静，一切都在退向久远。就连卫竹清早那阵咚咚咚的心跳声，似乎也是陈年旧事。

街灯又亮了，一股暮风呼啦一声灌进敞开的窗户，整个房间像瞬间充盈起来的大气球，圆鼓鼓地向外膨胀、扩张着，似乎就要脱离地心的吸引和周围一切外力的拉拽，朝天空飘浮而去。

就在这时，黎淑媛不紧不慢地对卫竹讲起一个故事来。

“女儿，老母亲给你说过真实的事。”

“十多年前，我们单位有一对恩爱的小夫妻，女的怀孕六七个月了，一天回娘家去拿什么东西，男的把她送到公交车上，说好了那边老丈人到站台上来接。女人刚上车，男的就打电话给老丈人说清了哪路车，也说清了车牌号，结果老丈人在那边等到了这趟车，却不见这个人，马上打电话过来问，男的说明明亲自送她上的这趟车，那边说是这趟车啊，就是不见人，一家人越说越心慌，赶忙丢了电话去找人，这一找就是十多年，十多年啊，就是没有这个孕妇的一点音信，一个人，两条命，就这样不见了。”

“一头送，一头接，你说人能到哪儿去？”

“那个男的这么多年来，把什么可能都想到了，最终还是没想明白，铁砣砣似的一个人，一天天垮成个衣架子。哎，远了的说来都不信，这可是我们单位的真人真事，男的叫李奇俊，女的叫杨秀娟。”

说到这儿，罗遇妈默不作声了，房间里的一切都陷入了一种沉思。夜晚的空气也怨烦了流转，谁知道这个世界的哪一处是莫测的洪荒。

“世事无常啊……”黎淑媛宽宽大大的脸显出了些浮肿，她回过身来，又重重地叹了。

卫竹立在窗前，没接一句话。暖烘烘的夜风撩起她的衣衫和发丝，她这样站着，就像站在一艘远洋轮船的甲板上，临海凭风。

时间像屋檐上的雨水，一点一点滴落在一碗满满的水里，悬胆般扑入，钢花般溅去。黎淑媛不紧不慢的讲述也在这个夏日的深夜飞溅了，刚才那门子事，一如故事中的孕妇，蓦地消融在莫大的时空中。

黎淑媛提起凉水壶，往窗沿台上的两个杯子里加了点水。卫竹端起自己的杯子，小小啜了口，总算对她一番言行有了回应。

她为什么要对我讲这个，这是多么可怕的事！卫竹握着的玻璃杯还没有放下，杯里的水微微漾起了波纹。房里没有开灯，窗外闪烁的霓虹映衬着两个女人，忽明忽暗间，她们看到彼此都有一张斑斓的脸。

"女儿，你睡吧，这两天我看你眼窝子都青了。"

卫竹一直不能适应黎淑媛"女儿""女儿"地叫她，她觉得这亲密的字眼里隐藏着这个老妇人的一截媚骨头。这截媚骨头，再有血有肉的话附着在上，她也能感到那骨头表面所泛起的蓝幽蓝幽的火苗般的色泽。

卫竹走到床边，和衣斜躺了。她的眼皮像她一直挺着的腰，早酸酸地发疼。这个人到底去哪儿了，在做些什么，为什么一丝信儿都没有……卫竹闭上眼，一支支利箭嗖嗖嗖地向她飞来。她感觉自己好像一个草靶子，纵使乱箭穿心，也没有一丝疼，有的只是被支支射中的耻辱。她，被他声声唤作"乖儿"、"乖儿"的她，对他失踪的缘由什么都不知、对他失踪后的音信什么也没有。

卫竹的心一刻比一刻凉着，昨天，她还当他酒醉了，手机和钱都丢了，她一直在等他酒醒，等他醒了打的到楼下，扯着嗓子喊她下楼来付车费。整整一天过去了，那个喊她的声音始终没有响起。这说明什么？这说明他根本就没有醉，没有醉的他能到哪儿去？

卫竹一直憎恨自己凡事轻而易举就想到最绝的一面，这最绝的一面好像她头脑里唯独坚实的一堵墙，只有遥望到了它，她才相信这个世界是有尽头的。这堵墙一旦在她头脑里的边际冒出，就会生长，越长越高，越长越长，直到把她与其他念想完全隔绝。

他死了，他一定是死了，他只有死了才可能音讯杳无。

18

罗遇妈多久躺上床的，卫竹不知。当她睁开眼睛的时候，一阵陌生的呼吸飘进了她耳朵。罗遇妈斜躺在床的另一头，双腿屈蜷，整个人只占了床的一小角。

这是一张一米八的大床，从卧室搬到客厅来后，似乎比先前多占了很多空间，让人一瞥便容易产生出一个臆断——这是这家人活动的主要场所。

卫竹躺上床的时候，就知道罗遇妈这宿要和自已睡一起。她没有对罗遇妈特别交代什么：洗哪张洗脸帕，睡哪个枕头，盖哪床被子，踏哪双拖鞋……罗遇不在，卫竹不知道这个家的主人是她还是这个老妇人。

卫竹又看了看枕边的手机，静默的手机犹如一具超脱了凡世的尸体，安然无息。卫竹微微翻了身，她想，床那头的罗遇妈一定也没睡着。这个老妇人，精力旺着呢。

每到双休日的清晨，卫竹和罗遇还在睡梦中，赶了两站路、爬了五层楼的罗遇妈就把煮好的牛奶、剥了壳的鸡蛋、自制的面点送到门口了。她敲两下门，叫一声“罗遇”，听到门内罗遇“嗯”地回应便搁下餐翕，轻轻下楼了。醒来的卫竹和罗遇对送到门口的早餐也懒得取，好几次，罗遇妈送来午餐时发现早餐还没动，又敲两下门，叫一声“罗遇”，听到门内罗遇“嗯”地回应，就把午餐留下，把早餐带走。

有些时候，卫竹和罗遇铺没理、被没叠就出门了。回来，床整理好了，窗明几净的，垃圾桶里的垃圾没了，连他们换下的内衣内裤也洗来挂起了。

“你妈怎么跟个海螺姑娘一样？我们不在，就从水缸里跳出来收拾这样收拾那样！”卫竹对罗遇妈妈的殷勤一直不能生出一丝感激，她知道，这个老妇人，只把对儿子唯一不能做的事留给了其他女人。

天还没有亮，空落的大街像一锅清水，正由着逐渐明朗的晨光柴火似地烧煮着。滋滋滋滋，锅里的水一刻比一刻热腾起来。无须多时，这锅水就将咕嘟嘟地烧涨了，出租车、公交车、自行车、电瓶车、三轮车、各式各样的公务车、私家车都会饺子、混沌般下到锅里，腾腾地涌来涌去。高高低低的喇叭声、铃铛声、汽笛声即刻葱花似地撒在汤面上，很快，这口锅就会飘出尘世的味道。

“女儿，罗遇是不是真的出什么事了？”黎淑媛突然又向卫竹发问了，也没顾得她是醒着还是睡着。

“不会吧，你不是说好人会有好报吗？”

“对，好人有好报，罗遇不会有事的。”黎淑媛一下坚定了什么信念，“女儿，你不知道，这个罗遇，一门心思都在你身上。真的，女儿，自从认识你之后，罗遇做工作和以前大不一样，你知道他是怎么想的吗？”

“他想一下又像他以前那样富起来，他想让你和旋旋过上好的日子，他不想你上那么辛苦的班，他现在接了好几个单，资金周转不过来，还把那老母亲那栋小楼都拿去抵押了……”

“前几天，工人们都到处找他要工资，甲方、监理、质检……都在找他，还有什么买材料的事，昨天，吴炎也一直在找他，这中间肯定有什么事。不行，天亮了，他要再不回来，我就要去报警……”

黎淑媛忽地语无伦次了。她这番徒然敞开的话，啪啪啪拍打着卫竹又咚咚咚弹跳起来的心。

“把那老母亲那栋小楼都拿去抵押了……”

“工人们到处找他要工资……”

“甲方、监理、质检……都在找他……”

黎淑媛说得越是紧促，卫竹的心越如被狠狠拍了的球，又空又重地一腾一落着。

也不知这会儿是凌晨几点，黎淑媛已下床穿戴齐整。卫竹睁开眼，迷糊发现黎淑媛的脸颊有些不对劲儿——双唇左右两边深瘪进去，整个人萎萎显出苍老和枯竭来。卫竹的心底即刻一针一线地织起团团怜悯，这个精干的老妇人，其实多么孱弱！

卫竹还在床上发愣，黎淑媛已戴好假牙从卫生间出来了。这位老妇人，又如平日般端详笃定。

门锁在响，这一刻，卫竹和黎淑媛都听得十分真切。她们相互望了一眼，晨曦正好映照在她们眼中。

锁还没打开，黎淑媛从里面帮着打开了门。

“罗遇！你到哪儿去了嘛！”

门一开，大喊着的黎淑媛，眼角随即沁出了什么。“快进来，快进来！你看，你把小卫急成什么样了！这两天，女儿吃也吃不下，睡也睡不着，人都瘦了一大圈！”

罗遇还站在门口，目光对直朝卫竹望了去。卫竹坐在床上，突然埋了头，任披散的长发一下遮拂着自己的脸。

黎淑媛一直看着罗遇，他脸上的胡楂又浓又密，人黑黑瘦瘦了很多似的。白衬衣的领口、袖口都泛出昏黄的汗渍，整个人就像在密林中穿梭、在远洋上漂泊了无数个日日夜夜，满目尽是浪迹天涯的艰辛和游子归来的沧桑。

“你到哪儿去了嘛？电话也打不通！”

“老母亲，你又不是不知道，除了下围棋，我还能去那儿。对了，手机又掉了。你还是再给我拿个那种存话费送的机子。”

“哎，快去看看小卫，你真是把她急坏了！还没吃早饭吧，老母亲这就出去给你们买。”

黎淑媛说了就准备出去，刚要关上门，回头又对罗遇说：“一会儿给吴炎打个电话，他一直在找你。”

这件事后，罗遇对卫竹说，你要对我放一千个心、一万个心。卫竹说，我哪有那么多的心！

这个散淡的回答，数日来一直折射着卫竹对此事所产生出的严重懊丧。她似乎对他不能信任、依恋、亲近如初，话越来越少，笑容也振翅而飞了。

她这种自顾自地郁闷让罗遇异常难受。有几次，千言万语涌到嘴边，他又把它们一口口哽了回去。卫竹的郁闷小山似的垒起来，越垒越高，就要把他们从脚到头地阻隔，他只好把那些最不想对她说的话挤了些出来——

“乖儿，其实，我去下围棋就是想清静清静。这一阵，工期紧，很多资金没到位，有几个做完的工程账又没收到，工人些都马蜂似地追着要工资，弄得我一刻也不安宁……”

卫竹一直觉得，罗遇的经营总存在大大小小的问题，也说过他这样哪行，得拿出一些制度来，进行规范化和精细化的管理。罗遇每次都说，那些工人什么都不懂，只要把钱发到他们手上，他们就把人当爹娘老子，不然他们就把人当龟孙子。

罗遇对工人，历来以骂为主。通常接到工地上的电话，听也不听，劈头盖脸就吼骂过去，一刻间暴君般武断专横。

转而在卫竹面前，却又是温存谦卑的。

罗遇走过来，伸了手要拥卫竹。卫竹扭开身，冷脸道：“你对工人就知道骂。”

“乖儿，你不知道，他们就服骂。被我骂了，几爷子倒舒服了。其实，这些工人都还是听我的，因为我很少、几乎从不拖欠他们的工资，比起其他老板，他们都清楚我对他们最好。但这次，确实……”

说到这儿，罗遇不能再往下说了，他把“手头太紧”这几个字封在了嘴里。他觉得在女人面前说“手头太紧”简直不是男人，更何况，在卫竹面前说“手头太紧”那更不是男人了。卫竹本来就不是挥霍的女人，搬到这儿来时，他给她的两万元零花钱，至今还有一叠多放在床头柜里。和吕纹琼相比，她真的太克俭了，她本应该从他这儿得到更多包括一切，只是眼前，真的是……

罗遇顿了顿，本想把话题转开，但不知怎么回事，开口又说到工地，“上次你见过的那个老刘现在让他的女朋友帮他管工地，女人做事是要细致得多。”

“你想我也去给你管工地呀？”

“怎么可能！工地上的罪哪儿是你能受的。你没见老刘那个女朋友一天弄得个灰头邋脸的。你呀，就适合一天穿得漂漂亮亮的，高高雅雅地喝喝茶、看看书、弹弹琴，等我把这几个单做下来，你真的不用去幼儿园上那个班了……放暑假了，就把旋旋接来吧，暂时先在这儿住着，明年争取买套好的房子，买个好的车子……”

“哼 --”卫竹的嘴角向两边一伸，上、下唇又拉得扁扁的，也不知是轻蔑还是鄙夷，罗遇的心情却在一瞬间轻松起来，她总算是“笑”了。

这一夜，罗遇很早就在床上等卫竹。卫竹磨磨蹭蹭地，老是不来。罗遇知道卫竹心里还有些不快，还在为他下围棋的事犯疑，干脆把沙发上蜷着的她连沙发带人推到了床边。

“乖儿，那天我真的是去下围棋了。”

“你说去下围棋，就是下围棋呀！”

“傻的，我还会干什么，以前没有你，我都没做过什么，更别说现在有了你这样的小仙人……乖儿，你永远不知道，你在我心目中的位置……”

说到这儿，罗遇突然说不下去了，双唇微微抖动着，眼里闪耀出一些晶莹。这些碎碎的晶莹，也跟着他的双唇一起，微微抖动着。卫竹一下想起他们才认识那阵，他几乎不吃什么东西，以此克制他的身体，他不是一个没有定力的男人，想到这儿，卫竹心中多日憋闷着的不快终于一掸而去，但她还是蜷在沙发里，继续保持着一副不依不饶的样子，只不过让目光在幽怨中妩媚婉转起来，等着他使法子来摆弄她。

19

这个周末，卫竹回了郦西。自她走后，旋旋一直和外公外婆住在一起，看着又苍老一头的父母，卫竹的心毛巾般被扭着、拧着。也许因为平日带旋旋过于辛劳，父母成天都把脸绷得紧紧的，对两岁多的旋旋异常严厉。

"你妈就是我们害了的，文也文不得，武也武不得！你再不能赶她的趟儿了，从小就要自立、自强！"

娘家住着不是滋味，但自己那个家，卫竹从跨出门那天起就不打算再回的。只听说，林凯旋的病没见好也没见坏，倒是稳定下来了。

第二天早上，睡在卫竹身边的旋旋一睁开眼就问道。"妈妈，我可以到你家去玩吗？"卫竹一听，心里突然梗死着，眼泪差点滚了出来。

"傻孩子，妈妈的家就是你的家啊。"

晚上十点，卫竹带着旋旋坐上了开往郦北的火车。凌晨五点，早守候在站台的罗遇见到母女二人，一张黯然的脸霎时光亮起来。

"哎，累了吧？小东西车上烦你没有？"

卫竹摇摇头，任罗遇一把揽入怀，狠狠亲了一口。

"羞，羞，羞！"

旋旋嚷着，嘟嘟嘟地跑到他们前面，举起挂在胸前的数码相机咔嚓一下，也不知把人照没照进去。

"小家伙，快叫我，叫……"

卫竹拉着旋旋，拍了拍她的脑袋，"叫伯伯。"

打的到住处，天已蒙蒙亮。旋旋一进门就找到了"玩具"，二胡、围棋……这些东西她以前不曾碰过，当即憨憨地摆弄起来。

"乖儿，你瘦了。"

"两天就瘦了？有那么怪。"

卫竹恨了罗遇一眼，她这个人，不喜欢别人说胖，更不喜欢别人说瘦。

罗遇没有听出话里的不悦，拦腰抱了她。“没想我呀？我一晚上梦的都是你。”

“梦多好，要我回来做什么！”

“你说呢？”

罗遇说着，把头埋到了卫竹胸前，翕动着的嘴唇又要去找寻他朝思暮想的地方。

“烦死了，去放水，我要冲澡。在火车上捂了一夜，满身都是火车上的怪味道！”

“对对对，你先冲个澡，清清静静睡一会儿，补个觉，我带旋旋出去玩，免得她来烦你。”

罗遇说罢，又补了一句，“乖儿，知道不，你没睡好，眼窝是青的，睡好了，整个脸蛋儿跟桃花一样！”

“放你的屁！”卫竹又恨了他一眼。想着昨晚一路的劳顿，真是困乏了。“旋旋才不烦人呢，只有你最烦人！”她又习惯性地恨恨罗遇，取了睡裙去洗浴。

卫竹的一颦一笑、一嗔一恼，在罗遇看来都是赏心悦目的，每次被埋怨、数落了，也不管是真是假，他都像呷了一口醇洌的酒，要回味一阵。

罗遇看了看旋旋，她正在一地的围棋子中吱啊嘎地钜二胡，他过去教了教她，又拉了一首小调。“我来，我来！”旋旋闹着，抢回二胡。

卫生间的水潺潺如山涧瀑布，罗遇的心云蒸霞蔚着，他像一只渴慕清泉的麋鹿，寻声而去。推开卫生间，潮霭袭人，罗遇背手上了锁，随即拉开淋浴房的活动门，卫竹那窈窕的胴体蓦地透过湿漉漉的烟雾呈现在他眼前，两只裹着泡沫的乳房在她的手指间扑腾着。

罗遇的嘴唇又开始翕动了。他倚在门框上，像一个刚御下重荷的劳力者静静地看云起云落一样，满目不由得渐然温润。飞花碎玉向他扑溅而来，他的眉关和睫毛如冰雪消融的枝头，无声地挂起矍铄的亮滴。卫竹始终若他不在，只凭飞流淋漓。罗遇把身子拥进去，反手又关了淋浴房的门，在急骤的热雨中，一把抱住卫竹的身体，含住她的乳尖。湿透了衣裤的罗遇像湿透了羽毛的飞禽，半翕的眼睛流露出一种呆滞。只有他的嘴在不停地吮动，带着婴儿的贪婪和执拗。

“我要窒息了，猪！”卫竹关掉喷头，已经滑跪在地的罗遇终于舍下卫竹，用手自下往上在脸庞抹了几把，像从奥妙的海底世界刚浮出水面一样，长长舒了口气。

“啊——”舒爽和惬意，这一整天都挂在了他的四方脸上。

卫竹从卫生间出来时，换了衣服的罗遇已带着旋旋出去了。卫竹拿起电吹风，对着镜子正要吹头发，猛地被电击了似的，一张红潮未褪的脸瞬间浸透了恐骇。

“旋旋！”

她猛然意识到自己犯了天大的错误，我怎么能让他把旋旋带出门！她一下冲到阳台，俯身张望；又一下冲向临街的窗户，啪地拉开玻璃窗，迅速扫视整个街面，都没有他们的身影。她赶紧冲回客厅，抓起电话拨了罗遇的手机，铃声却在小立柜上响起。罗遇出门又忘了带手机！

他会把旋旋带到哪儿去？这个马大哈，什么在他手上都会弄丢的，何况活蹦乱跳的旋旋！卫竹心头的火丛哗地泼了油，她感到自己每一根湿淋淋的头发都在滋吱吱地燃烧。他今天要是把旋旋弄丢了，她一定要杀了他，杀了他！

卫竹提了包冲门而出，楼梯在她脚下飞旋着，出了大门，站在街口，却又怔住了，偌大的郦北，到处纵横交错，到处川流不息，她到哪儿去找他们！就在她木然的瞬间，一个广告牌提示了她。对，动漫乐园，旋旋最想去的地方，他们应该在那儿！

这个清晨，卫竹开始了一生少有的奔跑，迎面撞上了什么也不顾，她要在最短的时间内找到他们，她要一把把旋旋抓在自己的手里，她要指着罗遇的鼻尖一字一句地告诉旋旋：这是个没有脑子的人，你永远也不能跟着他！

附近的游乐园，卫竹都跑遍了，哪儿有他们的踪影！太阳已正正挂在上空，每个人的影子都缩成一团，被自己有一脚没一脚地踩着。

“他要是真的把旋旋弄丢了，我该怎么办，我是连林凯旋都不能去见了。”

卫竹陷入可怕的设想：旋旋要是丢了，罗遇是不敢回来的，他要是不回来，她便失去了寻找旋旋的一切线索，以后的每一天，她都只有在这大街上苦苦找寻。她的旋旋会落到什么人手里？也许早就被带离了这个城市，坏人将她拐骗转卖到一个完全陌生的地方，旋旋的人生从此暗无天日；举目无亲的旋旋也可能在这个光怪陆离的城市变成了一个小叫花，茫茫人海中，与自己近在咫尺，却又远在天涯，再不可能重逢和相认……罗遇要是有脸回来，杀他是对他最便宜而最无用的惩罚，除此之外，她还能怎么办？卫竹的心一阵绞痛，她要拿项圈套在他的脖子上，她要挥着粗粝的皮鞭，她要让他四脚爬行，她要让他鼻子触在地上，天天像狗一样去嗅、去闻旋旋的踪迹……

卫竹凄惶地走在车潮人海中，她的心里充满了绝望，满街的垒红叠翠丝毫也不能牵引她的目光。她已经耗尽了所有的精力，她现在的行走几乎不是走了，是飘，是浮，这个上午的分分秒秒像针管一样抽空了她，她只是一个影子了。

擦身而过的人频频回望这个幽幽的影子，一个顾着看她的骑自行车的男人甚至撞在了路边的报亭上。卫竹这才发现自己穿着的竟是那袭只适合在家里穿着的睡裙。

轻滑、柔韧的薄丝水一样拂着她的身子，裙摆边的冰纱波浪般拍打着她的双腿。

“我是怎么了！”卫竹埋下头，立刻把右手经胸前搭在左边肩头上，借以遮掩那两颗晃动着的、红痕未消的乳尖。

如果说一般人头脑的缜密有如钢丝或篾条编织的筛子，罗遇所谓的“缜密”则已稀疏、朽旧如一张残败的蛛网。这个事实，卫竹一开始就看出了，她是有所警惕的，她通常也在以自己的严谨来收束他的大洞小孔。然而今天，她或许真的是昏了头！居然让他把旋旋带出门，带到这个到处是黑洞、到处是莫测的洪荒的世界。此时的她多么无力回天，一场激流就要卷走她的旋旋，她却像隔着电影银幕一样，只能隔着不能跨越的时空，眼睁睁地看着，看着……

卫竹精疲力竭回到小区，刚上楼，隐约间听到了旋旋的笑声。旋旋回来了！她一下快跑起来，楼梯又在她的脚下飞旋着。到了三楼，笑声不见了，她的心生生痛着，她不知自己是该继续上楼回到那个所谓的家，还是该折转身奔下楼又冲向茫茫的人海。忽地，旋旋的声音又传了出来，是旋旋！一刻间，所有疑虑都踩在了脚下，她一口气跑到五楼，旋旋的声音真的在敞开的防盗门间飘逸。卫竹扶着楼梯，眼泪簌簌而下。

见到女儿，卫竹一切恢复了常态。她没有一把抓住旋旋的手，紧紧握着不放；更没有当着旋旋指着罗遇的鼻尖破口大骂他是个没有脑子的人。趁罗遇在厨房里准备午餐，旋旋在玩新买的玩具，卫竹钻进卧室换了一身连衣裙。

“你到哪儿去了？叫你好好睡觉又不好好睡。”罗遇已经把午饭端上桌了。

这天晚上，天气有点回凉，玩累了的旋旋倒在他们在书房里临时为她铺就的小床上呼呼睡着了。卫竹拿来一条毛巾毯给她盖上，罗遇搬了两张软椅挡在床边，“小东西一觉肯定要睡到天亮的。”

卫竹没有说话，依旧看电视。罗遇紧挨她坐了，一双手轻轻在她身上摸索着。他的手，又如生长的藤，夜风中，无声无息地蔓延、攀爬着。

这一夜，卫竹不知是出于对罗遇的奖赏还是感恩，始终像犒劳戍边将士一样，让他尽享一切。她知道他迷恋她的双乳，她就骑在半靠在床头的他的身上，让临到他嘴边的乳房忽即忽离，她把他的双手按在他的头下，不准它们乱抓乱动，只准他用嘴巴来含她故意晃荡不定的乳尖。罗遇的嘴受着极大的诱惑，两只肥美而娇俏的乳房从他的唇边晃过去又晃过来，就是让他吸含不住。

卫竹其实很清楚，罗遇今天把旋旋平安带回，这只是他最基本、最普通的责任，这不是什么功绩，更不是什么丰功伟绩，这一天的有惊无险都是因为他平时不可思议的疏忽，她应该再提醒他、警戒他，让他成为一个心思缜密的人。然而一种不幸中的万幸、一种失而复得、劫后余生的感念犹如夜晚海平面兴起的巨浪，一浪高过一浪地冲撞着她。

卫竹的乳房如浪遏飞舟，罗遇的嘴是浪尖上的水手。终于，水手控制了桅杆，罗遇一口咬住卫竹的一只乳尖，他双唇紧吮，再用牙齿一阶一阶地往嘴里锁，乳尖塞满了他的整个口腔，他的嘴已没有一丝空隙，他还在不停地吸含，似乎要把这庞大的美食整个吞下去。他的鼻孔急促地呼吸着，一刻比一刻紧。

“他会被哽死的！”

卫竹头脑里闪过这一念时，罗遇忽地睁眼看了她，卫竹感到一种弥留之光，那是一束安然而纯粹的光芒，没有丝毫欲念，静谧得只有天堂的宁馨。

他死了？卫竹心里一惊，却没有半丝恐慌，她似乎是一个引渡的人，帮他从这个世界转入到另一个世界，那里芳草芬菲，那里牛羊成群，那里牧歌嘹亮……

她终于放开他的双手，把自己的乳房从他嘴里松了出来。缓过气的罗遇突然一个侧翻把她反压在身下，发狠地抓捏着她身上的两座山丘。

“乖儿，乖儿，它们是我的坟。”

这一夜，罗遇几乎整宿未眠，卫竹那桀骜而妖娆的身体终于完全臣服于他。他感到一种莫大的慰藉，他像一位饱经沧桑的君王温情地俯瞰自己的每一寸国疆一样，温情地抚摸着怀中这个女子的每一抹肌肤，山川如画，他莫名地感念着。他觉得他只有对这个山川如画的女人，更加的好，无限的好，才能这样通透欢畅地领受她。

20

把旋旋送回郦西后，日子又回到按部就班的状态，越忙碌越是空落。

这天，卫竹刚到办公室，就听江蜜蜜说，“聂小弦才打来电话请假，说是小产了，小产导致大出血，大出血差点儿又导致血崩，真够惨的，请了一周的假。主任安排你明天下午、后天上午、大后天下午帮她带课。”

“啊？”卫竹一时不知自己是为要帮聂小弦代那么多的课，还是为聂小弦小产了、小产导致大出血、大出血差点儿又导致血崩而大大吃了一惊。

这天早晨，办公室里的五六个同事不禁全都感同身受地悲叹起做女人的种种“惨”来。

“我那次小产，差点儿要了我的命，现在想起在手术台上的那一刻，真个‘人为刀俎，我为鱼肉’啊……”

“我的大姨妈才是烦透了，她每个月造访那几天，我什么活动都得一律停止，老公还想要求什么，我先给他一耳刮子，再扯长他的耳朵告诉他，天大地大不如我的大姨妈大！”

“我家那个，才不管这些呢。”

“小心点，担心哪天你家伙又成第二个聂小弦了！”

“哎，还是蜜蜜好，你那个当兵的，一年只回来两三次。”

“好什么好啊，他每次回来，我都得像躲饿狗一样先出去躲几天，才敢落屋。”

“蜜蜜，你也太不人道了嘛，人家探亲就那么点儿念想，你还要先出去躲几天！”

“哂，卫竹，你那个倒是一天把你含在嘴里都怕化了，成天宁肯累他老娘也不累你！”

“什么呀！没见他脑袋都秃了吗？”

“脑袋秃了怕什么，他不是还有一胸脯的胸毛吗。哎，那毛乎乎的感觉怎样，你也真是的，这么长时间了，也不好好汇报汇报、交流交流……”

“噢，对了对了，各位看见告示栏贴出的通知没有？下周六至再下周六自已安排时间到露丝女子医院做妇检，看看你几个还正不正常，中不中用！”

办公室里这些女人，也不论老少婚否，说起话来都没个遮掩。铃声响起，刚理开的话头不得不暂时打个结，每个人又拿起课本教具，有模有样地出了办公室。就在去教室的路上，卫竹无端想起昨天下午罗遇在客厅里突然搂着她亲昵的那一幕，心头哗地掀起起一片热浪……

卫竹不明白，罗遇为什么那么迷恋自己的双乳，那种迷恋甚至超越了雄性对雌性的渴慕。似乎那乳腺是潜伏在她体内的时空隧道，借着它，他可以从近五十年的岁月中穿梭而过，一路回到他生命中最为混沌、迷蒙而又最为愉悦、恬然的那种无知亦无畏的状态。

卫竹倒没有觉得自己的身体有什么奇异之处，只是在洗浴的时候会把镜子里的那个她多看一会儿，那时候，她才会不由自主地自怜自爱自顾自惜起自己的身体来。这些年，她始终保持着大姑娘的体态，甚至青出蓝而胜于蓝，每次试新衣，她都会在别人的赞叹中又一次发现自己的身子骨儿更加凸凹有致了。

“乖儿，这个星期天我又陪你去买衣服。”

罗遇总喜欢陪她去买衣服，那些夸赞她的恭维话，他听着倒比什么都受用。

“卫老师来了，卫老师来了！”

孩子们清脆的声音突然把她唤到了二十来个小小的身影前，这一群孩子，个个都像绿茸茸草地上的小蝴蝶小蜻蜓小蚱蜢，但这片生机无限的草地总少了什么，叫她的目光在一群小蝴蝶小蜻蜓小蚱蜢中还在切切地找寻着。

21

露丝女子医院距沙沙幼儿园两站路，卫竹只是偶尔路经，并未进去过。要不是幼儿园让她们定点在此妇检，她压根儿不会想到郦城还会有这样的医院。

露丝的外观也没什么异样，进去后才发现这地方怎么也不像是一个关乎病痛疾苦的场所。

西式风尚的大厅里，拱弧形的穹顶笼罩着一派安谧的氛围。高高静静的空间内，文艺复兴时期的圆雕、浮雕与翡冷翠风格的油画交相辉映，让人仿佛置身在欧洲国家的某座教堂抑或艺术长廊。鹅黄色调的内厅又分出淡淡的粉白、粉蓝、粉红、粉绿的小调子，右侧室内水景旁放置着一架白色的三角钢琴，琴盖支撑着，随时会流出一首曲子来。周围的沙发、软凳，茶几、书刊、杯具……都透出一种显而易见又内敛“无为”的情愫。闺房似的诊室则刻意要衬出女人特别是小女人的性致，窗帘、遮幔都缀着精美的荷叶边、拦腰系着乖巧的蝴蝶结，所有指示牌上的字体、符号都去了棱角、圆了边，着了温温馨馨的色。虽初来乍到，却莫名地就让卫竹感到了一种恬适。她忽然想起，罗遇说过，这儿的所有石材都是他们提供、安装的。卫竹又细细看了看那油蜡般细腻、光洁的地板、面台和其他装饰着石材之处，竟第一次发现，生硬、冰冷的石材也能焕发出如此柔美、和煦的光泽与情绪，不由得对这里的所有医生、护士都生出了一份无缘无故的亲近。

在露丝几乎不见排队候诊的场面，更没有拥堵、嘈杂的尴尬。受过素质训练的“导医”殷勤乖巧地伴护着前来就诊的各色女人，随行的男士则会安排在专门的等候区休息。卫竹发现，来到露丝的女人们无论年纪大小，坐在那天鹅绒的软椅上，都名媛似的显出一些尊荣娇贵来，大家在这样的环境中较着一股优雅、华丽的劲儿。

所有的护士都穿着凝软的平底鞋，行走起来轻盈伶俐，不见扎人耳膜的脚步声。卫竹的导医把她带到一间淡淡的粉蓝调子的诊室，卫竹迎面就看见一位面色慈霭而资历似乎十分深厚的老医师。这位老医师也许是从某个地方高薪聘请到这儿来的，她目光中那种慈霭不知要多少坚实的物质基础和多少俯瞰众生的精神力量来支撑。

“姑娘，”老医师打量着卫竹，亲切地招呼了一声。

卫竹蓦地被“姑娘”这两个字眼儿惊了一惊。“姑娘”这样清清净净的称呼应该滞留在红楼梦的大观园里，此刻，隔了一张诊桌的老医师与她这般相称，不由得让卫竹的心湖面似的颤起了涟漪，一时间又觉得这位慈霭而资历深厚的老医师的双目，就像什么光学仪器一样，具有穿越万物的透析力。

从露丝出来，卫竹有一种难以言表的感觉，她凝涩已久的身心好像被一种圆钝温存的东西捅出了些通透的小孔隙。让外界的气息与她自身的气息在这一上午流转行运起来。

卫竹觉得这个老医师和黎淑媛总有一些相近抑或相似之处，也许曾经的年代为她们的生命打上了道道相同的印记吧，她们就像从一个课堂、一个院子、一本书、一段相同的音乐背景中走出来的两个女人。不同的是，黎淑媛叫她“女儿”，老医师叫她“姑娘”，但是，就因为这份不同，她竟然就向这位素昧平生的老医师道出了一份从未向任何人提及的心头之隐。

当时，老医师正在检查她的乳房。

“姑娘，你的乳房很健康，整个状态保持得非常好，圆润、充实、自然挺括，你要好好爱惜自己。”说罢又拿着观测器械左右观测了一阵，对乳房的检查结束后，老医师一边帮卫竹把撩上去的衣服拉下来，一边说，“你先生一定很爱你。”

“但是……”卫竹起初还犹豫着，后来，受了老医师慈霭眼神的鼓励，竟一下就把那羞怯的话全说了出来。

“但是，他老像个婴儿一样缠着我。”

“他多大年纪？”

这一问却叫卫竹瞬间犯难了。如实告诉吧，老医师会怎么想，老医师还会叫她“姑娘”吗？就在那一刻，卫竹突然埋下头来，但老医师那和蔼的眼神自下而上地托举住了她正要下垂沉坠的目光，她最终还是如实说道，“快五十了。”

除一丝一晃而过的遗憾，老医师似乎没有表现出任何诧异，温和的声音里却多出一份理性与庄严，“男性对女性乳房的爱慕和迷恋是与生俱有的，一对美丽的乳房是上帝馈赠给男人的最温馨的礼物……”

坐在回家的出租车上，窗外的风呼啦啦吹拂着卫竹雾纱衣衫，似乎要掠了它们去，飞扬的它们时而又与她贴得更为紧密了，执拗拗地，甚至要贴到她的肌肤里去。

到大门口，卫竹刚下车，正好碰见罗遇也回来了。两人并肩走在小区的绿茵小道上。

"还顺利吧，见到那儿的石材没有？那大厅地板上的拼花图案是我们专门请一位英国专家设计的，露丝本来就是英国人开的医院。"

"难怪那儿的什么都和其他医院不一样。"

"是啊，咋能一样嘛，听罗莲说那儿的收费要比一般医院高出好多。你们幼儿园这次还是够大方啊！"

"好像是有企业赞助的。"

两人正说着，突然见路边停了一辆蓝莓色的新轿车。

"这又是谁家新买的轿跑？"卫竹眼里闪出一抹惊喜。

"什么叫跑啊！"罗遇没弄清楚她在说什么。

"你真够土的噢，轿跑就是这种轿车兼跑车风格的车啊。"说罢，卫竹停下来仔细看着这辆轿跑，又隔着贴了膜的窗玻璃望了望车厢里的结构和内饰。

"这么喜欢啊？"罗遇从未见卫竹对什么有过这么大的兴趣。

"喜欢！"卫竹爽爽快快说道。

"送一辆给你。"罗遇突然拦腰抱了卫竹。

卫竹惊了一惊，心头随即暖呼呼的，女人有时图的就是男人对自己的这份娇纵。心头暖起来她也没拿此话当真，只道："这车子家用起来，好是好，就是太贵了。"

罗遇不言不语了，进家门，他一下扳过卫竹的双肩，直视她的双目，骤然忧戚地说："乖儿，你知道我最怕听你说什么吗？"

卫竹一下懵住了，"不知道，我没说什么呀！"她极速一想，莫非他是为刚才脱口说出要送她一辆车而懊悔了？

“我最怕听你说三个字了。”

“三个字？我没说啊！”卫竹更加纳闷。

“说过的，每次逛商场你都说过的，刚才又说了。”

“哪三个字啊，你别把我搅糊涂了！”

“乖儿，你知道吗，我最怕你说‘太贵了’这三个字。这三个字简直就像刀子一样在挖我的肉，在挖我心子尖尖上的肉！”

“呵 --”卫竹一下笑起来，她笑罗遇把她说的“了”也要算成一个字。就在笑容收起的那一刻，她的心更暖和了。他是在乎我的，她似乎更相信这一点了。见罗遇还忧戚着，她不禁又嘟了嘟嘴，她知道罗遇最喜欢看她嘟嘴，把一张嘴嘟得更高了，“这车子本来就贵嘛！”

“到底多少钱？”

“将近三十万吧！”

“嗯。”罗遇突然把进门扔在沙发上的黑皮包抓了过来，往卫竹面前的那张大床上一甩。

“这包里有十万，你先拿着，过一阵，有个工程要结账，结了账，再给你二十万，就可以把那车子开回来了。”

22

两天后，卫竹收到一个银粉色的信封，这是露丝女子医院寄给她的妇检报告。卫竹万万没想到，检查发现她有子宫肌瘤，报告建议她再到医院做更全面细致的复查。

办公室里的其他女老师相继收到了不同结果的检查报告，有的是宫颈糜烂，有的是卵巢囊肿，有的是子宫内膜异位，有的是附件溃疡，有的是盆腔炎，有的是肾积水……还有一个是乳腺癌，看着触目惊心的结论，个个都缄默起来，把拆开的报告照样折了回去，平平整整装回那个银粉色的信封，悄然锁进各自办公桌的抽屉。

这一天，卫竹的心情异常糟乱。她是知道子宫肌瘤的，以前幼师的一个同学就因为子宫肌瘤发生癌变，不到二十岁就死了……

我不能有病！我不能死！我不能！一个个重重的感叹号钢筋一样扎在她的心头，越扎越深，越扎越紧，似乎又要把虚弱的她强硬地支撑起。

这天，卫竹没有打的，走路回的家。

一路上，她看见婆娑的梧桐树上，一片片新绿的叶子更加明艳了。就在几个月前，那些叶子全干枯得跟铜箔一样，铺了一路，洒了一地……当时，她还在想，该拿这些铜箔怎么办，做书签吗？哪儿用得着这么多……而今，这些铜箔的身影一丝一毫都不见了，只见满树的新鲜和奇异。这些新鲜和奇异此刻像无数只眼眸，全都齐刷刷地打量着她。

进了门，罗遇还没有回来。卫竹惶惶的，不知道该做什么。她拿起手机，拨通了嫂子的电话。很久没和嫂子通话，好在一下接通了。

“哈哈哈哈！”

嫂子听她哀声怨气说来，竟一阵爽朗大笑，“那些检查报告，你也当真啊！你想想，那么奢侈的一个地方，不靠各种名目大把大把地收费，能撑得住啊？我有一个朋友的女儿就在里面当护士，她说那医院现在还亏着本呃，正巴望着你们这些阔太太富小姐天天去做什么检查呢！”

卫竹并非不明晓这医院的名堂，但她还是因为检查报告上面“子宫肌瘤”这几个白底黑字而凄恻不安。

“你知道的，旋旋她爸爸说走哪天就会走，他的生命是进入了倒计时的，我要是再有个什么，旋旋怎么办……”说着说着，竟握着手机呜呜大哭起来，眼前这个“家”、未归的罗遇、在郦北构筑起来的所有一切，似乎都是海边的一个个沙堡，被她涌来的泪涛一下全部摧散冲垮了。

“只要你生理正常，没有任何异常反应，怕什么啊，百分之六七十的女人都有肌瘤，哪个人没有这样一点哪样一点的毛病？好多人身体里还有石头呢，但是现在连真正的癌细胞都不可怕了，医学家不是说吗？每个人体内都存在癌细胞，只要自身的内部环境稳定、协调、和谐，癌细胞还不是和其他细胞一样，与我们的身体相安无事，与我们的生命和平共处，每个人的每天都在与癌共舞……再说，又有谁的生命不是在倒计时呢？以一颗平平和和的心看待一切吧，行到水穷处，坐看云起时……”

卫竹还在呜呜呜地哭，电话那边突然宁静下来。隔了一两分钟，嫂子用更为宁静的声音说道：“我跟你哥离婚了。”

话音刚传过来，卫竹蓦地止住了哭，“你说什么？”

嫂子又重复了一遍：“我跟你哥离婚了。”

英俊贤能的哥与美貌聪颖的嫂子，他们的婚姻是众人公认的堪称经典的“龙凤呈祥”，曾有人开玩笑说，他们要是把婚离了，那真是天妒良缘了。

“我哥没做对不起你的事吧？”

“婚姻中，有什么谁是谁非？一场婚姻，就是一场跷跷板的游戏，不是全赢，就是皆输。”

“那卫然呢？他跟谁？”

“我和你哥离了有一两个月了，现在的情况是比想象中的好得多，大家都还过得更不错似的，卫然也好。你哥是独儿子，卫然判给了他，但然然随时也可以跟我在一起……你不要担心什么，倒是你自己，我得再次提醒你，罗遇那个老娘最护他了，你千万别等林凯旋走了才谈婚论嫁，到时，只怕那个老太婆担心……”说到这儿，嫂子又顿了顿，“这段时间相处下来，如果觉得罗总还可以，抓紧时间赶快回去把婚离了吧，好好生生把自己嫁出去……今后，我们不是一家人了，但毕竟还是姐妹，你有什么，也尽管找我，我们还是像过去一样……”

卫竹本来是要劝慰嫂子的，反过来却又被嫂子劝慰了。挂了电话，心中的惶恐没有了，却生起一大块一大块的云层，厚厚的，沉沉的，蓄满了水的海绵一样。

“只怕那个老太婆担心……”，嫂子这句没说完的话像一根平悬着的沉闷的棒槌正要撞向一口巨大的警钟，最终没有撞上。卫竹正要沿着这个话头想下去，手机响了，是罗遇打来的。

“乖儿，请个假，我晚上去下几盘围棋啊。”

又是下围棋！卫竹也不知自己应没应，忽地一头倒在床上，用枕头蒙了脸，泪涛再度涌上来。他又隐蔽了，他又消失了，他就像有穿墙术一样，可以突破现实的壁垒，进入到另一番天地。那里也有喜也有忧，不同的是，这个天地里盛装喜忧的杯子是玻璃的，那个天地里盛装喜忧的杯子是水晶的，他又去举那水晶的杯子了。

23

这又是一个等待的夜晚。时间又会橡皮筋似的被拉长，直至紧绷得像一根最高音的琴弦，什么风吹来，都会被这根弦割出一道凄厉的声音，什么念头闪过，都会被这根弦划出一条鲜艳夺目的血口子。

我该什么办？卫竹似乎不是在想这一晚应该怎么办，而是在想这往后的每一天应该怎么办？

这个夜晚，卫竹突然对罗遇充满了无限的嫉恨，她恨他，有爱他如命的老母亲；她恨他，有视他如子的昊哥，她恨他，有与他“横眉冷对”的罗莲，她恨他，有能够让他忘掉一切而进入到另一番天地的围棋，她甚至恨他，在她身上找到了他在这个活生生的世界里那么温馨的坟……而她有什么，她有的只是跟林凯旋一样随时抛下旋旋撒手不顾的可能。

时间的声音又在这时响起了。那个小闹钟是随卫竹一起搬到这儿来的，从来到这里来的那一天起，这个小闹钟的指针一刻也没停止过转动，但好多时候，它那嘀嘀嗒嗒的呼吸都在这个房间里消失了。这段时间的卫竹，居住在几十层高楼之上似的，对这种声音如同听凭从天而降的雨点的一样，全无知觉。

此刻，嘀嘀嗒嗒的声音浮出了水面，一声比一声清脆，一声比一声响亮，一声比一声惊悚，就像一个倒计时的炸弹，六、五、四、三……眼前的一切正濒临一场轰轰烈烈的毁灭的最后一刹那。

窗外来往的车辆明显少了，偶尔驶过一辆都辗在人的神经上。大街终于像哭累了的孩子，一边抽噎着一边要入睡了。

门锁响起来，又是罗遇的老母亲来了吧。卫竹眼也没睁，灯也没开，任黑夜裹挟着自己。

“乖儿，睡了啊？”罗遇回来了。

“我害怕你又像上次一样久等，这回下棋之前就给那几爷子说好了，一点收场，这不，现在还没到两点。”

卫竹还是不说话，罗遇摸黑换了拖鞋走到床头，拧亮台灯，这才发现卫竹用被子捂着自己的整个身体。

“怎么了？不高兴啊？”罗遇心头惊了起来，拉开被子，只见泪水把卫竹的一张脸都弥漫了。

“乖儿，不喜欢我去下围棋啊？那从今以后，我再也不下就是了。”罗遇简单洗漱后，连澡都没顾得上冲，就躺上床来，捧起卫竹湿漉漉的一颗头颅往自己的胸脯靠，卫竹一下又触到那些熟悉而陌生的汗毛，泪水更如涨了潮的河流。

“我要回郦西……”

“好好的，回什么郦西？想旋旋了啊……”

两人相识以来，罗遇第一次见卫竹哭，没想到她一哭就哭得这么紧锣密鼓、入丝入扣，她要回郦西的哭声更叫罗遇心慌意乱起来。

第二天卫竹醒时，罗遇已经在弄早餐了。

“乖儿，再睡会儿。”

“几点了？闹铃呢？”

“我把它取了。再睡会儿吧，不用上班，不要急着起来了。”

不用上班？卫竹一下从床上弹坐了起来，双目瞬间又浸透了惊恐，“你把我的工作辞啦？！”她突然警醒，罗遇是个做任何事都没头没脑的人。

“没有啊，看你昨晚哭得那么伤心，我担心你今天起不来，就给你请了一天的假。你们主任说，聂小弦回来了，正好你前一阵帮她代了课，今天就安排她又帮你代代课就是了。”

“谁让你自作主张的？”卫竹没好气地下床，刚才的惊恐又小鬼似的来无影去无踪了。她揉着眼到卫生间去洗漱，一照镜子，这回着着实实吓了一大跳，两个眼睛又红又肿，更可怕的是，眼角边又隐隐出现了一条细纹。她这才想起，上次发过的誓：不哭了，再也不哭了……

出了卫生间，罗遇怜惜地看着卫竹，“还说我自作主张呢，你这样红肿着两只眼睛到幼儿园，同事们还不说我欺侮你了，小朋友还不说你变成大白兔了！”说了，又拦腰搂住她，“乖儿，以后我干脆把围棋戒了算了。”

“戒不戒是你自己的事！”卫竹还是没有好脸色，罗遇一时不知该再说什么好，他的双唇不由自主地抖动着，像个老太婆似的，话又紧张而无序起来，“你一哭，我心里好难受。你知道吗？昨晚我一夜没睡着……乖儿，我有好多话想对你说……其实，我比你更着急……不过，快了，你再给我一点时间嘛……对了，现在都六月份了，一放暑假，你就把旋旋接来吧，大家在一起就好了……到时候我们的条件也会更好的……”

正说着，有人在敲门。“罗遇，”黎淑媛在门外喊了一声。

“进来吧。”

黎淑媛自己掏钥匙开了锁，提着一袋新新鲜鲜的荔枝进来。一下看见卫竹还在房间，有些诧异，“女儿，今天怎么没有上班？”

“她今天有点不舒服，请了一天假。”罗遇先回答了。

“是不是感冒了，这个天道，特别要谨防热伤风，去医院没有？”

“没事的，在家休息一下就好了。”卫竹见到罗遇的老母亲，不得不令自己的脸色好转过来，“今上午正好趁清静把这学期的工作总结拟个草稿。”

“哎，一学期又要结束了，时间真是快呀！女儿，写总结呢，先把一学期的工作亮点和取得的成绩写在前面，领导哪儿有时间把每份总结重头看到尾，是不是？”

“对，”罗遇边剃胡须边搭讪着，“这些事就要听老母亲的了，老母亲从一开始工作就当领导，当了几十年，这里面的道道儿她是最清楚的。”

“嗯。”卫竹顺着应了。黎淑媛这才发现卫竹的双眼有些红肿，又见俩人不像是发生了矛盾的样子，心里一边揣摩猜度着，一边提着电水壶到厨房里烧起水来。

“你们两个呀，一定要多喝水。这么热的天，每人每天至少要喝八杯水……”说着，旁征博引地讲起喝水的益处来。

“老母亲，哪儿来这么多荔枝？”罗遇伸手往塑料袋里拿了几颗来剥。

“还不是吴炎昨晚送过来的。这荔枝好，没有用药水浸泡过，放心吃。女儿，鲜荔枝最养颜的。”

卫竹料想黎淑媛接下来会讲到杨贵妃，果不然，黎淑媛下句就说到，“一骑红尘妃子笑，无人知是荔枝来。为给你们送荔枝，老母亲这一大清早，也是风尘仆仆呃……”

24

第二天上班，卫竹提了些荔枝到办公室分给大家尝，却没见到聂小弦。

"她又请假了。"

"怎么了？"

"这回惨啦，说是她男朋友出了车祸，在高速公路上，男朋友开的一辆奥迪跟一辆大货车撞上了，皮挂掉了几大块，骨头撞断了好几截，白森森地翻出来……幸亏人还活着，哎，这个聂小弦……真是不顺！"

又是一个不幸的消息，不过，这个消息也许太不幸了，就连平时很不喜欢聂小弦的江蜜蜜、宁美欣对此也表露出遗憾和同情，看着聂小弦接二连三地出事，大家不约而同都变得友善大度甚至厚道诚恳起来，主动把聂小弦的工作全部分担了。

下午回到家，卫竹疲惫了很多。一进门，发现屋子和往常有些不一样，一些东西似乎挪动过位置，再一看，餐桌旁竟然多出一架钢琴来。遒劲而圆润的虎腿、光洁锃亮亦历久弥新的漆面……卫竹一看就知道这是黎淑媛的钢琴。罗遇正巧从厨房里探出身来，"乖儿，回来了啊？"

"你怎么把你老母亲的钢琴搬到这儿来了？"

"我想旋旋不是要来了吗？以后好让老母亲教她。"

"那也不能把你老母亲的琴搬过来啊！"

"老母亲她一天跑惯了，她来这儿教旋旋比我们把旋旋送过去给她教要方便些。老母亲那个人，最喜欢教小孩儿了，她教旋旋，绝对是巴心巴肝的……”

“我还没说旋旋学不学呢，你就把她的琴搬过来！招呼也不跟我打一声，你做事怎么尽这么没头没脑啊。”卫竹把提包往沙发上一甩，一屁股坐在床上犯起愁来，一时竟恼得气喘吁吁。

“搬来有什么啊，老母亲的东西哪样不是我们的……旋旋不弹你也可以弹啊，快快快，别嘟着嘴啦，我还不是为了你高兴。”

“为了我高兴，为了我高兴，你自己给我买一架呀，把你老母亲的东西摆到这儿像什么样？”

卫竹这回是真的动了脾气，罗遇一时慌了神，又老太婆般抖动着双唇，“我不是说了吗？老母亲的东西都是我们的……”

星期五晚上，罗莲和吴炎照例回去看望老母亲。刚一进门，罗莲就发现全家福下的钢琴不见了。那张全家福一下失去了依托似的，孤零零地悬在墙上，像风中的一片黄叶，随时都会飘落在地。

“老母亲，你的琴呢，不会是抬去修了吧？”

“搬到罗遇那儿去了。”

“搬到他那儿去干什么！”罗莲一脸诧异。

“九月份，小卫的女儿要到郦北来上幼儿园了，罗遇让我教那小姑娘弹琴。”

“又是罗遇干的好事！这个罗遇，什么办法不会想，偏偏最能打你的主意了，成天让你给他买菜煮饭做清洁……跟个保姆似的还不够，现在又要你兼家庭老师了！这个罗遇，前一阵把小楼拿去抵押，这一阵把钢琴搬走，下一阵还不知道要干出什么事来，他要讨好那个小女人，再怎么也得有个分寸！不行，我要叫他把琴搬回来！”罗莲说着，掏出手机就要给罗遇拨过去，吴炎忙止住了她。

黎淑媛见罗莲这样气盛，一下也收起了好脸色，“罗莲，我给你说，你不要对你那唯一的哥凶神恶煞的，还有吴炎，你们两个不要什么都把他打干吃尽了！”

黎淑媛这么厉声喝来，罗莲知道老母亲的老毛病又犯了。

“还有，我一直想对你们说，你们那个石材生意，罗遇想打理可以打理，不想打理也可以不打理，他就是什么都不做，我也养得活他，在这个世上，有我的一口饭吃，难道还没有他的一碗汤喝！”

黎淑媛突然恨恨地说道，这番在她心底搁了很久的话似乎置于弦边的箭，不得不发了。罗莲的心终于一紧一扎地疼起来，这么多年来，自己是怎么对她老人家的老母亲又不是不知，但老母亲心中还是这么偏颇！

看着钢琴空出来的位置和墙上那张失去依托的全家福，罗莲的双眼一下模糊了，颤巍巍了一阵，又平静清冽起来，平静清冽得好像两汪深深的潭，几十年的厚此薄彼几十年的含容迁就都矿物质般融化在了那幽幽的潭水中，最初还闪着一些粼光，片刻却改变了水的形态，两汪幽幽的潭水已不声不响地结成了不能滴落滚动的胶状物，只把她自己的视界在凝滞中两倍三倍地放大起来。

吴炎就在这时，又一次感到自己在这个家里终归还是外人，至少在黎淑媛的心目中，他永远还是对面那幢楼里那个勤杂工的儿子。

时间在三人间徘徊着，绕了一个又一个的圈，仍饶有兴致地睁大了一双眼，执意要看看接下来还有什么惊心动魄的下场。

黎淑媛背过身，稍稍举了举头，墙上的全家福即刻怀了叶落归根的情谊忽地扑落在她眼底，她的双目在张开怀的那一刻，竟被这轻轻薄薄的黄叶凭空挽来的一种意想不到的巨大力量重重撞击了，她整个身子都往后闪了闪。她的声音突然剔了筋似的孱弱起来，“是我自己要教那孩子的，教她，可以让我想起，四十多年前，在街沿边挨个儿教你们拉琴的那些日子……”

25

这个月最后一天，是卫竹三十岁的生日，这是她和罗遇在一起过的第一个生日。“逢五满十都是大生呢，”罗遇合计着，要好好办一办。卫竹知道他所谓的好好办一办，不外乎又是拿着一把券出去吃吃喝喝唱唱闹闹。

“算了，那天正好也是宁美欣结婚，婚宴安排在中午，好多同事都收到了请柬要去参加的，我们也到那边凑凑热闹就行了。”

“那下午和晚上，我们两个单独庆祝一下！”

“好啊，就我们两个，其他人都别叫。”

“你以为我想叫谁呀，我计划也是我们两个给你过这个生。”

到了五月三十一号这天，正好是星期日，一早醒来，太阳光从没遮严的窗帘缝里透出来，像黑夜里的一根荧光棒，亮得杀眼。卫竹早醒了，正背了荧光棒侧身思忖着下床该穿什么。今天是自己的生日，按她从小的习惯，应该穿红衣裳。但今天又要去参加宁美欣的婚宴，艳艳的肯定不妥。卫竹把自己的衣裳在脑子里提出来一套又一套，最后决定穿那条沙色的长裤。这长裤虽是买来的成品，裁剪却完全顺着她的腰、臀宛转起伏，纤弱的腰、圆翘的臀、饱满的腿都在那沙中躲闪不及。膝盖上略略紧致地收束了，往下一泄而去，又有一番开阔和洒脱。上身搭件紧小的纯白衬衣，再配条一面是绒一面是绸的巧克力色质的狭长领巾，系成酷酷的大领带，整个身段儿一下就在高挑、利落中欲盖弥彰了。

想好自己的一身，卫竹又想罗遇该穿什么。黑白配自不消说，但她今天不想他穿得太正式，最好休闲运动一点，白 T 恤黑短裢，脚踏那双浅咖啡色的卡路驰，如此，他俩的风格也有些搭调。还想着，罗遇醒了，他睁开眼看见卫竹睁着眼，伸手把她的眼皮向下一抹，“怎么就醒了？再睡一会儿。反正是星期天。”

“起来，起来，生日这天懒了，一年都要懒的。”

“懒就懒嘛，我就想你好好的懒一懒。”

罗遇伸手箍了卫竹，两人折腾一阵终于起了床，按卫竹预想的穿戴妥当，已临近十二点。

到了金色饭店，新郎新娘早在大厅门口迎接来宾。卫竹拉着罗遇找到学前部的同事围了一桌坐下来。

宴会厅里各人忙着找座位，一开始，大家都顾着看熟悉的面孔，热热闹闹打招呼。

“聂小弦。”有人叫了起来，“你也来啦，噢，还带着男朋友！”

卫竹这一桌的人顺着声音看了过去，目光里有一种小别的欣喜。突然有人说道，“咦，他男朋友不是出车祸了吗？怎么这么快就没事了！”

这一说，大家才觉得不对劲儿，是啊，不是说他男朋友撞得皮掉了几大块、骨头断了好几截？怎么全身不见一点儿疤痕！人也没有一瘸一拐的？

“呃，呃！你几个，全部盯着那两个看，看了这么久，看出个名堂没有？”曲新月用笼着筷套的筷子敲了敲面前的盘子，大家收了目光回来。

“觉得蹊跷啊？”

这一问，大家更懵头懵脑了。

“告诉你们一个天大的秘密。”曲新月四下看了看，降低声音道，“聂小弦的男朋友根本就没有出车祸！”

“还有啊，她上次不是小产了、大出血差点血崩了吗？那也是没有的事！”

“还有，她说她这个男朋友不是资产至少在八位数以上，上海有豪宅，云南有矿山，海南还有地产吗，也全子虚乌有！”

“她呀，她是得了妄想症！就喜欢隔三岔五地甩出个爆炸性的新闻来震震你们……”

也不知曲新月是哪儿来的消息，但她的这番话倒真的成了爆炸性的新闻，着实把一桌人都震了震。这天，新郎新娘再不能引起她们的关注，个个都在觥筹交错间明明暗暗地回想这一阵聂小弦的一言一行，但她们又都吃一堑、长了一智似的，也不能完全相信曲新月了。卫竹想到最后，不排除聂小弦有妄想症的可能，也不排除曲新月妄想聂小弦得了妄想症的可能。

罗遇没太注意她们在谈论什么，他的手机响个不停，又是工地上打来的，好几次他张口就想吼骂过去又忍耐住了，后来干脆把手机关了。

从金色饭店出来，卫竹的情绪莫名寥落起来。“妄想症”，成了翱翔在她空空脑子里的一只苍鹰。妄想症，这是多么古怪的病，聂小弦怎么就得上了，平常看上去也是正常的呀，怎么就有了妄想的毛病？要是幼儿园知道了，还会让她当老师吗？要是她那个男友知道了，还会和她交往吗？

“妄想！妄想！这是医生的妄想！”卫竹耳边突然响起了林凯旋当初得知他病情诊断结果时的一声声怒斥，又想起这一阵自己脑子里胡蹿着的混乱思维……妄想，妄想，这个世界谁没有妄想？谁又没有在妄想！人人都有病吗？她一下被自己提出的这个妄想之问狠狠吓了一跳。

就在这时，婚礼仪式上的金童玉女在父母的带领下走出了大厅，他们要上车了，那个穿着白纱裙的小女孩还舍不得取下安在背上的小天使的羽毛翅膀，甚至和她的妈妈为此争执起来。卫竹就在这一刻，又想起了旋旋，旋旋也有这样的一对羽毛翅膀，有一次坐车，她也舍不得取下，但当时她和林凯旋没有和旋旋争执，他们满足了她这个小小的愿望，让她戴着翅膀坐进了车……

26

“走，再去逛逛。”罗遇牵着卫竹，要到路边去招的。

“今天不去工地呀？”

“不去了，我今天肯定要全天陪着你。”

“我想回去了，回去好好睡个觉。”

“昨晚没睡好啊？”

“是呀，你烦死了！”

“呵呵。”罗遇又得意又幸福又有些腼腆地笑着，把卫竹的手攥得更紧了，“今天晚上早点睡嘛，这会儿，我们去选个东西，当你的生日礼物！”

卫竹这才想起自己今天的生日是个“大生”，还是应该郑重些。一辆的士停在他们面前，罗遇拉着卫竹钻了进去。

“你要送我什么？”

“我倒是想好了一样东西，就怕选不好样式你不喜欢，我晓得乖儿是很挑剔的，所以，最好还是你亲自去选。”

“什么嘛？”

“石头。”

卫竹一听，心里不快了，做石头的送石头，跟打铁的送铁，种菜的送菜有什么区别。

罗遇也没觉出什么，又捏了捏她的手，“乖儿，还记得你上次在我厂子里看到的那块大理石板吗？上面不是有些图纹吗？我说是张天然的石画，可以拿来做成茶几面板，你说太繁杂了，不成什么形，后来那块石板灰不拉叽丢在那儿，被老李看上了。你猜他从上面看出什么来？”

卫竹想起了那块石板，青灰的底色上有一大堆暗红哑黄牵来绕去的图纹，不仅不成样儿，还老气横秋的。

“就那块石板，能看出什么？”

“呵，老李他把这块板子冲干净，颠了一转，放在面前一看，那些弯来绞去的东西竟成了一个字。”

“字？”

“是啊，是一个草书的繁体的龙字。老李高兴得不得了，白白地就从我那儿捡了这么一个宝。他本来就喜欢收集奇石，这一块，他弄回去，打理出来，别人给他开价开到十八万，他都没有卖。”

“啊，我当初怎么没有看出来呀？那你把那块板子收回来呀！”

“送都送他了，就给他嘛，他喜欢它就拿它当个宝，石头这东西就这样，你若不喜欢它，它永远就是个石头。”

“真是慧眼识珠啊，”卫竹遗憾地说，“我们怎么就那么没眼光！”

“这还不是要会联想，好多石头都是，人的想象与它一吻合，它就成奇石了。老李搞收集几十年，这方面的经验多的是！老李后来要我带你到他那儿去选块石头，他专门有个收藏室，说只要你看上的，都送你。那些石头全是他淘来的，你哪天可以去看看，但我觉得你不一定喜欢那些玩意儿，不过今天我要带你去选的，你肯定喜欢！”

“你怎么知道！”

“老李说的，女人最喜欢一种石头。”

“我知道了，”卫竹脱口道，“钻石！”

“你看，一说你就知道，老李还真没说错！他说钻石才是女人最好的朋友。”

“呃呃呃，‘钻石才是女人最好的朋友’不是老李说的噢，是玛丽莲·梦露说的！”

“呵，只可惜我和老李那儿什么石头都有，就是没有钻石。不过，老李有个开珠宝店的朋友，他那儿钻石多的是，什么款型的都有，你今天去了，随便选，看上什么就拿什么。”

“不要钱啊。”

“要什么钱啊，我那个龙字都白送老李了，这个珠宝商可能又欠老李的人情，转来转去的，就这样……”

“那我要选个十克拉的大钻戒！”

卫竹的眼里扑闪着惊喜，这份敞亮的惊喜很快被的她的上下眼睑往中间挤了又挤，变窄了的惊喜更明晰更闪耀了。她的嘴唇又拉得薄薄的扁扁的，两个嘴角月牙尖般往上挑着。看她突然有了孩子般的开心和顽皮，罗遇喉结一哽，又喝了口美滋滋的酒。

和林凯旋结婚时，林凯旋送了一枚钻戒给卫竹。那枚钻戒上的钻石只有零点五克拉，但那点小小的璀璨很让当时的卫竹珍惜，一次在家做清洁时，她把钻戒取下来放在茶几上，后来却随着一些杂物一股脑儿抹进了垃圾筐，后来又一股脑儿扔进了垃圾箱……

那粒钻石的结局应该就是这样的吧，反正莫名消失的它在她的生活中怎么也找不到了，她翻来覆去想了很久，想去想来，那粒零点五克拉的钻石就成了这样的命运。

到了老李朋友的珠宝店，卫竹最终选了一枚一克拉的钻戒。一克拉的钻石已经不小了，戴在她纤长的手指上甚至有点太醒目。老李的那个朋友帮她比试时，看着她的手颇为讨好地说，“卫小姐一定是弹钢琴的，手指好长。”

卫竹把戴好钻戒的手收了回来，抿了嘴，双目一睨，盈盈地不作声。

“听见没有，别人都说你是弹钢琴的。”罗遇在一旁，一下得到了什么佐证似的。

“别跟我提钢琴！”卫竹的脸突然卷帘般往下一拉，“哗”，叫罗遇和老李的朋友都听到了那帘子拉下的声音。

好在出了店，卫竹的脸又和煦起来，风一吹，还有些云呀霞呀在流转，罗遇牵着她戴上了钻戒的手，默默地喜悦着。

“这是最小手铐了，我被你铐住了。”

“嗯，明年你过生日，再打副脚镣来镣你。”

27

过了好几天，吴炎又把罗遇和卫竹约出去吃饭。这次不见罗莲，就吴炎一人开车来接的他们。

三人吃过饭，吴炎说，到旁边的咖啡馆再坐坐。入了座，吴炎对罗遇说，“去去去，端起你的咖啡到隔壁包间去，今晚电视上正好要转播中日围棋赛，你那些阳春白雪的东西我们这些下里巴人都搞不懂，就不奉陪了。”

罗遇似乎知道吴炎会有这样的安排，他看了看卫竹，眉目间生出些局促不安。

“呃呃呃，才分开这么一会儿就舍不得了啊，我和小卫又不干什么，我们只是摆摆龙门阵而已，快去快去，棋赛已经开始了。”

卫竹一开始就觉得今天的气氛不对，这会儿，吴炎支开罗遇要和她单独“摆摆龙门阵”，莫名其妙地，竟叫她像做了什么亏心事般，一阵阵心虚气紧起来。

吴炎的话题自然围绕罗遇展开，只是刚才还戏谑的神态里突然透着出又深又沉的焦虑，像一位忧心忡忡的老父亲。

“小卫，你和罗遇相处得有一阵了，觉得他这个人怎么样？”

他又发问了。卫竹的心咚咚敲打起来，不知说什么好，索性低头搅着自己的咖啡。吴炎见她不语，接着又问，“还记得我们第一次见面时，吴哥给你说的哪三点吗？”

卫竹还是不语，吴炎知道这个女子是在以沉默维护着什么，同时也在以沉默抵触着什么，不再接着往下问，自己径直把话说开了。

“小卫，你是知道的，罗遇是真的爱上了你，他完全把你当成了手心里的宝，我们呢，也都认为罗遇是时来运转了，噢，对不起，你看，我都习惯说‘石’来运转了。”

吴炎自己打岔了一下，接着说，“老母亲、罗莲、我，都希望你们好好过下去。罗遇也在为你们的小家庭努力，他现在干劲儿很足，这是好事，我很高兴看到他受到这种原动力的驱使。问题是，他现在的工作出了很多漏洞，必须亡羊补牢了。几个月前，他提出要单独管理两个工地，我当时想，他入道大半年，其中的规矩、套路大都熟悉，就同意了，但前提是每个月至少向我汇报一次工程的进展情况、存在问题和应对措施。第一二个月他还像模像样的，正正经经到我办公室来谈工作谈思路谈方案，我想，顺着这条路子他应该走得下去。没想到，后面这两个月就混乱了，工地上七撬八拱起来，那边材料跟不上，这边账又对不齐，造价、设计、施工、财务……每个环节都连锁反应地出现了问题，工人也不听招呼了，个个都要跳起来啃他的肉嚼他的骨头，甲方更是不依了，前几天完的一个项目，硬要求全面返工。手上的这摊子乱麻还让他不以为然，他鬼使神差地，又要操盘更大的生意了！”

吴炎的神色越说越严峻，“做就做吧，谁也没反对他做大事，他倒好，现在是一有点什么，他就把老母亲搬出来，盾牌一样挡在前面！就说抵押小楼的事，明明是他自作主张、轻举妄动，他硬说是老母亲自己想入股，偏偏这边老母亲呢是天垮下来都要给他扛起，这一阵，就更不像样了……”

说到这儿，吴炎搅了搅杯里的咖啡，又愤愤地把小银匙扔在托盘的边沿上，当的一声脆响，卫竹心里曾经牵扯起的那些丝丝缕缕的东西猝不及防地被掐断了，包间里的空调开放着冷气，卫竹却守着一盆柴火般，浑身烤得烫乎乎的，手心里脚心里都沁出了汗。这一刻，她又俨然一个参加家长会的母亲，孩子被老师当众点名批评了，窘得一脸不是一脸。

卫竹很想自己那张才起了锅似的脸皮冷起来冰起来，不料锅底的火焰更旺了，她知道吴炎接下来马上就会说到钢琴的事，他和罗莲一定以为是她叫罗遇把钢琴搬过来的，她已经是罪魁祸首、万恶之源了。

吴炎连杯带盘地端起咖啡，不大不小喝了一口，声色转而咖啡般醇和酽浓起来，语速也放慢了，“小卫，你看，罗遇现在的心智哪像一个将近五十岁的男人的心智？他完全又回到了他念大学的那个时候……”

吴炎踌躇了一下，似乎在考虑要不要把罗遇大学没念完就匆忙结婚的事告诉卫竹，开口却又变成了一个问。

“小卫，他是不是拿了十万元给你买车？”吴炎徒然提起那十万元，卫竹一下不置可否。“你知道那是什么钱吗？那是财务部交给他补材料的款子！”

卫竹的脸更红了，血和火都涌了上来，火烧着血，血浇着火，她不知道自己的脸成了什么颜色。那十万元，她已经拿了六万多买成什么医疗保险、健康保险、人寿保险了。自从露丝查出她的几个肌瘤之后，她总觉得自己的命运岌岌可危，虽然后来又去复查，医院说没什么事，开了一堆保健药调理，她还是不得不有所预备和防范了。她知道罗遇最不怕她花钱，不是不怕，简直最乐意她花他的钱，却不知这钱……如果吴炎当下让她把这十万元退出来，她该怎么办？最要紧的是，眼前该怎么说！

卫竹的思维一下被蜡封了，好在她的肢体还是活动的。

这时候，她也连杯带盘地端起咖啡，不大不小喝了一口。心头那些丝丝缕缕的东西被掐断了，心地反而敞亮起来，她就在这么一瞬间，有了回应的话。对，如果吴哥要把那话说出口，她就说自己也拿出了十万块来，要与罗遇的那十万凑起共同买车子……

吴炎见卫竹静默着，也跟着静默了一阵。但这一阵的静默突然让他烦躁起来，他终于憋闷不住了。

“现在做了事要收账，本来就很不容易。别人欠我们的，我们欠工人的，一环搭一环，资金都被卡死了。他一会儿想起了，说也要找个楼顶去跳楼，硬逼那些拖欠款子的，一会儿呢，又全都不管了。五一节的时候，他儿子罗杰要去韩国旅游，找他要钱，他从包里掏了三万；前一个星期，他以前的跟班儿‘小杂种’结婚，他大大方方封了个红包，一万；就在昨天，他一个什么狗屁哥们儿从郦南过来，找到他要什么赞助费，他把包里还有的五万元全部又掏了……你来算算他的账，我们花钱都是一元一元的，他？他是一万一万的！他现在是包里有几个就能用几个，就算厂子里、工地上等米下锅也顾不得，见一口就啄一口，这是什么？这简直就是包包烧！”

“更可笑的是，前几天他手下的陈经理告诉我，因为工程被返工，公司在资金上信誉上都遭受了很大损失，这个问题肯定值得深刻的反思，并且，对相关责任部门、责任人，肯定要进行严厉的惩戒。罗遇到好，他也反思了，他也惩戒了，但他的方式方法是什么？简直是不可思议！”

“他让所有该承担责任的人吃蟑螂！最多的吃五只，最少的吃一只。他自己的态度还是端正的，说造成这样的后果，他负有不可推卸的责任，所以，他带头吃，也吃得最多，吃了五只！其他的人，四只、三只、两只、一只……挨个挨个地吃……”

“陈经理说，罗遇办公室的冰箱里还有一盒子的蟑螂，就是为下次预备的。这种办法，他也想得出来……你知道不，罗遇手下有两个博士，十多个硕士，这些都是业界精英啊，你看，他就是这样搞管理的……”

吴炎还要接着往下说，卫竹已由瞬间的忍俊不禁转而恶心想吐转而不寒而栗，他怎么也吃这么怪的东西！他怎么也这么邋遢！她一下想起了林凯旋那鲜花着锦的小地毯似的舌头。

就在这时，她的手机响了，是林凯旋打来的。自从来到郦北，林凯旋从未给她打过一个电话，这会儿猛然看到手机屏幕上显示着的“林凯旋”三个字，竟如二十多年前作为男同学女同学时的生分。

趁着接电话，卫竹起身出了包间。

“……有什么事？”

“怎么不说话？”

“我听不到你的声音。”

“说话呀……”

电话那头一直没有回应，卫竹挂断电话，重新拔了过去，那边却一直嘟嘟嘟嘟。

28

“他一定是走了！”

卫竹脑子里突然冒出和这个“一定”完全相同的无数个“一定”来，他一定是走了，他一定是走了，他一定是走了……

卫竹握着手机，双眼噙起泪来。穿过走廊、大厅，她径直出了咖啡店的大门。此时霓虹辉映的郦北正光影绰绰，远远近近高高低低的各式建筑像一群拾掇得珠光宝气的红男绿女，耳垂、手腕、脚踝、肚脐、发式、睫毛、指甲盖儿……每一处细节都不甘黯然地抢着风头。夜风袭来，携着一股凭空而至的寒意，这股寒意似乎来自几千万年前的冰川，那么犀利那么凛冽，忽地叫眼前这群还在流光溢彩中争奇斗艳的各色人物都从骨子里生出一份苍凉。

包了满满两眶泪的卫竹茫然走向这片冰冷的阑珊，就在这一刻，她十分清楚，自己也是闪亮的夒铄的，也是流光溢彩的……

看着卫竹留下大半杯咖啡一去不回，吴炎意识到自己刚才说的话重了些。没一会儿，罗莲来了，罗遇过来，三人又像往常一样，三角形的三个顶点般各坐一方。没有老母亲和卫竹在场，两兄妹说话完全棍去棒来，吴炎也不作任何调和，任他们彼此都把对方当成发泄筒。罗莲的怒潮终于汹涌而至，“你有能耐，为什么大事小事都打母亲的主意？告诉你，老母亲的小楼我已经取消抵押了！现在你别在我面前嘴硬，马上到公司到厂子里看你的凭证、看你的账目、看你那一盒子的蟑螂，你败了你的家还要败公司败厂子败全家人，看你还有什么能败的！”

这一晚，折腾了大半夜。

罗遇回到家已是头重脚轻，进门来，不见卫竹，他把房间里的每盏灯都打开了，仍不见人影。他往进门处的小踏垫一望，卫竹那双浅粉色的碎花拖鞋还在门口。她会到哪儿去？罗遇突然经冷水泼了一盆，一下想起吴哥说的她是在接到一个电话出去的，一个念头忽地冒了出来：她会不会去见另一个男人了？但这个念头来得迅速去得更迅速，卫竹不是这样的女人，她和吕纹琼绝对不一样，他对此似乎又有了百倍的信心。

自两人相处以来，卫竹有时也会接到一些异性的电话，大都邀请她出去吃饭喝咖啡，她几乎一概谢绝了，正因为此，她在他心目中越来越玲珑剔透起来，以至有一次，他对卫竹说她在他心目中简直就是一座冰山时，卫竹不但不觉怪僻，反而想起四个特别的字。那是她念幼师时学校里一位爱慕她的男老师专门为她造的一个四字词语，老师说这四个字，每一个都是他为她精挑细选的，排列顺序也琢磨过。这么多年了，那四个字早像水滴融在水中一样融进了记忆的尘埃，但是那天就在罗遇说起她是他心目中的冰山时，这个为她而组合的四个字突然清脆地落在了她的头脑里："静"、"冷"、"高"、"华"，她一下想起了这个曾经属于她的词语——"静冷高华"，她不禁向罗遇的眼睛深处看去，罗遇两颗琥珀般的眼珠子似乎是能够映照出昨日的镜子，站在镜子前，也不知是她从镜子里看到了自己的昨日，还是镜子从她身上看到了她的过去。

卫竹的手机一直没人接听，她是怎么了？她到底在哪儿？罗遇这一刻，才番然体会到自己那次"消失"带给她的迷茫是多么无边无际。偌大的郦北，除了这儿，她还会去哪儿？突然，他想起了她在沙沙幼儿园的那间宿舍。

林凯旋果然走了。

卫竹后来接到父母家的电话，只听她妈惶惶地说，"小林走了，这个孩子，哎……真是说走就走了，虽然都知道有这一天，但还是觉得太突然。我和你爸这会儿正在收拾东西，全是旋旋的东西，都打了几大包了。我们今晚就带旋旋离开郦西到郦北来，林凯旋的家人要旋旋去守灵，三天三夜后，还要她在葬礼上去捧她爸爸的骨灰盒，旋旋这么小，她怎么能面对这一切，至少是现在，她不能知道这个事实，她爸爸必须活在她的世界里……林家人反正早就把我们恨透了，也不在惜这一回。尘归尘，土归土，我和你爸爸想着我们这一切都是为了旋旋好，也问心无愧了……我们的火车明天早上到，到了先在你哥哥家里住着，你尽快来接旋旋，快放暑假了，让旋旋在郦北适应一下，九月份好在这边上幼儿园了……你千万不要回来啊，人都走了，回来也没任何用，活着的时候都没在一起，死了回来更招人口舌……”

卫竹蜷缩在宿舍里的小床上，猛然想起了那个接通了却无人应答的电话，茫茫的，只觉一个个声音由远而近、由模糊而清晰，“竹叶儿”、“竹枝”、“竹竿竿”、“竹根根”、“竹笋儿”、“竹林子”……这是他对她最后的呼唤！她心中瞬间充满了无尽的愧疚，林凯旋的灵前，妻不在，女儿不在，他正在飘逝的灵魂多么苦寒孤寂，她对他邋遢的报复是不是太残酷了？“竹叶儿”、“竹枝”、“竹竿竿”、“竹根根”、“竹笋儿”、“竹林子”……她的心口忽地一阵阵紧促着，她心中霎时又充满了无尽的恐吓，她一下怀疑起邋遢的林凯旋是被自己害死的，她全身战栗着，上牙咯咯咯咯地磕着下牙，她不知自己是在他的酒杯里抖放了药粉、还是在他的身后亮出了尖刀、还是把他从高处推向了深海、还是在他必经的路上挖设了陷坑……她一直在回想她害死林凯旋的方式究竟是哪一种，每想到一种，又把它石头般捣烂、碾碎、磨成粉、研成末，最后还要在这些细腻的粉末中去提炼、萃取出什么……

就在研磨这些细末的时刻，卫竹想起了小学时代悄然兴起的那场游戏。一个中午，林凯旋嘣儿地亲了她的后颈窝，教室里所有同学都看见了。在一阵拍巴掌擂桌子的哄闹中，他小流氓似的挑衅她，她小烈女般打起板凳朝他砸过去，他哗地哭起来，老师来了，他的一个鼻洞里突然吹出一亮晶晶的小泡泡，小泡泡越吹越大，阳光下七彩斑斓，啪的一下，小泡泡爆开了，一些斑斓飞溅在她脸上，她伸手去擦，狠狠地，恨不得把脸上那块肉都擦掉，教室里又是一阵酣畅的哄笑……

29

“乖儿，乖儿！”

罗遇又敲了敲门，卫竹终于拧亮灯，起身开了门。见到卫竹，罗遇脸上的焦躁荡然无存，只觉她神衰色伤，大病了一样。

“乖儿，你怎么了？干吗一个人跑这儿来？”罗遇坚持要带卫竹上医院，卫竹灭了灯，“没什么，我只是头昏。”

这一夜，两人就在这宿舍里度过。房间里极为简单的一桌一椅一床一柜莫名引发了罗遇的诸多感慨，他本想好好给她说说近期和今晚的事，卫竹却关闭了她所有的感官，就像拔了插头的电器，突然进入了休止状态。

月光隔了窗帘隐隐透进来，什么也没有铺设的水泥地面泛起一层白头霜。

“乖儿，你走后，吴哥很内疚，他说他可能把有些话说重了，其实那些话全是针对我的，你千万不要在意……你走后，罗莲来了，我和她又吵起来。罗莲闹着要去公司、厂子里查我的资料和账本……折腾了大半夜，吴哥又带着我们出去吃夜宵喝啤酒……今天，虽然憋了一肚子的气，但我心底还是高兴的。特别是吴哥在喝啤酒时给我说的那番话，真的让我很欣慰，也多喝了几杯。乖儿，我知道吴哥表面上狠狠地批评我，实际上在深深地祝福我们。”

“其实，他们说的那些，我怎么会不明白，但我的心思，他们却永远不明白！他们不知道，我马上就五十了，我的时间不多了，我必须抄近路了！”

“你不知道，现在的石材市场乱得很，很多要装石材的人根本就不懂石材，特别是进口石材。那些容易混淆的石材系列和品种，他们完全分不清，所以，低档的石材我以类似的中档或高档的石材价格卖出去，这中间的价差就大了。还有一种更稳当的办法，我把一张高档石材板子改成薄的两张，这样质地、花色完全一模一样，铺在地上，任他是谁，都挑不出个毛病来。如果有谁要计较个厚薄，我再在剖开的板子底下粘半层近似的其他板子，这样厚度不变，更天不知地不觉……”

“乖儿，我好多时候都睡不着觉，我心里真的是想着太多的事情。乖儿，你知道吗，以前你说要你住到你哥哥家去，我心里就急得慌，我怎么可能让你寄人篱下！你那次又伤伤心心地说要回郦西，更叫我急得心痛，我怎么能让你在郦北过不下去！乖儿……”

也许是酒性上来了，罗遇越说话越多，涓涓细流变成了滔滔大河，不善表述的他甚至越说越动情，他忽地翻起身来，板着卫竹的双肩用力摇着，卫竹睁开眼，罗遇正怀着对未来的美好憧憬，满脸轩昂，“乖儿，你放心嘛，我绝不会让你失望的，你再给我一点时间，我会成功的！就凭着我这满胸脯的汗毛，我也会成巨大的功……”

看着信誓旦旦、全身心浸透真诚的罗遇，看着这个成功的理由如此怪诞无稽的男人，卫竹忽然哈哈哈哈地大声笑起来，笑得爽朗欢欣，笑得花开朵绽，似乎这一晚，喝了酒、满嘴豪壮而荒唐的人不是罗遇而是她自己。夜，一下在两人交织着的目光间阳光灿烂、光芒万丈起来。

不知什么时候，慷慨激昂的罗遇犹如排向天空的浪涛又卷回大海般沉没到夜的深处，他终于进入了梦的港湾。

“呃——”他又发出了梦呓。

这段日子，罗遇老是做着一个相同题材的梦：他在一个大商场安装的石材壁套脱落了，大理石整块整块地从高处砸下来，把一些人砸得鲜血直流，还有人被当场砸死，目击者惊声尖叫，商场一片混乱……

惊醒了的罗遇一下跌入了现实，他伸手摸了摸，卫竹在身边。他又钻进了他的坟头，就在他借着那无形的时空隧道，从近五十年的岁月穿梭而过，一路又回到他生命中最为混沌、迷蒙而又最为愉悦、恬然的那种无知亦无畏的状态时，这个真真实实的世界里，只剩下了他的呼噜声。

这是多么怪异的一个婴儿，他能从她身上找到最彻底的慰藉。卫竹摸着他那有些秃的头顶，左右眼角又浸出两股泪来，泪水都沁到了她的头发里，又顺着发根渗到了她的头皮中。她脑子里的沟壑就像知道她人生中淅淅沥沥的泪水会在此时此刻如期而至，山谷静吮夜雨般，默默地饮着这一场清凉……

天一亮，旋旋就要到郦北了，她们母女就要进入一种全新的生活了，明天会怎样，明天会怎样，她心中竟完全没有数来。

24

旋旋很快适应了郦北的生活，偶尔也会提及渐行渐远的林凯旋。卫竹总告诉她：爸爸被公司派到国外去工作了，那里很远很远，要坐飞机还要坐轮船，要很多年后才能回来，不过他回来时，一定会给旋旋带回很多国外的巧克力，那时，旋旋都长成一个漂亮的大姑娘了。

黎淑媛在旋旋来到郦北的第二天就开始正正规规地教这个孩子弹钢琴，她发现，旋旋比她教过的任何一个孩子的悟性都好。琴声又在日子中流淌着，日子也在琴声中弹奏着。

一天，黎淑媛发现罗遇从院子里提来送给旋旋的那只小八哥死在了笼子里，正想着该如何安慰这个小姑娘。“旋旋，你看，鸟鸟睡着了。”

旋旋走过来一看，突然用了很科学很理性的语气对黎淑媛说，“不是的，奶奶，鸟鸟是死了。”

黎淑媛一下笑起来，自己连两三岁的小孩子也骗不了啦。“旋旋，你怎么知道鸟鸟是死了？”她反而好奇地问起这个孩子来。

“就像我爸爸一样，明明死了，我妈妈还说他到国外去了。”

“你爸爸死了？！”

黎淑媛突然听到了晴空里的一声炸雷，这炸雷似乎把这些日子以来更加混沌的她炸明醒了，她很快弄清了旋旋说的话是千真万确的事实，她还弄清了卫竹当时婚都没离就在和罗遇相亲，而卫竹现在正是一个丈夫刚死不久的寡妇！

“怪不得这女人身上一直有种气，才是阴气！”罗明珠得知这一切，仓仓皇皇地拉着黎淑媛的手，“你难道不知道，寡妇是要克男人命的！”

“这个女人，简直比吕纹琼还要恶毒一百倍一千倍！”黎淑媛对卫竹的憎恨顿时铺天盖地，她全身上下轰轰轰轰地抖起来，那哆嗦抖瑟的声音就像地震来临前一刻地心从千万里处发出的呼啸，“罗遇！罗遇！”她突然对着这个就要颠覆的世界大声喊了起来……

这天下午，下了班的卫竹领着旋旋一起回来，桌上不见黎淑媛做好的饭菜，房间也不像收拾过。她让旋旋看着动画片，自己动手做起来，饭菜做好了，摆在桌上等罗遇。天黑了，还不见罗遇回来。

“这头猪！”她只好添饭和旋旋一起先吃了。

罗遇的电话又打不通，他的手机又丢了？他又下围棋去了？卫竹又陷入等待的无底洞，只是这一次，门锁再没有从外插响，黎淑媛也再没有过来和她一起翘首等候。

一天过去了，两天过去了；

一周过去了，两周过去了；

一个月过去了，两个月过去了……

罗遇一直石沉大海。

旋旋又在傍晚时分按照黎淑媛的要求认真练习着钢琴，卫竹坐在窗边，左手托了腮，无名指上的那颗小石头在夜色中晶莹夺目，远远望去，就像火车头顶那盏可以照彻前程的灯，据说，火车头顶上那么光芒明亮的灯，也只有一粒豆子大。

街灯又亮了，一股暮风呼啦一声灌进敞开的窗户，整个房间像瞬间充盈起来的大气球，圆鼓鼓地向外膨胀、扩张着，似乎就要脱离地心的吸引和周围一切外力的拉拽，朝天空飘浮而去。

就在这时，卫竹突然无比清晰地想起了黎淑媛站在这个窗边给她讲过的那个故事：

女儿，老母亲给你说过真实的事。

十多年前，我们单位有一对恩爱的小夫妻，女的怀孕六七个月了，一天回娘家去拿什么东西，男的把她送到公交车上，说好了那边老丈人到站台上来接。女人刚上车，男的就打电话给老丈人说清了哪路车，也说清了车牌号，结果老丈人在那边等到了这趟车，却不见这个人，马上打电话过来问，男的说明明亲自送她上的这趟车，那边说是这趟车啊，就是不见人，一家人越说越心慌，赶忙丢了电话去找人，这一找就是十多年，十多年啊，就是没有这个孕妇的一点音信，一个人，两条命，就这样不见了。

一头送，一头接，你说人能到哪儿去?

那个男的这么多年来，把什么可能都想到了，最终还是没想明白，铁砣砣似的一个人，一天天垮成个衣架子。哎，远了的说来都不信，这可是我们单位的真人真事，男的叫李奇俊，女的叫杨秀娟。

三十年前的樱桃糖

1

羽青城往西一炷烟的功夫有个唤做午坪的镇子，平日车稀人少，街道冷清得就像路弯处低低瓦檐下的肖老尼，肖老尼的那张脸、脸上的那双眼、眼里的那丝神。如果一个人的神丝可以高倍放大，肖老尼眼里的那丝神就是午坪镇这条独一无二的街道了。她总是坐在瓦檐下，望着它。

除了赶集天，只有上学下学的孩儿从街道一哄而过时，小镇才会掀起片刻喧哗。比月拖拖拉拉走在那群嘻哈打闹的疯子孩儿后面，只等他们转过弯，就去肖老尼那儿买杯炒瓜子儿。

这是今天最后的生意了。

肖老尼收起五张一分一分的钱，一张一张展平了放在那块已成为黑手帕的白手帕里，再与里面的一小叠分角币裹了又裹，往怀揣去。肖老尼干瘪的怀好像一个无底的洞，叫她颤巍巍的手和比月亮晶晶的眸一时都很难探到底。

开春了，路旁的桉树正有新叶萌出，又薄又嫩的，恰似一片片伸出嘴的小舌头，风一吹，嘘儿啊嘘儿啊地直颤瑟，叫那些飘零入土的枯叶听了，免不了又想起自己昔日的新鲜样子。

要想象肖老尼的新鲜样子实在太难了。

她浑浊的双目不像曾经清澈，她嘴里残留的几颗长短不一的牙齿也不像曾经齐整，她被什么狠狠拧过的满是皱褶的肌肤更不像曾经丰润。她似乎生来就这个样。

比月其实害怕看她的，每次她又看了她一眼。

肖老尼的瓜子儿也不知哪儿来的，从她身后的小屋，凭空扯一缕光阴慢慢抖开，就会有黑乎乎的瓜子儿哗啦啦落下吧，比月看见肖老尼装炒瓜子儿的匾篓差不多都满着。

这条冷清的街道位于横贯午坪镇南北的沥青路的中段。沥青路将近两里，由上至下，间距不一地拉扯着午坪小学、供销社、储蓄所、区中学、邮电所、工务段、中医院、卫生所、镇政府、午坪油库这几家单位。“单位”在当时的午坪镇是容易产生距离的字眼儿。“他们是‘单位’上的”，这“单位”二字，即便在孩儿与孩儿之间，无端也会生分一些人和事。

沥青路只修到午坪油库，过了油库就断头了。用今天的眼光来看，三十年前的这截沥青路，网裂、推移、坑槽、泛油……大小病害几乎在短短里程集于一身。那些深深浅浅的辙槽内，时常还积着黄泥水，车一过，会把人溅个满身泥污。但这么一截遍体鳞伤的黑色地面，在午坪油库那帮单位上的孩儿的观念里，毫不含糊地就是路。

过了午坪油库，那些素面朝天、没有经过沥青铺筑的黄泥埂，即便再柔软再温存，在这帮愣孩儿的心目中也算不得路了。所以，每次走在这截断头路上，他们心里都比那些农村孩儿更自在，敝帚自珍地，好像这截路是他们自己家的一个裂了缝的碗、脱了瓷的盆，好歹能用着就行。这截路，自然成了他们家园——午坪油库的外延。他们的追逐、打闹、斗气、较劲儿，随着他们的脚印，都活蹦乱跳地洒在了这截沥青路上。

正从沥青路北端走向南端的一路孩儿中，羊天、刚娃、韦蛋、柳叶儿……个个比较得意。他们现在已经是一个力量越来越强悍的集体了，对付比月那个自以为是又自私自利的小贱人早不在话下。

其实，羊天、比月这两个俊朗、灵光如“清风”“明月”般的孩儿，一直在油库的大人眼中是有些前程的。只是这两个家伙越来越相去甚远地走进了两个不同的阵营。虽然一方人多势众，一方势单力薄，但势单力薄的这方丝毫也没示过弱，她的后盾可是有目共睹的坚强。

比月爹哒邹正龙邹师傅是午坪油库唯一的司机，开的是嘣嘣嘣嘣的小货车485。而今，比月仗着她爹哒邹正龙邹师傅新开上的东风牌大卡车，更是下巴抬得比脑门还要高，经常扬着她爹哒从羽青城给她捎回的新鲜玩意儿到处招摇，今天一个拧紧了发条就会跳来跳去的铁皮青蛙，明天一把轻轻动一下就可以现出两种图案的“变化”尺。最恼人的是，她总有零碎钱，总可以在放学路上买了好吃的，一路走一路吃。这对于一分钱也没有的羊天和其他孩儿无疑是痛彻身心的打击。

好在九岁的羊天，在这截不算短的沥青路上，已经敏锐地感悟到了很多东西，最起码一点，他知道他说话是不会有人装聋作哑的。

他说比月吃独食要拉稀，就有孩儿说亲耳听见比月在厕所里打机关枪；他说比月她娘咿被比月她爹哒甩了，也有孩儿站出来拍着胸口说亲眼看见比月她爹哒和某嬢嬢某姨姨做了那件事儿。

当这帮孩儿又在上学路上言之凿凿地说起比月、比月爹哒、娘咿他们这一家子的种种德行时，不知何时抄上来的比月猛地蹿出，一下挡在他们面前，棱眉鼓眼扫过每一个，狠狠唾了句：“婆娘嘴！”

众孩儿一怔，仿佛他们当中有谁不幸中了这一枪子弹，左右看过却相安无事，便“哟——呵”一下哗然开来，全都像屁股上挨了响响一鞭的马儿，更加欢畅痛快地奔腾而去。

太阳还没有落山，还美人痣般风姿绰约地点在天边。闲散着、劳作着的小镇人，只要看到这一路放了下午学的孩儿，就知道一天又算过了。

2

昨天，羊天娘咿在午坪街捡到一张十元钱的票子。逢场了，正盘算着打些油、割些肉，这钱竟生着心眼儿似的扑来了！羊天娘咿攥着它，从街头走到街尾，从街尾走到街头，就是不敢再摸出来。她甚至不敢再把它攥在手心里，她把揣在裤兜里的手打开，任那张十元票子落在裤兜底，她的指尖隐隐触着它，她惶惶地感觉到：它在，它在。虽然它不在她的手心里，但它千真万确在她的裤兜里。

上个月，羊天娘咿才丢了钱。

现在想起，那天哪儿是丢了钱，分明是丢了一根儿魂。那天，羊天娘咿到邮电所给羊天爹哒汇生活费，羊天爹哒在省城学习沥青作业的新工艺，带去的三十元生活费快没了，让羊天娘咿再寄十元。羊天娘咿心疼羊天爹哒，想多寄十元，又觉得多寄十元家里有些紧，就考虑寄十五元。那张五元票子就这样被踌躇着，拿出去又收回来，收回来又拿出去，最后还是收回来了。可羊天娘咿回到家一摸，这张五元票子不见了。

从那一刻起，羊天娘咿一直抱怨自己，早知道这样，少带五元钱出门就没事儿了，带出去一并寄给羊天爹哒也没事儿了。现在，这张五元票子在哪儿丢的，怎么丢的，她什么都记不起了，只觉得自从这张五元票子不见踪影的那一刻起，自己就恍恍惚惚地头重脚轻着。

“嘀嘀嘀——嘀”，一阵刺耳的喇叭声从油坝子传来，从郊县开来的拉着空油桶的大卡车又呼啸着拐进午坪油库了。司机师傅不耐烦地摁着大喇叭催促工人去卸桶子。这天，是羊天娘咿、李婶子和老软当班。恍恍惚惚、头重脚轻的羊天娘咿，不得不硬着头皮像往常一样小跑着赶到油坝子。

这些大油桶，一律齐胸高，是专门拉来装运沥青的。因为都是些空桶子，所以在出发地被尽可能高地垒着放了两三层。羊天娘咿爬上车厢，刚解开绑拉着铁桶的粗麻绳的一个结头，码得高高的大油桶突然山崩地塌般乱滚而下，个个怀了深仇大恨似的朝她狠命砸来，还站在油坝子的李婶子和老软顿时吓呆了，完嘞，完嘞，羊天娘咿一定完嘞！

结果谁也没料到，大油桶一个个扑通扑通落定在地，羊天娘咿还端端站在车厢里——就那么一丝一毫之差，横祸当头的羊天娘咿居然安然无恙。后来，醒事儿的李婶子说，这不正应了蚀财免灾？

几天后终于回过神来的羊天娘咿，在穿衣镜前检索着自己的好鼻子好眼睛好脚板好手指头，突然万分感念那丢失了的五元钱。是啊，日子中好多看不见的灾啊祸啊都是需要打点的。这几年，她一直帮着油库的老老少少织线衣，这个月帮巫挨球拆一堆白线手套织背心，下个月又帮王独眼翻新他的旧线裤，一年到头手上都没停歇过，其中的小功德不是没有，但紧要关头这些德量还不够，还需要一些钱财去冲抵吧。这样念来，那五元钱真的丢得千值万值了。

此后买米买菜，每逢那些不会算账的老乡多补了几毛几分，羊天娘咿必定丝毫不贪，甚而急急忙忙送瘟神似的如数奉还，唯恐走向蚀财免灾的另一面——进财揽灾。然而昨天集市上面对脚尖前这张折了又折的十元票子，羊天娘咿却怎么也不能视之为“瘟神”了。她是那么敏捷地弯下腰那么迅速精准地捡起它，攥在手心并把整个手都严严实实揣在了深深的裤兜里。

十元钱，一个人一个月的生活呢！

“捡嘞当买嘞，金子银子换不嘞”，在午坪镇，这是连孩儿都懂的规矩。然而整整一天，羊天娘咿不仅不敢使它，更不敢留它。昨晚无疑是个难眠之夜。

羊天的脸儿睡得红红的，像个呼吱呼吱燃烧着的小火炭。户外的风比往夜更加气势汹汹地撞击着门、撞击着窗，硬要闯进来拉扯了什么走。羊天娘咿躺在孩儿身边，眼睛闭着，心里迷迷糊糊合计着那张十元票子，可以割多少猪肉腌多少腊味。她甚至想到灌香肠，还是前胛好，这部分肉嫩，肥瘦也合适；烟熏呢，还是五花肉最好，吃着爽口……

第二天一大早，拎着便桶走向厕所，羊天娘咿的脚步有些急促。四下都还笼罩着睡意，朦胧天色里不见一个人影儿。到了女厕所，羊天娘咿搁下便桶就绕到挡门后去挪墙头的剑兰，沉重的旧瓷盆底下，塑料纸包着的东西还在。呃，把钱藏在家门外，这个鬼板眼儿，也是她昨晚临睡前才想到的。从天而降的财拒在门外，从天而降的祸啊患啊也拒在门外吧。羊天娘咿就是仗着这个最简单的道理求得一夜心安的。

好在这个秘密只有天知地知，当手指触摸到裹了一层又一层的塑料纸时，羊天娘咿舒了一口气，她用指尖轻轻抚了抚这位折腾了她一晚上的祖宗，又把那盆沉重的剑兰慢慢挪了回去，重新五指山似地压着它。看来，她给它找的这个地方还是稳妥的。

整整一上午，这张稳妥地压在一个破旧瓷盆下的十元票子却在羊天娘咿的脑子里飘来荡去。到底用它做什么才是个好？总不能一辈子把它搁那儿吧。

大上午过了，明媚的阳光正向万物倾洒着柔情蜜意，窗外的篮球场上围起了一圈人，镇上的哑巴林挎着他的海鸥牌双镜头相机站在中央不停地比画着。他想给油库的人照相，大家伙都说没意思，谁也不照，人只见得越围越多。

站在窗子底下，羊天娘咿有一针没一针地夺着手中的腈纶线，一针儿夺斜了，指尖生生地疼着，她的心却在这时吱呀一声儿开了窍——把钱花在大伙儿身上，总不会有错吧！即刻，她对这个主意有了百分之百、千分之千、万分之万的把握，当下把针线往床上一扔，推开门就兴冲冲地喊了起来：

"来来来呃，我请大有照！照照照，不照白不照呃！"

"没意思，可惜了钱。"

众人说着，奇怪地睨向羊天娘咿，哑巴林激动的手势还悬在半空中。

"明了说，我昨天赶场在午坪街上捡到一张十元票子，正不知怎样使呃，现在拿来大家伙儿照相算嘞！你们不要客气，反正捡来的孩儿当脚踢。快照快照，挨着挨着，一个一个地照……”

如此说明，大家也不再说照相没意思，只说等孩儿们放学回来再照。羊天娘咿催道，等什么等，你们先照。大上午了，孩儿们快回来了，回来了又照嘛！十元钱，够得你们几爹哒照的！

正说着，羊天、刚娃……这串孩儿一线儿地全从油库大门口射了进来。

“照相——，照相！”“快来照相呃！”

大人们振膀挥臂地招揽着，好像个个都是请大家照相的主。孩儿自然格外稀奇和欣喜，单人的、双人的、一家子的、两隔壁的、老乡的、同姓的、男人的、女人的……都变着花样照了。哑巴林忙得不亦乐乎，最后，他拍着手建议油库所有人在内，拍张全家福。

拨浪鼓一摇，男女老少都笑了。

3

在这张簇新的全家福上，酒婴看到了狮子狗。那条总喜欢凶巴巴叫唤的大黄狗此时在凛凛的威风中也透出了一份腼腆，躬腰抱着它脖子的那个满脸春风阳光的男儿家是羊天，羊天左边是刚娃、韦蛋、乌子、溪儿，右边是小虹虹、柳叶儿，蒙女子，比月在第二排最边上挨着她娘咿陈芙蓉，最后一排那个最高个儿是酒婴她自己的爹哒——锅炉工何朝元……照片上酒婴她爹哒何朝元不会突然沉下脸，也不会一下子就转身弃她而去。

酒婴盯着照片看了又看，在这张全家福上还是没有找到她自己。

“我呃，我在哪儿呃？比月姐唊？”

酒婴比比月高出一个脑袋，身坯也肉实很多，俨然一个有模有样的大姑娘了，但她还是管所有男儿家叫哥嘎、管所有女儿家叫姐唊。孩儿们都习惯了她的高抬，自然也轻蔑地不把她当回事儿。

大人都说，酒婴是她爹哒何朝元醉酒后生下的傻大姐。其实在午坪油库的孩儿看来，这个傻大姐也不是太傻。都说傻子的眼睛是木的，酒婴那绒绒睫毛庇护下的油黑脂白的眼眸子却格外明澈，认真一看，她的脸是标准的鹅蛋脸，眉是典型的柳叶眉，眼是正宗的丹凤眼……再认真一看，那错落有致的五官还呈现出一派端庄和大方，只可惜这张端庄大方的鹅蛋脸上总是挂着笑，那种时时刻刻都喜出望外的笑，让人只消瞄上一眼就知道她是酒婴。

酒婴发现有人在看她，也不等你说什么，盈盈的唇早已裂开，上下两排白晶晶的皓齿儿都露了出来。酒婴的牙齿特别齐整，又可惜的是，她每一瓣儿牙都大了些，就算她哪天不那么喜出望外地笑，一不留神儿露出这副白晶晶的大瓣儿大瓣儿的牙，整个人看上去也是不够灵光的。

酒婴的学名不知是何小凤还是何金凤，反正没有谁一个字是一个字地叫过她的真名本姓，她爹哒、学校里的老师都叫她酒婴。酒婴的岁数也无人确知，在午坪镇那所一个年级只有一个班的小学校，她几乎和油库的所有孩儿都做过同班同学。

比月自然不屑于和酒婴一起玩，甚至懒得跟她说上一两句话。所以，当酒婴又用了热切而不解的语气再次问道，“比月姐唉，我在哪儿呃？”

比月没好气地说：“你被狮子狗吃掉嘞。”

“喝喝，那我现在怎么在这儿呃？”

“你又被狮子狗拉出来嘞。”

“喝喝，喝……”

无论比月怎样嫌恶酒婴，酒婴见了比月还是一如既往地热忱。每次在上学或下学的路上碰见了，“比月姐唉！”酒婴依然欢天喜地地迎上去。

4

最近一周，备受羊天和其他孩儿冷落的比月越来越孤单，从家到学校的那截沥青路也变得越来越长。这一天，在放学路上走着走着的她不知什么时候踢起一块小石头来。小石头踢到哪儿，她就跑到哪儿，一追一赶，倒还有些趣。踢到一个下坡处，小石头骨碌骨碌地连趟翻滚着，不知了去向。

这块石头已经踢了这么久，本想把它日复一日踢下去，石头却中了魔咒似的从眼皮下消失了，比月又闷闷不乐起来。这时，不知从什么地方哗地腾出来的酒婴，突然伸出一只捏成拳的手，七分讨好三分卖弄地叫道："比月姐咦，你看，这是什么！"

话还没说完，拳头打开了。比月一睨，正是她刚才踢的那块小石头。

现在，比月已经发现和酒婴一起走路的诸多好处来——

再不用亲自到难看的肖老尼那儿买炒瓜子儿、去腌臜的李胖头那儿买炸麻花儿、去地方又远人又特别哆里哆嗦的刘三婆那儿买泡萝卜片了……只要唤一声"酒婴，去帮我整点儿糊嘴的来呃"，零碎钱悉数往酒婴手里一塞，领了命的酒婴便扑棱棱地飞奔去。

不多时，买好东西的酒婴又扑棱棱地飞奔回。比月发现，这个酒婴，办事其实蛮牢靠的，不仅从来没有把钱弄丢，飞奔途中，连每一粒瓜子儿都给她护得好好的。瓜子儿装在酒婴的衣兜里，酒婴总会用手紧紧捂住衣兜口，一只手怕捂不严，还重上另一只，因为个子高，为了确保捂严衣兜口，她又必须躬了些身，老远看去，就像一个人肚子疼而用双手捂着腹部，滑稽的是，这个肚子疼的人又跑得那样欢快。

比月发现，酒婴还有一个最大的好处——她兴冲冲买了东西回来，你一丁点儿不分她都完全没关系，当着她的面，你完全可以自自在在地吃自己的东西，你一点儿也用不着心亏气虚，她顶多只是把你看着，脸上仍带着欢喜，好像看着你吃你自己的东西，对她来说也是一种享受。下一次，你再让她跑腿，她仍扑棱棱地飞奔去。

转眼过了端午，这天下午特别热，每一片树叶都耷拉着，偃旗息鼓地，再不敢和日头倔一句嘴。比月一出校门就拿了一毛钱给酒婴，让她到刘三婆那儿买两只糯米冰糕。

“两只？”酒婴以为听错了，特别问道。

“是呃，两只。”

“两只呃？”

“两只嘞。”

那天，酒婴格外激动，扑闪闪的丹凤眼里甚至迸发出奇异的光彩，扑棱棱跑起来，身后是一阵飞尘。烈日下，当酒婴气喘吁吁举着两只糯米冰糕从公路对面的小卖部再奔回时，冰糕已经融了好些水在她手上。

“跑得够快呃。”比月伸出两只手，一左一右迎接回自己的两只糯米冰糕，随即很逍遥地左手一口右手一口地舔了起来。

两手空空的酒婴，看着交替着把两只糯米冰糕舔得滋味悠长的比月，一瞬间，双目里的异彩像是霞光被云层遮住了，突然有了黯然神伤的样子。她的两只手还向前方伸着，时间似乎定格了这一刻。但是仅仅就这么一瞬间之后，她那喜出望外的笑又浮在了脸上。

这回，酒婴笑得更加欢欣鼓舞而明媚开怀了——她想起自己两只手都是甜的，刚才冰糕水才顺着她的手指流到了手掌、手腕直至手臂，这不，现在每个指头还黏黏的。

“喝喝，喝……”酒婴欢欢喜喜地把左右两只手的手指伸到嘴前，如同比月交替着享用两个糯米冰糕一般，左手一口右手一口地舔起自己的手指来，滋味似乎更悠长。

5

连续下了几场大雨，天气又骤然转凉。午坪这地方，从来“下雨便是冬”。看着千丝万缕把天地密密缝合着的雨线，无论大人还是孩儿，都有一件没一件地往自己身上笼着厚衣裳。

这天晚饭后，油库的男女老少又早早守候在娱乐室，等着看《霍元甲》。娱乐室里有四五排长条椅，长条椅正前方有一个老旧的木柜子，木柜子上有一个漆着绿漆的木箱子，木箱子里锁着一台12寸的黑白电视机。这个木箱子平时都上了锁，银光闪闪的锁钥匙由刘大脚专门包管着。每天晚上六点半，刘大脚拎了钥匙进来把木箱子打开，把电视拧亮，到九点便准时啪地关了电视关木箱。来得晚的人，通常只能自己扛着板凳挤过道，没尽兴的人最后也只能被刘大脚“明个请早”这千年不变的四个字安慰一声。

刘大脚还没进来，比月进来了。

眼睛贼亮的孩儿都发现，这个小贱人今天竟然穿了一件膨体线织的毛衣，光鲜得蓬松得好像她自己也是一截膨体线。羊天、刚娃、韦蛋、柳叶儿、乌子很快把目光扭向一边，小虹虹、溪儿、蒙女子这些中间派也不愿搭理她了，坐在前排的他们本能地挪了挪身子，相互间拉开点距离，把长条椅霸得更满了，大家的目的出奇的一致——就是让她没法卡进来。

比月早把一切细微看在眼里，她抬着下巴径直走到第二排秦娘咿和酒婴中间，端端坐下去。酒婴早给她占了位置，她才犯不着屈了尊去卡什么缝呢。舒舒服服坐下来的比月心里不只是惬意，简直有些得意了。现在她好歹暗地里也有个伴儿，不，是有条跟班狗儿，不不，确切地说，是有条哈巴狗了。这有什么不好？她的心抿笑着，这难道不是更好。

霍元甲刚放完，最前排的疯子孩儿又一哄而出，跑到宿舍楼的过厅和走廊里去翻演最新的剧情了，酒婴也被这阵风一卷而去。他们的角色几乎是固定的，羊天演霍元甲，刚娃演陈真，韦蛋演刘振声，溪儿演陆大安，乌子演龙海生，比月心里一直想演赵倩男的，但这个角色早被柳叶儿演了，他们还让小虹虹演王秀枝，让蒙女子演霍元英，酒婴呢，当然只能演俄国大力士。

当他们又开始喝哈嘿呵地使拳蹬腿时，比月通常站在娱乐室的窗户前，隔了玻璃遥望他们的一招一式。比月看到，酒婴已经不情愿再演俄国大力士了，虽然“比武擂台”上，“霍元甲”“陈真”假装让她赢一两局，但到了后面，“迷踪拳”一使出来，酒婴只有被打被踢的份儿，她可能真的被打疼踢痛了。

被踢痛打疼的酒婴依然是喜悦的样子，不从头到尾看着这一幕幕戏，你还真不知道谁享受着谁忍受着。比月又不能站出来说什么，隔着一层玻璃，她和他们好像隔着一道江一条河，彼岸是彼岸的热闹，此岸是此岸的冷清，要么观望，要么只有转身。

新学期又到了。开校那天，捧着新课本的比月刚跨进三年级教室，就看见同学们又涌在教室后面的一个墙角处“挤油渣儿”。只要天气一冷，这帮愣孩儿，不管是单位上的，还是农村里的，最喜欢玩的就是“挤油渣儿”。一挤起油渣儿来，你我他全没有界线和隔阂了。

“挤油渣儿嘞！”一个孩儿往墙角一站，即刻就有孩儿跟着围了过来，“挤呃！”“挤呃！”围来的孩儿边喊边往站在墙角的孩儿身上挤，人越围越多，孩儿们一股脑儿地顶着肩攘着臂，使劲儿往墙角挤，越挤越带劲儿，越挤越热气冲天。有的被挤出来了，赶忙又跑到后面站了接着再往里挤。

一个高高大大的身影鹤立鸡群般夹杂在这堆熙熙攘攘的孩儿当中，比月起初还以为是新来的老师，随后听到喝喝喝喝的笑，还没来得及避开眼神，“比月姐唊——”一声洪亮并欢喜得不得了的招呼又打了过来。

从这天开始，酒婴开始和比月做同班同学。但是，这个高高大大的身影在老师眼里几乎荡然无存。没有哪个老师会抽她回答问题，也没有哪个老师会批改她的作业。落得自在的酒婴，每天的任务似乎就是在从午坪油库到午坪小学的沥青路上来来回回走那么几趟，再在教室的墙角里挤那么几回油渣儿。

酒婴总是喜悦的。这个班上的好多活儿现在统统归了她，提水、扫地、倒垃圾、冲厕所……无论干什么，酒婴都快活。这个班级，也因为酒婴，平添出许多欢乐的气氛。

和酒婴同桌的那个小男生，是附近生产队的捣蛋孩儿。平时这个捣蛋孩儿总看不惯那帮单位上的狂妄孩儿，现在分了个酒婴和他坐，他便总要想些法子捉弄捉弄这个单位上的傻大姐。其中屡试不爽的一个法子是，每天早上酒婴进了教室走到座位正要坐下的时候，一下子把板凳抽开，酒婴一屁股落了空，高高的身子噗地跌个四脚朝天。

“哈哈哈哈哈……”

一天的功课就从这样欢畅的笑声中开始。

有一天，比月上学来晚了，走进教室却发现气氛和往日大不相同。酒婴站在教室后面，垂着头，畏畏缩缩地，像是犯下了不可饶恕的错误。

孩儿们都交头接耳地议论着，有说酒婴的同桌天天抽她的板凳，害得她把屁股摔烂，现在屁股上的血把板凳都染红嘞；有说酒婴是得了不得了的病，最多活不过三天……而酒婴不能坐回座位的原因是，她的同桌——那个总是搞恶作剧的小男生担心她把这种不得了的疾病传染给他。

老师后来查看了那条被血染红的板凳，冷静地对仍垂着头、畏畏缩缩站在教室后面的酒婴说："你已经是个大人嘞，回去吧，你不用再到这儿来上课嘞。"

酒婴垂着头出了教室，她的书包啪地从窗户口扔了出来。坐在最前排的比月脑子里轰地浮现着酒婴板凳上的血迹，莫名感到一阵阵惊恐，比月想，站在教室外面的酒婴一定害怕得哭嘞，但比月只见过酒婴笑，从来没见过酒婴哭，她还不知道酒婴会不会哭。

"你送酒婴回去呃。"老师指了愣着的比月。

比月走出来，发现酒婴已不在教室门口，四下望去，才看见不远处的水沟边，酒婴正蹲在那儿，一把一把用手蘸了水沟的水往裤裆里去洗，两只裤腿都湿透了，稀释了的血水顺着她的脚脖子往鞋里流，她还在往里面浇水。

站在水沟边，看着一股股血水蚯蚓似地爬出来，比月一瞬间相信了那帮孩儿的话——酒婴最多活不过三天嘞。

回去的路上，两人都一言不发。快到李胖头的小卖部时，比月突然对酒婴说，"等一下。"比月走出小卖部时，手里拿了两把麻花儿。

"给。"她直接递了一把给酒婴。酒婴一下子没反应过来是怎么回事，走在前面的比月已经埋了头嚼自己的麻花儿。酒婴木木地，不知怎么办才好。拿着麻花儿，跟在比月身后走了好长一截，才像比月那样，一言不发地埋了头嚼起自己手中的麻花儿来。

遍体疮痍的沥青路上，只听见两个女儿家细细咀嚼麻花儿的声音一声比一声轻，一声比一声脆。

到了屋，比月哭丧着对她娘咿陈芙蓉说，酒婴要死嘞，酒婴要死嘞，酒婴她，她屁股里流了好多血……

比月娘咿一听，大致知道了怎么回事，白了眼对比月说："我看你天天跟她搅在一起，也成个傻大姐嘞！"说罢，又阴着脸叹口气，"呃，她那个爹哒几时管过她，她那个娘咿，也不见个鬼影子。去，去把酒婴叫来，我给她两包纸。"

没有酒婴同路的比月，又只有一个人踢着石头去上学。但是现在，踢飞的石头，再也没有人帮她找回来。还有哪些总是对她招着手的炒瓜子儿、炸麻花儿、泡萝卜片儿……要吃也只有自己亲自去买了，从家到学校的沥青路又变得又远又长。

6

午坪的冬天好极目荒凉。枯草全都屈服了它们曾经气度不凡的身姿，唯唯诺诺向每一阵呼啸着来去的寒风俯首称臣；树木还嶙峋地支撑着一种风骨，奈何最后一片遮羞的叶子也扬长而去。

整个冬季，只有从孩儿们臃肿的身上可以看到鲜红和翠绿，它们忽而点染在远山、忽而绽放在水畔。

一

"羊天哥嘎，我们又发现了一处最好玩的地方！这个地方是别处找不到的，大人们也不会想到！"

刚娃、溪儿和乌子乎同时奔到篮球板下，争先恐后地向正拍着篮球的羊天报告这一重大发现。他们的脸蛋因为得意和激越煽起了簇簇火苗，嘴鼻前迫不及待地喷出团团白雾，从他们体内喘出的每一句话也烧得热腾腾的。

"真的是最最最最最最最最最……最好玩的地方！"

乌子也不知道用了多少个"最"字，似乎一个最字把他的想法表达不够，两个三个最字也表达不够，必须是无穷的最字才能把他的想法表达清楚。

"在哪儿？快带我看去！"

羊天收了篮球，随他们眨眼就不见踪影。

绕过堆放着沥青桶的油坝子、钻过一堵残缺的围墙、再爬上一道水泥坎儿、又顺着低矮的瓦檐、拐进一条狭长的通道……随即看到前面的红砖墙体上有一个半人高的窟窿，地上还有一堆碎断的砖块。几个孩儿交换了一下眼神，相继钻进这墙窟窿，豁然呈现在眼前的果真是羊天做梦也没见到过的景象——

这是一个空旷的大厅，大厅的顶和壁确实积灰累尘、风侵雨蚀了，默默显出颓废不堪的样子，但凹下边坎一米来深的"池面"却漆墨般锃亮，犹如世间最平整、华贵而精致的地板，足足一个篮球场大的面积内，没有一丝一毫的缝隙。

一番啧啧惊叹后，他们啪啪啪跳进这个凝固了的沥青池，拉着手一趟跑过去，一趟奔过来。他们的脚板亲密地感触着这片新异的“大陆”——这是多么紧致、坚韧而爽朗的土地！

溪儿在上面又翻筋斗又打滚儿的，乌子竖起了他最拿手的倒栽盅，羊天、刚娃干脆在上面来来回回地四脚爬行。最后，玩累了的他们全都仰躺在上面，咬唇皱眉地商议着如何利用它。

说着说着，几个“哥伦布”才恍然这方宝地除了干净平滑之外，再没有其他好处。

“呃，我们可以偷些东西在这儿来吃嘞，保准谁也不会发现！”

羊天话音一落，刚娃、乌子和溪儿就是一阵拨云见日的尖叫。

“关键是不能让那个贱人知道。”羊天说着，用眼神牵了那三人的眼神。刚娃、乌子、溪儿都心领神会，大声回道：“那还用说呃！不仅不能让她知道，现在好多事也不能告诉酒婴嘞，酒婴虽然没上学，但她还是她的跟班儿狗，不，哈巴狗！”

“对对对！”羊天翻过身来抚摸着池面，一下发现刚才还镜子般光洁的沥青池面竟然有些暗涩了，不禁有些遗憾。

“看它成了什么样！”

“没事儿，明天再来，保准又还原嘞！”刚娃蛮有把握地应着。

羊天用手撑了沥青面，一下跃起来。

“不过，我觉得如果不让她们两个到这里来，我们吃的东西会很少。”

“是呃，现在比月的零碎钱是越来越多嘞，她每天都在买东西吃，简直故意气我们。”

“反正这地方她们早晚也会溜进来的，不如这样，还是让她们下次就跟我们一起进来，但是规定她们两个必须带好多好吃的。”

羊天这一提议，似乎正中其他几个孩儿的下怀。大家稍稍思虑了一下，急忙点的点头，接的接话。

“对对对对，比月嘞，让她买现在最新式的东西给我们吃。让她多攒点零碎钱，多买些好吃的。”

“酒婴嘞，就让她去偷她爹哒下酒的花生和豆腐干。”

“我可以割几节我们家的香肠。”

“我带皮蛋来，剥了壳就可以吃。”

“我弄一瓶蜂蜜！”

……

四个孩儿兴致勃勃地合计着，在返回的路上，羊天又安排他们分头通知人。还没有到晚上，油库所有孩儿都知道了这个天大秘密——贮油池的外墙烂了个大窟窿！大家都后脚追前脚地跑到实地钻进大窟窿，把里面的景观一睹为快了，回来后，一个赛一个地兴奋着，暗暗想方设法地倒腾各种吃食，只盼在那儿盛大开宴。

比月因为吃独食被孤立了这么久，现在突然受到赦免般获准重新回到群伙中来，不免很是悔过自新，更绞尽脑汁地筹备着好吃的。想想一下子又要和大家一起说笑玩耍了，比月还真的有些不好意思起来，甚至有些不自在，她不知道怎样起这个头，好在有酒婴，只要酒婴在，什么都不尴尬了。

7

遗憾的是这个令所有孩儿翘首企盼的盛宴还没来得及开场就泡汤了。

刚娃娘咿首先发现家里的香肠少了，起初还以为是狮子狗衔了去，又觉得不太可能，寻思过去寻思过来，结果在刚娃书包里发现了三节。刚娃屈打成招，终于把什么都交代了。

因为涉及的人户之多，这件事连油库的负责人——骆大胡子都被惊动了。那天，这位满脸络腮胡的大男人，把家家户户的孩儿统统集中在篮球场，阴着脸，许久没有作声。所有人都以为骆大胡子接下来一定要大发雷霆了——这帮不知天高地厚的野孩儿居然擅自撞入他管辖内的午坪油库最隐秘的核心地带了！

骆大胡子一旦发怒，别说孩儿心惊胆战，就是工人们也会畏他一尺惧他一丈。他吼起来，窗户玻璃都会格格格格地抖瑟。出人意料的是，这天骆大胡子的声音又沉又低，甚至还有些小声，家丑不可外扬似的，他的声音低得让站在最后的孩儿都有些听不清楚了。

“那地方是能去的吗？那是什么地方？”

骆大胡子的声音虽然低，但他的头、下巴一直微微扬着，风吹着他的头发、眉毛、眼睫毛，他身上的这些纤毫都微微扬着。被自己娘咿揍得鼻青脸肿的刚娃发现，此时的骆大胡子竟伟岸凛然如一尊夕阳朔风中的雕塑，雕塑的目光也是扬着的。

“那是沥青池呃。沥青是什么？”

“沥青这个东西，它比什么都——诡！”

说到这个“诡”字，骆大胡子的声音徒然高了起来。好像沥青这个东西真的很“诡”，他必须啪地一巴掌揭穿它。

“它一会儿硬一会儿软，你们以为它好玩。”

骆大胡子的声音又低了下来。

“是呃，它硬的时候，光鲜鲜亮堂堂，黑宝石、黑玻璃、黑水晶、黑玉，你怎么说它它都当得起，这时候它干干净净、斯斯文文，你也闻不到它的一点气味。就像你们在池子里看到的一样，别说踩在上面，就是坐在上面，躺在上面，睡在上面，都比任何东西安逸。不瞒你们几爹哒说，我第一次看到这种凝固的纯沥青，甚至还想把它们打成一串珠子串成链子戴着脖子上嘞。”

“但是大家千千万万不要忘嘞！”

骆大胡子的声音突然又拔得老高，就像学校里那个头发花白的数学老师，要讲重点了。

“沥青这个东西，最经不起一种考验。它最经不起的是什么？是温度！只要温度一上升，它马上就变软，什么东西一挨着它，它都会把你粘住，扯也扯不开，拔也拔不掉！”

孩儿们怔怔地，骆大胡子的声音忽地又从波峰急剧跌到了波谷。

“更狠的是，沥青这个东西，它有毒呃！最要命的是，它致癌呃！你们都认识镇上那个肖老尼吧，我问你们，有谁知道她为什么叫肖老尼？”

有孩儿窃窃道：“因为她是尼姑。”

“为什么说她是尼姑？”

“因为她没有头发。”

“她为什么没有头发？”

孩儿都答不上了。

“我告诉你们，这个肖老尼其实叫肖群芳，根本不是什么尼姑，很早以前，她是我们油库的工人呃，就因为长期和沥青接触，她的头发一根根全部掉光嘞。退休后她是再不敢在油库这里住，所以才一个人远远地搬到镇上去嘞！”

“而现在，我们不仅离不开沥青，还更多地依赖沥青。现在各行各业正在搞建设，搞建设就离不开沥青，修桥要它，铺路要它，盖房子要它，我和你们爹哒娘咿，不得不和这个鬼东西打交道，但是每次干完活路下来，我们对这个黑不溜秋的家伙躲都躲不及！”

“你们倒好，居然找上门去，还要偷了东西到里面去吃，我告诉你们，只要温度一升高，不知不觉地它就会变软，什么时候把你粘住了你都不知道。它一旦大面积粘住你，就是阎王爷抱住你的腿嘞。更不能想象的是，锅炉房的蒸汽管一旦打开，里面的沥青就会熔化，到时候你们没有一个人爬得出来！”

“很早以前，就有一个孩儿陷在这个沥青池里，救都没法救，最后死在那里面，现在这个沥青池，就是他的墓地呃……你们要是哪个不相信，现在就滚回去问自己的爹哒和娘咿！”

骆大胡子的话讲到这儿，孩儿们全都愣了，一时间几乎连气都不敢出，个个半张着嘴，变得比酒婴还要傻愣。沥青，这个与他们从小相依相伴的亲密伙伴，一下子变得好生狰狞。

“诡得很”、“最狠”、“有毒”、“致癌”、“要命”……沥青的种种德行，平常这些野孩儿疯孩儿也不是完全不知，但今天骆大胡子徒然把沥青的脸面完全撕开了，他们才发现，从小生活在沥青王国的他们，对沥青其实是多么陌生，他们与沥青这个黑不溜秋的家伙一起厮混的每一个日日夜夜也是多么稀里糊涂。

骆大胡子的这番训话立竿见影，从此之后，所有孩儿，包括后来长大的那些比他们更小的孩儿，再没有谁提及进沥青池的事儿了。

8

半个月之后，油库又传出一件新鲜事儿。

这事儿应该说是老少皆宜，所以几乎全油库的人都在奔走相告——锅炉房旁边的浴室就要开放嘞！在大冬天冲个滚滚的热水澡，这对于平常只能提了一桶水抹抹身子的他们来说，无疑是一种近乎奢侈的享受。

虽然这个浴室每个月只有卸油的那几天才有热水供应，但它依旧成了当下大家最为热切的期盼。

浴室是酒婴她爹哒何朝元提议修建的。别看酒婴不成器，她爹哒何朝元却是个难得的聪明人。何朝元脑子里有很多奇思妙想，工人们都管他叫何状元。只要不喝酒，何状元真是午坪油库的一个人才。几年前，他就发现油库锅炉房里那台足有一层楼高的巨型锅炉的热能没有充分利用，为此他专门给北方的锅炉厂家写了《ＴＳ－５０７巨型锅炉热能利用探索》的建议书，特别令他欣慰并引以为傲的是，北方锅炉厂家还真的给他回了信，这封信至今都被他珍藏着，回信反过来建议他“因地制宜进行实验并把相关方案结合实际组织实施。”

从此以后，何状元对午坪油库这台ＴＳ－５０７巨型锅炉充满了奇怪的感情，同时也为这台锅炉倾注了更多的精力。每个月卸油的那几天，对于专门负责烧锅炉的何状元来说，是最惬意的日子。他明白启动这个大家伙的每一道程序，也对大大小小仪表盘上的各种指示心领神会，甚至对燃料的调配比例都拿捏得恰到好处。他好像摸透了这个大块头的性子和口味。

坐在锅炉旁的何状元很清楚什么时候往锅炉的大圆嘴里铲煤，什么时候加风。当他一铲一铲为锅炉加煤时，那份精心与细致不亚于给一个嗷嗷待哺的婴儿喂食。熊熊火焰映照着他的脸膛，无论晨昏，都红光满面。这时候的何状元，几乎沉浸在不可言说的曼妙中。

不烧锅炉的时候，何状元的脸膛黯然无泽，他常常端着半瓷盅白酒，像喝酽得发苦的药一样喝着它。瓷盅见底的时候，他的脸上才渐渐泛出红光，这时候的何状元，又像守在锅炉的火膛门一样，眼里也闪着簇簇烈焰。

锅炉房旁边的浴室终于在何状元振振有词的理念下应运而生并大功告成。带着好奇心，人们都先进去参观了一下。

这实际上是个简陋的场所，进门首先看到的是一个水泥糊成的浴盆，这个浴盆比较大，估计一头牛都可以蜷缩在里面。何状元解释道，浴盆主要是用来贮水的，以备急时之需。

浴盆左边是一排喷头，老软像个导游似的指了它们对众人介绍着："大家看，大家看，这六个莲蓬样的喷头是何状元亲手做的，喷头上的每一个小孔都是何状元用钉子一个一个凿成的！"

何状元却遗憾地说，主要是没材料嘞，所以喷头下对应着的每个澡位与每个澡位之间，都没有任何隔断和遮挡。经这一提醒，大家才想象着站在喷头下洗浴时令人一览无余的场景，不约而同都皱了眉，"光溜溜看着光溜溜，那怎么好意思呢？"

"可以穿着内裤洗嘞。"有人提议道。众人随即如释重负，"对对对对，穿着内裤洗，穿着内裤洗。"

浴室开放这天，先是卸油的男工洗，之后是女工，再之后是男儿家，比月、小虹虹、柳叶儿，蒙女子，酒婴……都耐心等待着，轮在最后，她们倒可以不慌不忙地好好体验和享受。

这天，几个女儿家站在喷头下，生平第一次发现自己的身体是那么水瘦山寒，柳叶儿甚至发现，自己瘦瘦削削的胳膊、腿杆简直就像挂在她家自留地里竹条架上的铁线豇豆。唯独酒婴与众不同，她的身体已经蓬勃得花是花朵是朵了。

酒婴的皮肤不叫白，拿三十年后的话来说，是让人心旌荡漾的小麦色。三十年前，酒婴确实是一粒饱满的麦粒了。她身上该茁壮的地方都茁壮着，两条胳膊两条腿特别盈润丰腴，她身体的每一处都欣欣向荣。

后来成了商业油画师的柳叶儿每当回想起童年自己和一帮女儿家帮酒婴洗澡的这一幕，都会在心底感念她对人体美的认识就是这一刻从酒婴身上得以启蒙的。但是当时的柳叶儿并没意识到这一点，在那天她们五六个女儿家第一次集体洗浴时，她只是发现酒婴的脖颈、臂弯、腋窝……都有好多黑“甲甲”，这个傻大姐又不知道搓洗，只顾得冲水花玩。

比月这时已经把浴盆里的热水蓄了小半池，“快，快把酒婴弄进来！”女儿家七手八脚地把酒婴抬到浴盆里，这一刻，也不知她们来了什么兴致，竟板着头扯着手拉着胳膊抬着腿地给酒婴搓起“甲甲”来，酒婴身上的“甲甲”真是多，一搓一大把，厚厚的“甲甲”更激发了她们帮酒婴搓澡的兴趣，她们比赛着，看谁从酒婴身上搓下的“甲甲”条更多更长。这时候的酒婴，一点儿也不像受人嫌弃的傻大姐了，倒像瑶池中被众奴婢簇拥着的仙女娘娘。

被搓洗得干干净净的酒婴，红润润的全身透着莹莹亮光，她似乎自己也发现了自己的美好和舒爽，一阵喝喝喝喝地笑着，“下次卸油，我们又来洗澡呃！”

以后每次卸油，浴室果然如期开放，这帮女儿家每次仍轮到最后进去，但第一次集体洗浴的新鲜和稀奇早被哗哗水流越冲越淡，她们一起给酒婴搓澡的欢喜劲儿，随着浴室白茫茫的气雾，终也烟消云散。

9

冬天还耀武扬威着，春天已像一只蹑手蹑脚地猫儿，悄悄绕在了它身后。

跟着娘咿陈芙蓉回娘家过完寒假的比月，再回到午坪油库时，定眼一看，有些日子没见着的酒婴又长高了不少。不知酒婴是不是不愿意比别的孩儿都高出一大截，她现在明显有些驼背了。

“唉，酒婴，好久没见着你，你在做什么？咦，你在吃什么？”

“比月姐唊！”驼背的酒婴依旧是喜出望外的喜悦样子。但她此刻的喜悦比起以前的喜悦似乎绽放出许多不同来，比月看出了，酒婴的笑容里新增着一份自在与自得。

“喝喝，我也有作业做，我还有糖吃。”

说罢，酒婴笑吟吟地从衣服包里掏出两三颗包着玻璃纸的糖来，递给比月。比月从酒婴的手心里提起一颗看了看，这红红的、圆圆的、亮晶晶的小东西竟然正是她渴慕已久的樱桃糖！

从第一次在刘三婆小卖部里发现这种新奇的糖果到现在，比月无时不惦念着它们红红的、圆圆的、亮晶晶的样子。每次上学下学的路上，她都要专门绕到小卖部门口，为的就是看看柜台上玻璃罐里的它们还有多少，她每次都是看了又看，只差没有一二三四五六七地数一数了。

刘三婆隔着柜台说，这种糖的味道和樱桃的味道是一模一样的。但是樱桃究竟是什么味道，刘三婆也说不清，午坪镇没有一个人说得清，这儿的人都没有吃过樱桃。

对樱桃糖充满无限向往的比月，只是苦于囊中羞涩——这段时间她爹哒邹正龙已经很久没有从羽青城回来，她也已经很久没有零碎钱了。

"吃吧，真的好吃呃！"

酒婴由衷地鼓励着比月，绒绒睫毛掩映着的双目满是诚恳。

比月剥了一颗放在嘴里，很长一段时间都在辨析它的滋味。有点酸，有点甜，有点冰，还有一点点涩，这就是樱桃的滋味？比月把嘴里的樱桃糖放在腮帮一侧，突然大为不解地问道："你是从哪儿弄来的嘞？"

"喝喝，一个大使给我的。"

"哪个大使？他为什么要给你？"

现在倒轮着比月傻里傻气地问酒婴了。

午坪油库实质上是一个沥青贮存和中转站，火车把沥青从销售地发往午坪油库，油库的工人便负责把沥青从火车罐里腾出来，要么直接贮存在油池中，要么分装到池外油坝子上的铁皮桶里。

这几年，随着沥青需求量的不断增加，周围县市的沥青采购代表索性驻在午坪油库，专管接洽、签购、付款、安排运送的具体事宜，这些常驻午坪油库的沥青采购代表就是午坪油库职工、家属们所谑称的“大使”。

沥青用量多的时候，午坪油库一度有八九个大使，大使们一个月只有在自己订购的沥青到货时才会忙乎几天，平时除了清点清点油桶，盘算盘算资金，无甚其他事，闲下来的大使，常常会拿一把铁铲到油坝子上自己的圈地范围内，一铲一铲地铲干净地面上的油锅巴。现在沥青的价格见风涨，一桶油都卖到一百多元了。那些漾出油桶溅在地面上又凝结成块的油锅巴，在他们眼里，比钱还金贵。

这些离家在外的大使，大都和午坪油库的职工家属相处得比较融洽。那个刘大使最喜欢在大清早和几个高中生打篮球；那个肖大使最喜欢在夜幕降临的时候，给孩儿们讲鬼故事；那个罗大使最喜欢拉二胡；那个齐大使最喜欢有事没事就找刘大脚、巫挨球将他们的君……酒婴说的这个大使会是谁？比月好像从来没有发现过哪个大使有这么大大方方过。

“哪个大使给你的？他为什么要给你？”

比月追问着。

“赵大使呃，他还教我写字嘞！”

“赵大使？”

比月极力在脑子里搜索有关赵大使的印象，终于想起了一个干瘦、整洁、不怎么逗乐、时常提着一个人造革手提包的小个子老头儿。

“喔，是那个赵大使呃，他还教你写字？”

“呃，我带你去看么，他刚才还在给我画小字格嘞。”

酒婴说着就要带比月去见证一下，比月将信将疑地跟着酒婴走进了宿舍楼。

“赵大使给我说，写每一个字都要让它们坐在格子的底线上，就像人要坐在板凳上，这样一排字才会整整齐齐……”

酒婴边说边把比月往宿舍楼的楼梯上带。这幢宿舍楼是午坪油库唯一的楼房，上下两层，楼下和楼上左边的房子是简单的一套二，住着油库自己的职工；楼上右侧全是单身寝室，大使们一般都借住在这儿。

比月跟着酒婴上了楼，又跟着她朝楼道右边的深处走去，光线越来越暗，到了最里那间，几乎就像走进了夜幕之中。酒婴一下推开虚掩着的门，“这——就是赵大使。”她似乎还为比月介绍着。

迎着从窗户透进来的昏黄余晖，比月看见那个屁股坐在屋子中央一张小板凳上，身子趴在另一张当作桌子的大板凳上，埋头用了直尺、铅笔在一叠白纸上一条线一条线打着方格子的小老头，正是赵大使。

“喔，这个……这个……这个是邹比月呃？”

赵大使抬起头来，有些局促地问道，仿佛突然造访的人不是邹比月，而是他自己。

“进来坐呃，进来坐。”

赵大使正准备起身给比月让座，酒婴已牵着她坐在床沿边了。酒婴刚才还说赵大使说的每一个字都要像人坐在板凳上一样坐在小字格的底线上，但这个屋子确实再没有多的板凳可以让人落座。

比月的屁股刚挨着床沿，她一下看到赵大使床头放着一包小枕头似的卫生纸，这些纸和她娘咿陈芙蓉当初拿给酒婴的纸完全一样，不同的是，搁在外面的纸都叠成了齐齐整整的长条形。

酒婴的目光一直随着比月的目光，她见比月看着这些东西，热切不免又带着一份卖弄地问道：“你会折这种纸么？”

比月茫然摇摇头。

“这些也是赵大使教我的，他说要把中间折厚一些，两头折薄一些，到时候用起来才管用。来，我教你折嘞。”酒婴说着，就要把塑料包里尚未折的纸全部取出来。

“酒婴……你们，你们还是下楼去玩吧……”

赵大使突然下逐客令了。

其实比月一开始就感觉到，赵大使不欢迎她，她真不该冒冒失失闯入这个好像属于另一个世界的世界。在赵大使这儿连水都没喝上一口的比月，很长一段时间都不明白，为什么自己还不如一个傻大姐那么招人待见。

10

和大使们一样，一个月除去卸油那些天，午坪油库的工人大多时候比较清闲。在家属们的帮衬下，各家各户都开辟了自留地，一年四季种着不同时蔬。他们还在菜地周边栽了各种各样的果树，苹果、梨、石榴、葡萄……日子在不停地劳作中开出花、结出果来。他们像工人，又像农民，抛不开沥青，又舍不下泥土。一日三餐，就这样既透着瓜果之香，又泛着沥青之臭。

菜地后面是一个和贮油池差不多大的鱼塘，偶尔有几只浮躁的鱼儿倏地跃出水面，打破一池的宁静。在骆大胡子的安排下，天天都有人负责往鱼塘投食。这些鱼就像是养在池子里的牛和羊，每天只需朝水面倒几筐青青翠翠的草，“牛羊”就能茁壮成长。当然最富生机的还是鱼塘前面的那排栅栏棚圈了，猪、狗、鸡、鸭、兔哼哼唧唧着，一派闲时逍遥。

整个油库，最自由的却是狮子狗。

这只毛发凛凛的大黄狗成天都可以在油库的任何一片领地随随便便地走来走去，走来走去的它还扛着一肩责任似的，它的目光和骆大胡子的目光一样，从眼睛最深处透着一股子威严。在午坪油库，骆大胡子是第一责任人，狮子狗俨然就是第二责任人。好在大家对它这第二责任人的身份都是认同的，不仅如此，它还被家家户户尊为不上座的“座上客”。哪家烧荤炖腥了，最后的骨头都是它的。

酒婴对狮子狗更是好上加好。很多次大家都看见，她把碗里的瘦肉丢给狮子狗，把肥肉留给自己。如果一片肉连肥带瘦，她就先把肥的部分咬下来自己吃，再把剩下的瘦的部分扔给狮子狗。但狮子狗总是不解此情，一口吞下酒婴扔给它的瘦肉，还总是心有不甘地盯着酒婴的碗，恨不得和酒婴同在一个碗里扒饭。酒婴看懂了狮子狗的心思，索性把碗直接端到狮子狗嘴前，让它挪都不需挪一步就能吃到她碗里的饭菜。酒婴一边任狮子狗的大舌头在自己碗里风卷残云，一边亲昵地抚摸着它的毛，从头顶摸到后颈再到背脊，又从头顶摸到后颈再到背脊，生怕它呛着了似的，有时还会像一个娘吔对自己的孩儿说话一样对狮子狗说，"慢点呃，慢点，又没有人和你抢嘞。"

这些时候，酒婴的爹哒何状元通常无话可说，他干脆端着自己的碗走到远远儿的地方去吃，对于这个傻大姐，眼不见心不烦，最好。

一天早上，狮子狗死在了油库的后门口。

骆大胡子领着王独眼儿、巫挨球、刘大脚到现场勘察后，一致认定狮子狗是被毒死的。据他们分析，昨天晚上有人来偷沥青。一桶凝固了沥青三四百公斤，他们弄不走，就把沥青桶扳倒，连蹬带推地滚着铁桶走，夜间巡逻的狮子狗许是发现了，他们甩了一包毒食给它。

"看来有人惦记上我们的沥青嘞。"骆大胡子的神色一刻比一刻凝重。

"再买几条狗来！"巫挨球说。

“挨你的球，这是个法子？”骆大胡子狠狠地唾了巫挨球，背着手离开了油坝子。

埋藏狮子狗的事自然落在了羊天这帮男儿家身上。这天，他们一直合计着要给狮子狗立块碑。碑上写什么呢？

“忠诚卫士狮子狗？”

“油库英雄狮子狗？”

“不好，不好，都不好。”羊天皱着眉，“狮子狗归根到底是因为贪吃才死的。写什么都不合适。”

“但它保卫沥青有功嘞！”溪儿申辩道。

“是呃。”

孩儿一时都没了主意。又说该把狮子狗埋在哪里，他们倒全都同意就把狮子狗埋在油库的后门口。

这天下午，每个男儿家都很卖力地挖土掘坑，最后几个小汉子一起把狮子狗抬到了坑里。刚娃正要往狮子狗身上铲第一铲土，“等等！”羊天突然叫道。

羊天丢下铲子，跑到附近的草丛，一大把一大把地扯起草来。其余几个似乎明白了他的意图，都跟着他扯起草来。他们把扯下来的草覆盖在狮子狗的身上，直到把狮子狗的全身都盖好之后，才开始往坟坑里铲土。铲着铲着，韦蛋突然又叫了声：“等等！”

韦蛋一下跳进坟坑，扒开狮子狗一只后脚上的草和土，把自己左手腕上那条不知从哪儿弄来的金属链子取下来，戴在了狮子狗的脚踝上。

狮子狗的坟坑终于填平了，大家觉得事情还没做完，又从四周弄了不少土来，一直往狮子狗的坟上堆，你一铲，我一铲，狮子狗的坟越堆越高。比月、酒婴赶来时，油库后门口已经垅起了一座小山。

“还立什么碑？看到这座小山，我们就知道这是狮子狗的坟嘞。”

比月一来就解决了该不该给狮子狗立碑的问题。

酒婴围着狮子狗的坟包转了一圈又一圈，突然有些悲戚地说：“今天晚上，狮子狗就要一个人睡在这儿嘞。”

酒婴的声音确实有些悲戚，但她脸上仍旧浮着抹不去的喜悦，好像她围着狮子狗坟包转这两圈时捡到了什么宝贝。

“那你来陪它睡嘞！”

“对呃，你来陪它睡嘞！”

“怕它造孽，你就来陪它嘞！”

羊天、刚娃……一帮小汉子突然来了一股子野蛮劲儿，他们丢开铁铲，抓住酒婴，又把她绊倒在地，他们把酒婴的身子和狮子狗的坟包做着比较，要看看这个坟包能不能把这个傻大姐也装进去。

事实上从这一天起，午坪油库便兴起了两人一组值守夜班的制度。这个制度仅限于男人来完成，一个油库职工与一个大使组成一组，每夜两组当班，一组值前半夜，一组值后半夜。有了他们的守护，失去狮子狗的午坪油库又安宁下来。

11

“卸——油——嘞”

一个金风送爽的傍晚，骆大胡子的令声突然响彻整个午坪油库。无论正在石桌旁被齐大使将着君的巫挨球，还是正在自留地里担着粪桶的老软，也无论正在篮球架下夺着毛线针的羊天娘咿，还是正在猪圈前挥刀砍着猪食的李婶子……所有人都探过身子昂起头来，往贮油池对面的火车站台望去，紧临油库的铁轨上又赫然摆着几节庞大的油罐车。

“四节嘞，他娘咿的，四节！”

他们一边嘀咕着，一边急匆匆丢下手中的活儿，迅速回到宿舍，从各家各户门背后取下他们的“油甲壳”，马上开始了程序化的自我武装。

每个月，沥青公司都要从总部发几节油罐车过来，由火车甩在午坪油库贮油池对面的站台上。以前，一个月发两三罐，现在一个月要发四五罐。骆大胡子所命令的“卸油”，就是要把罐子里的沥青腾出来，占用铁轨是要按时收费的，卸油这活儿还必须及时而迅速。

如果把火车罐里的沥青直接腾到贮油池，那是最便利的，管道都现成，一举省却诸多麻烦，但贮油池通常都装满了，工人们只得把融化后的沥青逐个装入铁皮桶。一罐油分装出来有三四百桶，每卸一罐油，都是一场谁也不敢小觑的硬斗硬。

首先要全靠人力把停在对面铁轨上的油罐车推到油库的输汽管处。

壮实的男工们站在坚如磐石、稳如泰山的巨大油罐下，全都变得蚂蚁般弱小。

"一、二、三，走呃！"

"一、二、三，走呃！"

齐声喊着的他们竭力把油罐推到输汽管处，早已挥汗如雨，而这仅仅是卸油工作的序曲之一。在两个小时以前，锅炉工何状元早已提前到岗。熊熊炉火把锅炉里的水变成热浪滚滚的水蒸气，输入汽管，再灌进火车罐，只待固态沥青慢慢软化成可以流动的油液。

当沥青终于呈现出另一副模样时，整个油坝子都弥漫着呛人的浓烟。冥冥雾霭中，转眼间变得笨重、怪异甚至鬼魅的工人们全都穿梭忙碌起来。

每次卸油，工人们不得不把自己武装得怪模怪样。他们把自己包裹特别厚实、严密。罩在最外层的工作服早已积累了层层叠叠、丝丝缕缕的沥青块、沥青斑、沥青条、沥青丝，变得异常僵硬而沉坠，披上这身铠甲似的"油甲壳"，再一一"装备"上长手套、棉口罩、防护眼镜、垂耳长帽、高筒靴，一系列行头全副装备好的他们，又像一只拙劣的防生化小分队。

他们先将齐胸高的空铁桶一个个运到油管龙头下，待空铁桶装满油液后再将它们一个个运到另处去摆放。搬运这些大铁桶的工具仅是一种便于把油桶勾挂起来高出地面半把尺的简易手推车，运作起来，既要靠一身蛮力气又要靠手上的技艺。

盛满液体沥青的铁桶又沉又重，滚烫的内容物还会因地面不平和用力不均随时荡漾出来。这样费力不讨好的活儿只有骆大胡子、乌挨球、老软、刘大脚之类的“老油子”能接手，其中操作能力最强的数老软，但老软在油坝子一趟趟穿梭时，总在嘴里不停地操着别人的爹哒和娘咿。

女工一般都站在沥青龙头处，负责控制油液的输出。管子是临时接用的，不能固定，她们得用双手把龙头从这个油桶口拔出、抱起、再卡进另一个油桶口，反反复复。呛人的油烟子幽灵一样缠着她们，地上滑腻腻的沥青则时时存心搞着恶作剧，让她们举步维艰、站立不稳，甚至溜倒在地。那些亮晶晶的、油腔滑调的沥青丝趁着风舞，赖皮涎脸地总想寻机强吻她们遮蔽不全的肌肤。

一次，风把曾慧琼的垂耳长帽掀起，她的耳朵、脖子立即粘满滚烫的沥青丝，到现在那些皮肤都是红猩猩的，她老公说像猪的槽头肉；王大贵更惨，一粒油星儿钻进左眼，从此便又多了一个绰号“王独眼儿”。所以这么粗笨的活路干起来，断然也容不得丁点儿大意。一场劲儿较量完，人跟剔了骨一样。

还好，昨晚还顺利，整整四罐油，从头至尾都没出什么大问题。第二天朝霞当空时，最后一火车罐的最后一滴油终于放完。被沥青烟熏得昏头晕脑的工人们拖着沉重的身子回到宿舍，脱下又重了一成的油甲壳，有的脸也没顾得抹一把就一头栽上床，遍布脑海的黑色沥青像暗室里厚重的窗帘遮住了外面明晃晃的阳光，夜以继日地让他们跌进梦的深渊。

“快来人呃，快来人……”

一阵喊叫声突然吵醒了酣睡中的工人。乍听来，像是谁在街头吆喝着买卖，又像是谁家出了窃贼。

这个陈芙蓉，大呼小叫地嚷她个娘咿呃，昨晚的四罐油还没有把她整够！骆大胡子披了衣蹭下床，胳膊腿肚儿全一阵酸痛，到底是五十多的人了，再强能强到哪儿去。他一边出门，一边觉得一阵阵头晕目眩。

羊天娘咿迷迷糊糊地，也被惊醒了，她仔细一听，一下知道了八九——邹正龙的事露馅儿了！果不然，她又听到了另一个女人的声音，越听却越不对劲儿，怎么会是安云红！羊天娘咿往下再懒得竖起耳朵听骆大胡子的审讯了，也没有去想那邹正龙，他什么样的人谁人不知谁人不晓，倒是陈芙蓉以前耳听为虚、今天眼见为实，终于认了这本烂账。但是安云红，这个不出声不出气的大女子太看不出来了，才高中毕业呢，真是上梁不正下梁歪！她那娘咿付明贤就是个贪图便宜的贼婆子，平时自以为得了邹正龙的什么好，左逢迎右巴结的，现在终于绣这么一朵花来！

即便昨晚累得脱了五行，在陈芙蓉惊天动地的哭喊声中，还是有不少人起来了。

“走、走、走！”骆大胡子又把众人轰了去。

“清官难断家务事！这堆堆鸟卵子事，老子才懒得管！你们几爹哒都滚回去，各家看好各家的门，各家管好各家的人！”

12

中午快到了，好多家还冷锅冷灶的，没人起来煮午饭。门卫秦大伯看见放午学回来的孩儿，又是招手又是喊叫地，“快来、快来呃，快来吃我家的小红苕嘞。”

孩儿们知道家里的大人，熬了一整宿大半还睡着，回去没吃的不说，还吵不得闹不得，没准自己生火煮面条。经秦大伯一招呼，都争着涌进门卫室，围在电热炉上热气腾腾的大锑锅边。秦娘咿揭开锅盖，见人就夹几个，叫他们趁热吃，吃了又好夹。

“你怎么不吃呃？”秦娘咿问比月。

“我要带回去和我爹哒娘咿一起吃。”

“呃，这么多孩儿，就你想得到。来，多夹些，这些红苕全是我和你秦大伯自己种的，甜着嘞，来，干脆用网子装上！快回去吧，你爹哒和你娘咿才闹腾嘞。”

“他们打起来没有？”

“回去看呃！”

比月提着红苕一趟跑回，她爹哒邹正龙早不见踪影，又回羽青城了。她娘咿陈芙蓉倒在床上还在号啕大哭，她提着一网子红苕说：“我回来嘞。”

“你回来嘞？你咋不跟你畜生爹哒滚嘞！”陈芙蓉腾地翻过身，泪水横流地吼着。

“到底怎么嘞！”

“有本事到羽青城问你那个死爹哒去！”

“我带嘞红苕回来，还热嘞。”

“你这贱货，又是从哪儿偷的！”

“秦娘咿给的。”

“滚，老子还没死，你就当起叫花子来嘞。给老子全部拿去丢嘞、丢——嘞——”

陈芙蓉几乎要扑过来了，仿佛比月手中提着的那网子红苕就是比月的死爹哒邹正龙。

比月提着网子极不情愿地退出她娘咿的屋。昨晚她爹哒回来了，要是往常，她娘咿没准又该弄好吃的，就因为卸油，害得她和她爹哒只胡乱吃了一碗素汤面。一早，她娘咿还没有收工，她什么也没吃又上学去了，到现在真还饿得慌。

蹲在外门口，比月连红苕皮也顾不得剥了，一个接一个地往嘴里塞着。突然她的背脊被什么东西狠狠抽了一鞭，她张大嘴巴还没有哇地哭出声就叭地倒在地上一个劲儿地翻白眼了。泪水横流的陈芙蓉也没注意到，一皮带鞭又抽下去，一鞭又抽去，这下才发现不对劲儿，比月已经没声没气地不动弹了，陈芙蓉慌忙丢了皮带一把将趴倒在地的比月翻过来，“你个短命的呃，嫌你爹哒没有把我气死呃你又来催娘咿的命嘞！

比月、比月，短命的瘟丧呃……”

“快点儿，孩儿准是被哽着，一口气上不来嘞！”

“快点儿把她嘴里的东西抠出来！”

陈芙蓉鬼哭狼嚎地下不了手，周围不知时候圈拢的人也没哪个敢来帮这个忙，王独眼儿急匆匆地从厨房里提了菜油瓶子过来，“快，快往孩儿嘴里灌……”

从昏厥到苏醒，就一两个时辰，比月却像在梦界、幻界……完全陌生的另一个世界里游历了十年八年。经过这一折腾，大人们都说比月真是在鬼门关走了一遭。而今，比月娘咿陈芙蓉天天把懊丧煲在鸡汤里、熬在鱼粥中，两三个月过去，比月的气色终于渐渐泛出些红润，脸儿也由从前的葵花籽儿变成南瓜籽儿了，但人还是恹恹的，说话提不起气，不时还会剧烈咳嗽、呕吐、腹泻，昔日逼人的目光也不复存在了，迎了风，两眼还红浸浸的。有人背着陈芙蓉说，真真看着一块金子变成铜！

一天早上，比月被噼里啪啦的鞭炮声炸醒。不知是不是快过年了，但她觉得这猛烈的声音，怎么都不似欢喜。后来才知道，是酒婴出嫁了，迎娶她的人是赵大使的脑瘫儿子。

“什么是脑瘫？”比月问她娘咿陈芙蓉。

“脑瘫就是比酒婴还要傻。”

“呃，酒婴身上好像都有嘞。”陈芙蓉转身又与李婶子和羊天娘咿说着，“赵大使一箱白酒就从何状元那儿换了酒婴。”

比月走出宿舍楼的时候，拉酒婴的汽车已经出了油库大门。从后面看去，拉酒婴的汽车就是平常从郊县开来拉沥青油桶的那种大卡车。比月不禁想起，以前一起上学，要是在路上碰巧遇到她爹哒邹正龙从羽青城开回来的大卡车，是怎么也轮不着酒婴坐驾驶室的。有一次，酒婴甚至连车厢也不能上，车厢里装满了油桶子，怎么也挤不下了，她爹哒邹正龙就让酒婴站在副驾驶车门外的脚踢板上，只叫酒婴把双手伸进车窗里来，让坐在驾驶室里的孩儿把她的手拉着，一路上，车子经过深深浅浅的坑凼、辙槽，颠簸不堪，那些黄泥浆甚至溅到了她的额头上，酒婴喝喔喝喝地笑着，风吹乱了她的头发，她比坐在驾驶室里的任何一个孩儿都欢喜快活……

来午坪油库拉沥青的汽车越来越多。

终于有一天，油坝子上装了沥青的铁皮桶全被拉走完了。好几个大使又急需大量提油，骆大胡子不得不宣布，“放沥青池里的库存油！他娘咿的，给老子全部放出来！”

这一天晚上，庞大的锅炉又被何状元烧得熊熊烈烈。一只猴子在锅炉房里蹦来蹦去，圆铮铮的双目满是机敏。何状元不知从哪儿弄来这只猴子，他给这只猴子取了个怪怪的名——锅炉。

人人都说锅炉好精灵，你要是给它吃的，它不等你给就一把抓了东西往嘴里塞，另一只手又腾地伸过来抓你口袋里还剩下的东西了。

“这个锅炉太精灵嘞！”

当了何状元谁这样夸这只猴子，何状元整个人都精神矍铄，他的神色是谦虚的客气的，嘴里说着的却是：“是呃，是呃，这狗东西就是太——精灵嘞。”

其中这个“太”字的字音，谁都听得出来，它比何状元嘴里的其他任何一个字的字音都要长一些，重一些，甚至狠一些。

滚滚热浪随着蒸汽管注入沥青池，一池坚硬的沥青渐渐柔软，到第二天早上，已完全融化成可以流淌的黑色油汁。迎了万丈霞光，散发着呛人烟雾的液体沥青正随输出管汩汩灌进一个个等候在外的空铁桶。

全部骨碌碌忙乎着的工人们没有一个在意，无数个空铁桶之外，还有一个等候的身影，这个脸庞微圆、面带红潮的女儿家在晨曦中已经伫立了很久。

“比月，你站在这儿干什么嘞？”上早学的羊天，从她身边走过，丢下一句话。

比月的回答不紧不慢，在羊天听来竟还有些哆哆地：

“我想等沥青池的沥青全部放空后，看看池子里面，到底有没有一个陷死在其中的孩儿……”

菩萨石

荆自以为还算得上一个清心寡欲的女子，她没料到自己会对一件身外之物这么念念不忘。

那是一只天然水晶手镯。玲珑剔透的，却不是一味的冰清玉洁。无论戴在腕上，还是置于白缎精制的匣子里，总泛着微黄的银光，浸透了几千年的月色一般，有一种旷古而寂寥的景象。荆总疑心这个光洁透亮的圈子，是用了眼泪凝固的冰制成，那幽幽缈缈、隐隐约约的黄，正是泪水才有的颜色。而她即便不用手，哪怕只用了目光去触摸，也能感觉出它从里到外的沁凉。

荆真正决意买下它，还是另外一个缘由。

那天，“一缘阁”的老板介绍道：“水晶名水玉，又叫菩萨石。《本草纲目》里记载它熨热肿、摩障翳、益毛发、悦颜色……对美容特别有功效啊！全市仅本店一副，姑娘不妨买去试试。”

荆素来反感凡事凡物都生拉活扯去沾“美容养颜”的边，更憎恶那些向她推销此类物品的人，特别是当了越天睦的面，好像旁敲侧击她还不够美似的。换作往日，荆或许早就转身而去了。可“菩萨石”这三个字却很合她的意，觉得比“水晶”、“水玉”更动人心。她念着“菩萨石”，再去看那手镯，不觉地，手镯就焕发出一股祥光瑞气来。荆的双目此刻便如同玻柜里的那些珠宝，在通明的灯光下，摇曳生姿。

越天睦说：“把一副都买下来。”

荆把两只手镯并在一起看了看，“其实，都戴着反而没味儿。”说了侧头望着他。荆细眉细眼，眼皮、嘴唇、鼻翼……整个身体都很薄，靠了墙，就是墙上一帧轻描淡写的仕女图。

越天睦不语，荆便将戴了镯子的左腕轻轻扭晃着。这水晶手镯比柜里的其他镯子更为纤细，戴在荆的腕上，愈发显得灵秀，似乎与生俱有。

“你看，好看吗？”

越天睦还是不语，沉稳的神态却透出一份自得。也许，越天睦很喜欢看到荆现在的样子，她的目光、声音、姿势，这会儿都经店外的阳光镀过一般，有一种明媚的光彩，甚至有了一份暖烘烘的温度。站在旁边，越天睦莫名觉得自己一刻间也有了年轻了、结实了很多的样子。

荆说：“我要把这菩萨石戴一辈子，老死都戴着它。”

“有这样喜欢？”

越天睦笑着，拍拍她的肩头，两人拥着出了店。

事实上，荆只有在穿着最飘逸的时候才会戴上这只手镯，特别换了长长的白裙。这白裙还是三年前做的，式样简单至极，唯一的特点就是白，三年多了，一点污痕渍迹都没有。这大概是她从前的衣物现在仅留的一套了。以前荆没有一款饰品，穿着它清清冽冽的，像一朵白荷。现在配上这手镯，也不显得多余，如同映在荷上的一圈波光水痕。只是这样穿戴了，定要退下所有饰物，指甲和趾甲盖儿无论绘了什么，也非得洗净；脸上更不能施任何粉黛，哪怕一抹口红。荆觉得自己稍微发白的唇色与这样的一身很相称。她的女友棘说，自古以来嘛苍白美就比一切美更摄人心魂，那些粉扑扑、红艳艳，最难受了。

周末，越天睦的女儿越季从寄宿学校回来，照例拿下周的生活费。越天睦从皮夹中抽出四张大钞，又抽了一张说："钱不怕你花，只是别太招眼，外面乱得很。我才听说的，那些赶早课的孩子手上拿的包子馒头都有人抢。"

越季见父亲平白无故多给了一百，也不问，接过来只是说："你不知道吧，现在不兴抢女生。"

"噢，为什么？"

"那些人说的，抢女生，没前途。"

站在一旁的荆忍不住笑了起来，越季忽地扭转身，边回自己的房边说："这有什么好笑的，少见多怪！等哪一天我们家遭抢了，那才真正好笑呢！"

越季比荆小十岁，已和她并肩齐头了，脸蛋粉扑扑，双唇红艳艳，却丝毫不见棘所言的"难受"。她那黑白分明的双眸，总溢着一股没遮拦的盛气。

午睡过后，越季出门来，见荆又穿了纤尘不染的白裙坐在书房的转椅里翻着一本厚大的书，目光不由得就打了过去：这满壁的英文读物，认得一排两行吗？装什么样儿，捏什么态。

突然见荆的腕上摇晃着一圈晶莹的亮环，似乎有琥珀的凝滞，又透着溪水的清澈。越季心底即刻一紧，这手镯正是自己在“一缘阁”见过的，当时还试过。

店老板说：“这镯子虽不及金玉贵重，但是只有你这样清洁纯净的女孩儿才配得上……”遗憾的是那天她仅带了买书的钱。可是，“只有你这样清洁纯净的女孩儿才配得上”的话，却一直搁在了她心头。是的，她还是个男人没碰过的女孩儿呢，在全班独一无二，在整个雪江大学也屈指可数。而荆——那个不知被多少个男人转过多少次手的荆，居然也心安理得地戴着这个镯子！

越季主动和荆搭了话：“手上的是才买的吧，借我看看。”

越季几乎从未和荆扯过一句闲聊，荆有些坐立不安，急忙退下来递了过去，“是你爸爸上周一给我买的。”

越季睨了她一眼，把手镯往自己手上一套，“还真合适，不大不小的。”

“咦，你怎么不让我爸给你买只金的、镶玉的或者镶钻的，那才阔气呢！”

荆不知如何作答，一时开不了口。只觉得越季整体皮肤偏暖的色调和这手镯的清凉并不般配，又不能说出来，便楚楚地看着那镯子，希望越季当下就取下来还给她最好。

晚饭时，越天睦和越季坐了个对面，一见她的手就说：“你怎么把荆的东西戴去了？还给她，过几日我给你也买一只。”

“不要，我才不和别人戴同样的。”越季嘟着嘴说了就抹下手镯递与荆，“拿去，我不过戴着玩玩儿，何必以为我当真就要了你的。”

荆虽然急于要回手镯，但确实没有向越天睦提过此事，这会儿坐在他们父女之间，莫名其妙地心亏来着。

“拿去啊！我可当众还了你。”越季提高了嗓门，声音尖细得像根针要从荆的左耳穿到右耳去。荆只好去接，就在她刚要碰到镯子的时候，越季叼着水晶手镯的食指和拇指像衔着一块食物的尖尖鸟嘴，突然轻轻一启，“啪”的一声，手镯清脆地断裂在大理石地板上，一些碎屑飞溅到荆的丝袜上，鬼眼睛一样狡黠而诡异地嬉笑着。

“哎呀！你怎么不接好？”

“不，不是我没接好……”

“爸，你看着的，你告诉她是怎么回事！”

“天睦……”

“一个玻璃圈子，有什么不得了的！还说再买一只，我看这不是什么好东西，不如买回来都砸碎了了事——砍掉老树免得乌鸦叫！”越天睦冷冷说完，一趟目光扫了荆和越季，抽身离开餐桌，只剩下她们两人面面相觑。桌上的菜肴在僵冷的氛围中愈加红的红，绿的绿，灿烂得刺人眼目。

“碎碎平安，碎碎平安……”正从厨房里端了汤钵出来的罗阿姨还喋喋念叨着，“碎碎平安……”

后来，两人都去过“一缘阁”，都再没见到剩下的那只水晶手镯。

她们不知是被其他人买走，还是真的被越天睦买去砸碎了。

越季更难得回家了。荆那袭长长的白裙挂在衣橱里，也整整一个夏天没再穿过。梳妆台上，仍搁着那只白缎精制的匣子，却不敢轻易启开，这是一口棺材，里面躺着一具残骸，荆一见了就寒从中来。

“菩萨石。”

“这就是菩萨石么？”

一个月光皎洁的晚上，躺在越天睦身边，荆突然默默地问起自己来。这些年，沉浮荣辱经了那么多，她不明白，自己怎么还是那个仅仅为了几个好听的字眼儿就会押上一腔悲欢的傻女人。当初，从棘那儿第一次听说“越天睦”这三个字，她不就是在突然就认定了这个叫作“越天睦”的男人吗？还有“古特华”那款包，还有“醉烟”那袭披肩，还有“旧儿”那条狗……她不都是为三两个字就把自己和它们纠葛在了一起？她不知道她的心是在以什么取舍着这世间的一枝一叶。

在这个月光皎洁的晚上，荆只是真的觉得“菩萨石”这三个字比“水晶”、“水玉”更合她意。念着“菩萨石”，她似乎又拿起了那只水晶手镯，手镯圆圆润润的，完好无缺，还像从前一样泛着微黄的银光。她怕再摔了，把手镯捧在两只手的手心里，这镯子慢慢地像冰一样渐渐瘫软、融化在她手里，冷冷的液体顺着指缝流淌着，送到嘴边一尝，是咸的，真的是眼泪的味道。

月黄昏

月亮镇看似寒碜阴郁，总让人疑心它会冷不防打出一个响亮的喷嚏而惊人一跳。但镇北那家门面颇大的店铺——“卓庆布行”却似一盆温暖的木炭火，由远及近地烘烤着肢体冰凉的大街小巷。“卓庆布行”这四个有着石头一般气质的大字面东朝阳，每天从它脚底下穿过的人流总是涓涓不断。

外地人也不嫌麻烦，常托亲朋在此挑选布料。这里供应的绸、绮、纺、缎、绢……一年四季都特别鲜亮，无论摸捏揉弹，仿佛在手的都是从水底刚捞起的又冰又腻的青荇，那些色泽稍暗的丝绒，更特别适合上了点年岁的妇人做旗袍。价格虽昂，货却难得的好。如果有运气的话，还可能在那锃亮的红木玻璃柜里发现一卷花案精美的西洋纱边或几张细软的杭州丝帕，它们通常是不卖的，专等着老主顾中那些姿容比纱边还要精美的女客用她们比丝帕还要细软的声音向掌柜讨，掌柜便随兴致或多或少送一些。大多数人只能隔着玻璃看看而已。其实，这些人也都接受过卓庆布行的馈赠，当然不是此类花哨而不实用的东西。

那是八年前老店主王进把布行交给独生儿子王卓庆并以“卓庆”二字为店铺易名时，街上每户人家都得了三尺红布。中国人历来不会拒绝红布，红布似乎自古就有避邪的功效，何况在新年将临之际。此善行在以后每年的这个时候都得以延续，所以王卓庆无论白天还是晚上往街面一站，人们都会十分友善甚至带着一抹敬仰的神色喊道：“王老板”，而他微笑着总是要答应的，王卓庆的声名就这样一年年超过他的前辈。

镇上有学问的人还知道，王卓庆有一间名“琅嬛”的书屋。“琅嬛”即天帝藏书之处，可想他的书籍之多之珍贵，凡进去过的人都眼见为实。说如果他开一间书斋，生意绝对是布行的十倍。王卓庆笑道：“读书太累，我可不敢苦了众街坊。”

瞎子摸过王卓庆的头，说他的寿骨生得不得了。明眼人是看不到寿骨的，只见他的鼻子和他的身材一样显得格外长、直、挺，上面轻架着的金丝眼镜好像两面精巧的屏风，把他的目光与视野透明地阻隔着。

王卓庆脸颊稍长，却相当柔和，全无棱角逼人之处。这与他父亲的脸不同，那是一座怪石嶙峋的悬崖峭壁，谁都望而生畏。王卓庆衣着考究，无须触摸就知道用的是当前最上等的布料，而那一丝不苟的制作工艺绝非不是出自他店内名噪远近的梅裁缝之手。王卓庆身上该明亮的地方总是异常明亮：头发、镜片、牙齿、绿宝石大戒、瑞士手表、皮鞋和鞋梆上小巧的名牌标记，甚至他那些深色的西装袖扣，也在暗地里熠熠生辉。加上他的举止和谈吐，人们愈发觉得他的生意也做得跟他本人一样温文尔雅。

只有杨鹊说王卓庆若摘了那副眼镜，才看得出他的眼睛有多么贪。她指的贪，不是财。说这话的时候，杨鹊还在翠柳苑，王卓庆的眼镜时常端端摆在她床边的梳妆台上。

如今杨鹊已是王卓庆的五姨太，在她之前，有王卓庆的夫人刘金金、姨太太余梦丽、曹圆婷、庞靓。杨鹊现在不说那话了，王卓庆已有些日子没将眼镜搁上她的梳妆台，虽然杨鹊现在这桌子是崭新的欧美式样，心形的镜框壁上还浮雕着可爱的丘比特。

当王卓庆不在家中的琅嬛书屋也不在布行的时候，他的太太们都知道他的去处——镇西口翠柳苑。其中，没有比杨鹊更恼的。她那“早知如此，我就不该让他娶回”的心思，刘金金和曹圆婷掂量得一清二楚。

这里没有提及余梦丽和庞靓，并非她们耳不聪目不慧，相反这两位太太尤其灵醒。只因前者抛了儿子王琨去法国留学已三年仍没有归期，后者却不知何时开始吃斋念佛，只有当她顽皮异常的三个儿子王瑜、王珂、王珐又扯着她的衣裙纠缠时，她才仿佛还原成了凡妇俗女。余梦丽和庞靓大抵是没有时间和空间去察言观色的。好在王卓庆对二位十分迁就，并因为自己曾答应带梦丽周游列国没能兑现而深感遗憾，也因为庞靓一心面佛却事先玷污过她的身子而愧悔不堪。就每季按时写一封法文书信并汇上一笔足够的生活费到巴黎，让好学上进的梦丽在那儿勤奋苦读；也任虔诚的庞靓把她的房子布置得像寺庙，任她的下人领命削发，打扮得像沙弥和小尼，他只应每日别去惊扰。这一切，刘金金、曹圆婷、杨鹊都看在眼里，这个大家庭充满了宁静。

唯一生动的是王家院府的花园。这里四季都有花香鸟鸣，那梅树下的池水还清澈如天空。王卓庆至今都觉得那里的月亮比天上的美。当梅瓣飘零，更有暗香浮动。这种香，与女人们喷洒在发际和肌肤上的液体发出的那种香，永远是不同的。

这天，刘金金边给王卓庆按摩肩膀边慢慢地说："男做虚，女做满，下周十七，是你三十九的生，该做四十大寿了。"

王卓庆点点头，轻拍了刘金金缀满金玉的手指说："不必大操大办，一家人热闹一下就行了。"

刘金金从椅子背后绕过身，坐在王卓庆旁边的沙发上。王卓庆又拉起她的手，有些感慨地说："二十年了，你还是那么年轻、温和，好像从来没有变过。"

刘金金缩回手笑道："怎么会呢？女儿都那么大了，我还能没变？"

"我怎么很长时间没见她了？有一两年了吧？"

"是啊，王玉每次从学校放假回来，都难得出门。这孩子，最不喜欢和家里人交往了。就是我，她也懒于一见的。实在要见她，还得需她奶娘通报呢！成天就知道捧着书看，我真害怕她会像她二姨娘一样，有朝一日飞到国外，就不想回来了。"

"王玉小时候顽皮得像个男孩子，长大了文静是好事，别怨她，家虽这么大，却没有一个姊妹。王主若在就好了。"

"王主若在，玉儿的性情不至于这样娇横，我的心也不会成天空荡荡的。"刘金金说着，眼睛已红了一圈。

王卓庆赶紧道："好了好了，今后我不提王主，你也别为难王玉，都随她罢。下周十七，我这唯一的女儿总会出来的。"

王主是王卓庆和刘金金的第一个女儿，只因王卓庆宠爱倍加，一心要把女儿捧上自己的头顶，便取了"主"字为名。不料王主未满周岁而夭折，痛心之余才听得算命先生说，王家的女儿只能暗藏如玉，更需从小疏母避父，方可长大成人。幸好刘金金一年后又生了一个女儿，王卓庆便极为谨慎地取名为王玉，却因坚守了先生的忠告，使得王玉如今只与她的邱奶娘亲近。

十七日这天上午，王卓庆收到了来自巴黎的一张精美贺卡，那上面一根亮晃晃的丝线牵绕起的法文是梦丽对他不惑之年的礼赞。王卓庆十分欣慰。

王家的主、佣包括布行的掌柜、裁缝、伙计都穿了不同程度红色的衣服。最不喜欢大红大紫的庞靓也着了一款莓红的金丝绒旗袍，还和其他太太一样，货车似的载满了首饰。天气虽然阴冷，王家院府的人却全都好像一个火盆里烧红了的木炭，特别是太太们身上的那些珠宝和绫罗绸缎的光芒，犹如火盆里迸出的火星，亮得刺人眼目。

此刻，王卓庆的妻妾儿女齐齐整整站在他面前磕头祝寿，他突然发现不知何时站在人群中的王玉已比她的五姨娘杨鹊还要高了。

王玉穿着一套洋红纱裙，没有施胭脂的脸和她母亲和姨娘们的脸比起来暗暗的，就像是这盆火里燃烬了的一撮木炭灰。

王卓庆看着女儿，他真不知王玉何时长成了一个大姑娘。她一双平眉下的眼眸冷冷清清的，王卓庆不禁有些惊诧——这目光竟如轰隆隆的雷声把他不由分说地震撼着。

王玉和众人一起磕头，垂下了细长的单眼皮。这一刻，王卓庆突然觉得自己又置身在了一场已经旷远的情景中，就在他有些恍惚眩晕时，一句在他内心销声匿迹了的诗句突然闪电似的耀彻脑海——

“疏影横斜水清浅，暗香浮动月黄昏。”

转瞬间，字字又穿了千斤重的铁鞋，向他荒芜了二十二年的心田乘胜踏来，一步一个见底的深窝子。

梅疏影是布行里裁缝梅浩然的女儿。那时梅浩然的手艺虽没有现在卓越，也足以堪称一绝。他的女儿其实叫梅子，“梅疏影”这么好听的名字只会出自饱读诗书的王卓庆之口。但这名字是王卓庆悄悄给梅子取的，除了他自己，谁也不知道。

王卓庆每次见到梅子，总想把这名字喊出来，可每次他都不得不事先低下头，因为他的脸早已不争气地红透了。其实，王卓庆总是很难见到梅子，梅子不属于人群。王卓庆甚至发现，梅子的身影总是出现在风轻云淡的时候。

王卓庆就相信总有一天他会这样十分坦然而流畅地告诉梅子，“知道我为什么叫你梅疏影吗？这出自一首诗《山园小梅》。我从见到你的第一眼就觉得你在诗里，诗又在你眼中。你也许不知道那位诗人一生也没有婚娶，但是特别喜欢赏梅养鹤，人称‘梅妻鹤子’。我羡慕他的闲情雅趣，却要真正的梅妻鹤子。我的梅妻定是你了，我们的孩子无论男女都叫王鹤，这就是我的鹤子。我的一生也是赏梅养鹤……”

那晚，王卓庆正立在花园这样痴痴想着，梅子已打他对面走来。王卓庆赶紧埋下头，梅子禁不住笑了。她一笑，王卓庆也笑了，两人吃吃吃的，竟好一阵。当他们都停止笑声后，王卓庆脸上的红晕却不知什么时候漫上了梅子的脸。他们静静地互相看着，起先目光还拦着目光，后来目光却牵了手似的要一起走到眼睛的深处去。月亮穿过一朵又一朵的云，最后把清辉完全没有遮掩地倾洒在他们身上。

可惜那晚的月亮是缺的，窄窄的，像卓庆父亲王进整日往下吊拉着的嘴，又像疏影父亲梅浩然时常眯缝着的眼。

梅浩然不仅擅长做各类中国传统服装，更精于西式礼服。凡交至他手中的布料，不论裁、剪、缝、绣、织……直至盘花、钉扣的每一道工序，他都得亲手制作，直到把布料变成一款不可挑剔的成品。梅浩然终于力不从心，一夜竟将手中正做着镶边的晚礼服滑落火盆，霎时火舌长伸，舔卷了若干锦衣玉袍和无数成卷成匹的布料，幸亏扑救及时，才保住了布行。

王进赶来时，梅浩然正瘫在地上，王进捶胸哭丧道：“你是知道的，那晚礼服是京城一名仕专为其夫人定做的，面料来自皇室，足以顶我半个布行……”

两天后，名仕夫人亲自来店取件，见情形极为不悦，后来看见在一旁帮着父亲料理的梅子却突然改了口气：“其实，一件衣服也没什么大不了的。幸亏没有烧烫着梅师傅，您的这双手才是无价的。梅师傅，我见您女儿与我家小女年岁相仿，又这般知雅，我想收她做义女，到京城陪伴我家女儿，您可愿意？”

梅浩然听得此番话，全身突然一阵哆嗦，没完没了，竟说不出话来。只见梅子跪拜在地，惶惶道：“谢谢夫人。”

“叫干妈呀！”王进又急又喜，“这下可好了，真是你们父女俩的洪福啊！”

那夫人眉开眼笑道：“既如此，我与梅师傅也算亲戚了，他不慎坏了你家店铺的东西，我全都照赔不误。礼服别提了，日后还请王老板多多关照我这位亲戚。”

这桩不大不小的事很快成了月亮镇的一段传奇，王太太又一次在王进面前不顾风雅地惊呼开：“哎呀！老爷，你可是知道的，那夫人的女儿是个痴呆，十八岁了连裤子都不会穿！不能成家，只能找一个女伴从年轻伴到老死。你怎么能让梅子去呀！这不是让活人受死罪吗？”

“啪！”王进一拍桌子，厉声道：“又不是我让她去的，是她父亲和她自己答应的。她不去，她父亲赔得了我王家的损失吗？这总比把她卖进窑子强！况且，塞翁失马、焉知祸福？梅子到了京城，遇到的达官贵人还会少？凭她的条件日后总会有转机的，说不定前程不可估量呢。若把她困在月亮镇，反而是误了人家的年华！”

立在旁边的王卓庆听父母这般说来，把心惊得像井口的辘轳，先勒紧了绞满了绳子，后来全部一股儿扯滑了去，却始终吊着一个打水桶，在心底摇来晃去。

梅子走的时候穿着梅浩然亲自为她做的一套浅粉色滚银丝边对襟长裙，她的脸润润的，还抹了口红。王卓庆的目光隔着镜片、窗玻……一层层若有若无却坚不可逾的东西送了她一程又一程。

一年后，王家布行的生意比起火前更加红火了。梅子也回来过一次，还带着她的干妹妹。可惜王卓庆才有了他的琅嬛书屋，正关在里面看书，并不得一见。吃晚饭时才听父亲突然说起“梅子见着她爹就哭了，到底去了这么久。”

王卓庆赶紧问道：“她回来了？”就被母亲抢去话头：“听说那个痴小姐也来了？”

“一点都不痴啦，她们下人说，自从梅子去了，那小姐的病就好了八成。我看也是，她的话比梅子还多，也爱笑。”

王卓庆趁母亲在剔牙，又问：“第一次回来，怕是要住上一晚？”

“走啦。梅子好歹能住，只是那位小姐怎么肯留，处处嫌这嫌那的，自然比不起她家的大洋房。梅浩然就急着让梅子陪她回了。”

“那是”，王卓庆停了一下再问道：“我以前好像借过一本书给梅子，她恐怕忘了带回，没提起过吧？”

王进说："谁还记得你的书！没见她提过这事儿。只是问太太、徐掌柜、刘妈、吴嫂、祝姐、娇妹，还有你、小二大家好。"

王卓庆没有再问了，父亲和母亲以下的话他也没有听见。他的整个身体，只剩下一张嘴，木木地把饭菜像布团一样嚼在其中。

没过半年，京城传来消息说梅子暴病而死，作为义母，名仕夫人已亲自将她安葬了。接到噩耗，梅浩然手中的裁剪一下砸在了他的脚背上。周围人都忙着给他止血敷伤，乱作一团。当时几乎没有人有功夫惊诧梅子的突然死亡——人死跟人生一样，是这个世界上极为平常的一件事，人伤不一样，人伤才令人措手不及。梅浩然脚背上的血终于止住了，王卓庆心头吊着的那个桶，却在一瞬间装满了水，沉沉地坠着，提也提不起来，倒也倒不出去，直把心上那块肉死死扯着，活生生地要揪了去。又过了半年，这事儿早在人们的记忆中蒙满了蜘蛛网，梅浩然脚背上的伤也结成了又硬又厚的痂，王卓庆还止不住地在想："梅子是被那个痴呆女吓着的？伤着的？还是……还是她根本就没有死？"那些日日夜夜，王卓庆总梦见梅子回到了月亮镇，打他对面走来，而他再没有脸红再没有低头，他们又像很久前的那个夜晚一样久久相视。梅子的目光依旧冷冷静静的，使得他在梦里，也没能将"梅疏影"这名字喊出来。

在父亲的张罗下，王卓庆成婚了，他的夫人刘金金有着和梅疏影一样细长的单眼皮；他的二姨太余梦丽有着和梅疏影一样瓷白的小米牙；他的三姨太曹圆婷有着和梅疏影一样疏落在耳边的一缕黑发；他的四姨太庞靓有着和梅疏影一样玲珑秀气的鼻梁；他的五姨太杨鹊有着和梅疏影一样长在右腮的一粒芝麻斑……

那冷冷静静、拦过又牵过他目光的目光，却装在王玉的眼睛里。此刻的王玉，一如风轻云淡中的梅疏影！

“爸爸爸爸，祝您福如东海，寿比南山，长命百岁……”王卓庆的五个儿子争先恐后地涌到他身边时，王玉又没了身影。

曹圆婷把儿子王璞抱起来放在王卓庆的怀里，比儿子还娇嗔地说：“卓庆啊，今儿趁你高兴，我和你商议一件事儿。”

“说吧，我听听。”

“你瞧，咱璞儿是全家最小的孩子，今年才三岁，可他的那个奶娘太不听使唤太不中用太笨头笨脑太让人不放心啦，今天我忽然看见王玉都那么大了，怕有十七八九了吧？还由家里最能干的邱奶娘照顾着，我说能不能将他们姐弟俩的奶娘交换一下，都是一家人的。”

“不行，这肯定不行。”王卓庆有些不悦地说：“邱奶娘把王玉从小带到大，王玉对她比对我和她亲妈还要亲，突然间换了怎么行？”

“王玉不是经常在外念书吗？邱奶娘还不是闲着没事做，要不让邱奶娘又照顾王玉，又照顾璞儿？”

“不行不行，这是绝对不行的。我不答应，夫人不答应，王玉更不会答应。邱奶娘那么大年纪，也该让她清闲清闲了。”

曹圆婷见王卓庆这般坚决，悻悻道：“早知你这么偏爱女儿，我就不该给你生个儿子。”

王卓庆不语，曹圆婷又道：“卓庆，今儿是你生日，我本不该说些让你不高兴的事儿，但是有件事却迟早得告诉你。我们家大小姐实在是金贵得要命，王家上下的人都知道。她从不把我们这些做姨娘的放在眼里也是自然，可是她的眼里怎么也会没有你这亲爹呢？我有一次亲耳听见她对邱奶娘说，她结婚那天才不要你去教堂牵着她的手交予她的那个他呢！她说只怕你的手，只怕你的手脏了她的白纱手套！卓庆，我可不敢污蔑王家的大小姐，一字一句都出自她的红口白牙，我若添了半丁点儿，全家老少尽可折我的胳膊断我的腿！”

曹圆婷的话一串噼里啪啦的鞭炮放过了，身临其境的王卓庆只觉得振聋发聩。他的耳膜着实不堪重负地呜呜呜啼起来。因了这声音，他的目光全部落在地面上，好像满地都是刚刚炸过的红翻翻的鞭炮壳，其中还有些个没有炸尽，会忽地拔地而起。

王卓庆没有吃晚饭，那是厨子为他精心烹制的一碗长寿面。他离开这个装饰得红红紫紫的家，走在街上，人们依然十分友善甚至带着一抹敬仰的神色喊道“王老板”，王卓庆却感到他身上满沾着的硝尘、灰烟，别人都嗅到了。

翠柳苑立在门口的黄莺和杜鹃，同时笑嘻嘻地朝王卓庆迎来，像往常一样十分贴切地傍在左右。王卓庆却没有迈进这道垒红叠翠的大门，径直去了。

“爷今是怎么了，从没见过这样子！”二人惊得齐呼。

晚上，王卓庆又待在他的琅嬛书屋。直到天明他才发现自从二十岁成婚以来，这竟是他第一次独自睡的一夜，而且是坐着的。王卓庆从转椅上站起身，长长地打了一个哈欠。

阳光透过鹅黄色的窗帘探了进来。王卓庆寻窗望去，花园里的草木清新怡人，就在这水粉画纸上才有的氤氲中，他突然希望这片天地里如此柔和、馨怡、充满了甘甜滋味的晨曦也能映在女儿脸上，昨天她的脸太凉了。

王卓庆命人在这房里搭起一张小榻，此后独睡于此。

刘金金掀起绣帘走进杨鹊的卧室，坐在她那张铺垫得平平整整的西式大庆上，有些和蔼地说："卓庆这段时间郁郁不乐，每晚独睡书房，你说这叫什么事呀！真叫人担心。"

杨鹊没有说话，她从来没料到大太太会到这屋子里来。刘金金又道："家里这么多女人，难道就没一个称他的心？何况你还是一个刚进门的新媳妇！哎，我和你前面的三个姐妹与他成亲后，都没出现过这般事情，你是不是有什么地方惹他生气了？"

杨鹊连连摇头，她真恨自己今天起晚了，没有上妆，脸色一定很蜡黄。刘金金叹了一口气，斜着她那细长的眼眸说："哎，也难怪我们过门时都是闺女家，自然新鲜。看来，咱们今后还得留神儿再给卓庆看个贤良的，总不能让他一辈子睡书房呢吧。"

杨鹊正欲张口，刘金金已摇着身肢走了，那绣有鸳鸯的门帘子扬空而起，轻飘飘地，要随她飞了去。

第二天，杨鹊穿戴齐整，叫一个下人跟着悄悄去了她的老家翠柳苑。柳妈昔日最疼百灵和杨鹊，今见她回来自然高兴。姐妹们都围上去，又摸着她的衣料又掂着她的金手镯，问长问短，好生羡慕。唯柳妈明白，杨鹊脸上的笑容跟她头上的长卷发一样，是戴上去的假东西，便将杨鹊拉进内室，开口即问："我儿近来不称心？"

杨鹊点点头。

"我就知道准是为了你的夫君王老板。"

杨鹊惊讶地看着柳妈，柳妈便把那天杜鹃和黄莺的遭遇说了一遍，又道："我看准是他自个儿出了毛病，我这儿有几丸药，专治男人的冷淡，你拿一丸与他悄悄服了，他就会把你当作最心爱的女人，当晚就有兴致。"

杨鹊问："可是你以前下在蒙先生酒里的药？"

柳妈莞尔一笑："正是。"

原来翠柳苑里有一个才貌双全的女子百灵，大多客人都因她慕名而来，但是她唯独喜欢其中的蒙先生。百灵只因一日怠慢了恶少阿坤，被毁了容而离苑不归。大家都说八成不在人世了，风水婆子却断言百灵还在某个石头上坐着。于是找遍了月亮镇也没有找到这个石头。百灵房里倒有一块，是蒙先生送她的九彩石，却小如鸽蛋，怎么坐得？蒙先生每晚在百灵房里等候时，都捏着九彩石孤灯独坐。柳妈实在不忍心他如此伤怀，就在他酒里下了一丸药，愁肠万断的蒙先生便不论柳妈、杨鹊，即欢笑开颜。

此刻，杨鹊想起蒙先生那夜的狂热就露出了真切的笑容。柳妈又与她闲聊一阵，无意间说到一桩怪事："这世上除了男人想女人，女人想男人，竟有女人想女人的事。二十多年前，我还在京城时就听说有位亨通人家的千金小姐，爱上了她的干姐姐，硬逼得人家上吊了。那死去女子还是我们月亮镇的，好像就是你们布行的人。"

杨鹊笑笑道："柳妈，你还是那么喜欢打趣。"三恩四谢一番回去了。

王卓庆半月来滴酒不沾，杨鹊把药丸悄悄放进他的茶杯。是夜，杨鹊对镜仔细描画涂抹后，穿了无肩睡裙正欲出门，又退回来披上一件新做的风衣，再把腰带束好。突然嫌头发不妥，赶紧解散了重新梳起来。此刻，壁钟的时针正指向九点。

王玉在她奶娘的伴护下来到琅嬛书屋取书，她一直觉得这里比布行的其他地方都精妙，奇怪的是今夜亮着灯。

邱奶娘帮王玉推开书房门，坐在桌旁的王卓庆对着门口身影绰绰的人不由轻声唤道："梅疏影？"

王玉没想到是父亲在此，赶紧收住脚，不知该进还是该退。王卓庆却一下离开转椅，惊喜地冲上前握住她的手，又一把揽进怀，一边道："我再也不要你走了，疏影，疏影，我再也不要你走了。"一边把她痴迷地凝视、执拗地亲抚。王玉又惊又恼，挣扎不止。邱奶娘目睹这一切，一张端庄的嘴恐惧地张成了青蛙口，她抖抖瑟瑟举起手，鼓足所有力气和勇气，朝王卓庆的脸扇去。

王桌庆的金丝眼镜立即翻滚在地。

邱奶娘拉着王玉奔了出去。一路上，邱奶娘紧捂住王玉号啕大哭的嘴，王玉的泪水山洪般冲击着一切，她跌跌撞撞要扑到花园里的水池去。邱奶娘老泪纵横：“孩子，我的孩子，你可不能这样，你一走，奶娘我怎么活呀？我怎么……怎么向你的亲妈交代呀？”

夜，终于沉静了。突然，“嘣”的一个声音，像是谁守着人们的耳朵打了一个响亮的喷嚏，惊得已经走出门的杨鹊浑身一抖，她赶紧加快步子，绕过园子里的蔟蔟花丛。杨鹊十分庆幸今夜的自己比它们还要芬芳。

杨鹊推开书房门，只发出“啊”的一声，这个声音就无限延长下去，像不会中断的警报，响彻了整个黑夜。王家院府的灯全亮了，陡然如白天翻出了地面，只听有人哭喊着：“老爷开枪自尽了……”

洋医分析说王卓庆得了精神分裂症，全家人都目瞪口呆。刘金金深明大义，全身心投入到治丧事务中，又叫律师着手处理王卓庆的遗产。余梦丽接到唁电当天就从巴黎起飞，庞靓也走出她那寺庙般的房子，一家人比先前更整齐地站在王卓庆面前。

镜框里的王卓应依然温文尔雅，只是他面前的亲人全都一身缟素，白花花的，像他迸裂的脑浆。灵堂外站满了街坊，他们有的系着白头巾，有的戴着黑挽纱。无论白布还是黑布，大抵都是自家的，卓庆布行从未送过这些布给他们。

刘金金念及女儿大病不愈，担心她承受不了现场的这些悲痛，就让邱奶娘在后院侍候着。这天，王玉穿的是一套红衣红裤，不是绸不是缎，就是卓庆布行堆积得太多的那种红布。邱奶娘说，红布可以避邪，活鬼死鬼都不敢附身。

王卓庆的灵堂香火不断，整个月亮镇都浮动着这股暗香。月光溢满了天地，要流出来一般……